일생을 살아도
소중한, 하루

일생을 살아도
소중한,
하루

무무木木 지음 · 김태성 옮김 · 정영주 그림

PenguinCafe

차례

행복은, 마음먹기 나름이다

사랑은, 인생을 아름답게 한다

우리는 돈을 좇느라 바쁘고 자신의 꿈을 추구하느라 바쁘다.

하지만 이런 상태가 오래 지속되면 우리는 자신이 너무 피곤하고

침울하게 살고 있다는 것을 느끼게 된다.

우리는 맨 처음에 가졌던 이상을 점점 잊기 시작하고

아무것도 추구하지 않으면서 등에 무거운 짐만 지고 있다는

생각을 하게 된다. 인생은 힘들고 짧다.

사실 우리의 생명은 지나치게 무거운 짐을 감당하지 못한다.

내려놓자. 짐이 없어야 우리 발걸음이 가벼워질 것이다.

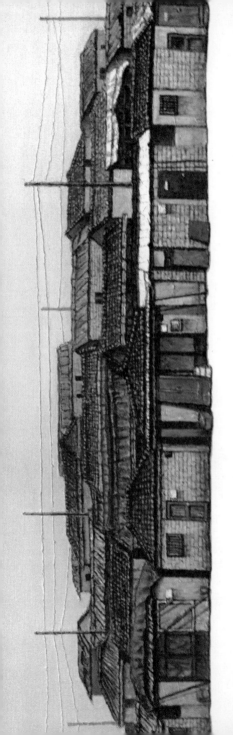

행복은,
마음먹기
나름이다

행복으로 가는

길은 많고,
얻는 방법도 다양하다

한번은 고급 차를 모는 친구가 내게 말했다.

"자넨 정말 행복한 사람이야."

나는 들기 좋으라고 하는 우스갯소리려니 생각했다. 그러나 몇 마디 겸손한 푸념에 이어 그는 뜻밖에도 이렇게 말했다.

"내 말은 진심일세. 언제 어디서 모이든지 간에 자네는 시간에 정확히 맞춰 도착하지. 이는 자네에게 충분히 시간이 있다는 것을 의미하네. 그리고 매번 모임이 끝나면 자네 아내가 자네를 데리러 오더군. 이는 자네의 부부 관계가 대단히 원만하다는 것을 의미하지. 이 두 가지만으로도 자네는 충분히 행복한 사람이 아니겠나!"

그의 얘기를 들으면서 나는 빙긋이 미소를 지으며 고개를 끄덕이는 수밖에 없었다. 사실 내게는 그가 진정한 부러움의 대상이었다. 나이도 별로 많지 않은데 천만 위안이 넘는 재산을 보유하고 있어 돈 걱정할 필요가 없고, 매달 각종 고지서와 청구서 때문에 두려움에 떨어야 할 일도 없다. 게다가 집에는 가사 도우미가 두 명이나 있어 저녁 식사 후 누가 설거지를 하느냐 따위의 문제로 다툴 필요도 없다. 하지만 놀라운 것은 그가 한 번도 행복감을 느껴보지 못했다고 말하며, 나를 만날 때마다 불만을 털어놓는다는 것이다.

그는 자신이 불행하다고 말하지만 내가 보기에는 그야말로 행복 안에 살면서도 행복을 모르는 사람이다. 우리 두 사람은 서로가 부러움의 대상이라고 우기면서 각자의 주장을 굽히지 않았다. 우리의 이런 쟁론은 내게 행복이란 도대체 어떤 것일까 하는 수수께끼를 안겨주었다. 행복은 물질과는 무관한 것 같다. 행복은 다른 사람의 칭찬이나 칭송을 통해 얻을 수 있는 것 같지만, 결코 그렇지 않다. 행복은 아이들에게 사탕을 나눠줄 때, 그리고 아이들이 사탕을 받을 때의 기쁨, 그 희열과 같은 기분이다.

행복은 일종의 마음이다. 남에게 기쁨을 줄 수 있는 마음, 남에게 평안함을 줄 수 있는 마음이다.

며칠 전, 한 친구가 내게 말했다.

"갑자기 이런 생각이 들더군. 내가 가장 행복할 때는 출근할 때도 아니고 잠을 잘 때도 아니고 연말 보너스를 받을 때는 더더욱 아닌 것 같아. 정말로 행복한 순간은 오히려 재래시장을 구경하면서 노점 상인들과 물건을 흥정할 때인 것 같더라고."

그의 얘기를 들으면서 나는 속으로 빙긋이 웃었다.

"멍청한 친구, 돈을 벌 때는 행복하지 않고 남에게 돈을 줄 때 오히려 즐거움을 느낀단 말인가?"

나의 질책에 그 친구는 가볍게 미소를 지으며 말을 받았다.

"자네도 이건 모르는군. 내가 분석해줄 테니까 일리가 있나 없나 들어보게."

이어서 그는 차 한 모금을 살포시 마신 후 차분하게 말했다.

"나를 회사의 간부라고 부러워하지 말게. 간부인 나는 오히려 억울할 때가 많네. 부하들이 잘못을 저지르면 충분히 그들을 나무라거나 타이를 수 있지만 상부에서는 모든 책임을 내게 돌리지. 스트레스가 이만저만이 아니라네. 매일 출근할 때면 나는 상급 간부의 눈치를 살펴야 할 뿐만 아니라 부하 녀석들이 죽지 못해 일하면서 어떤 사고를 칠지 몰라 노심초사한다네. 때문에 일단 회사에 도착하면 나는 어린아이가 된 것 같은 기분이 들어. 이렇게 돈을 버니 즐거울 리가 있겠나?"

잠시 고개를 숙이고 다시 차를 한 모금 들이킨 그는 이내 얼굴이 빨개졌다. 그러더니 목소리가 높아졌다.

"하지만 일단 시장에만 가면 상황이 아주 달라진단 말일세. 돈 몇 위안, 또는 몇십 위안을 쓰면서 내가 완전히 세상의 주인이 된 듯한 느낌으로 즐기게 되지. 돈을 얼마 들이지 않고도 기분 좋은 서비스를 받을 수 있거든. 가격을 흥정할 수도 있는 데다 사람들이 내게 엄청난 친절을 보이지. 그럴 때 내 기분이 얼마나 좋은지 자네는 모를 걸세."

이 친구의 말을 듣고 처음에는 마음속으로 웃음을 금할 수 없었지만 이내 생각이 확 트이는 것을 느꼈다. 아주 속된 생각 같지만 그 안에는 깊은 행복의 철학이 담겨 있었다. 행복은 우리가 세상에서 얼마나 많은 것을 취할 수 있느냐로 결정되는 것이 아니라 우리가 일정한 대가를 지급할 때 세상이 과연 비슷한 것으로 보답해주느냐의 여부에 의해 결정된다. 그리고 이런 보답은 반드시 우리 눈에 보일 필요도 없다. 그저 느낄 수 있는 것만으로도 충분하다.

그 순간 나는 행복이 어쩌면 우리가 지금까지 상상해온 것처럼 그렇게 얻기 어려운 것이 아닐지도 모른다는 생각이 들었다. 행복으로 가는 길은 아주 많고 행복을 얻는 방법도 무척 다양하다. 이는 산에 오르는 것에 비유할 수 있다. 가장 아름다운 경치를 보기 위해 반드시 가장 위험한 길을 거쳐야 하는 것은 아니다. 심지어 반드시 걸어서 가는 길을 택해야 하는 것도 아니다. 관광버스를 타고 갈 수도 있고 케이블카를 탈 수도 있다. 심지어 멀리 가지 않고 망원경을 이용할 수도 있다. 한 가지 길과 같은 방법을 고집하지만 않는다면 훨씬 쉽게 행복감을 얻을 수 있다.

〉 〉 〉

라오왕老王은 경력이 많고 능력이 뛰어난 네티즌이다. 특히 그는 인터넷에서 뉴스 읽기를 좋아한다. 퇴직 후 그는 아예 자기 집에 광역 인터넷을 설치해놓고 매일 인터넷 서핑을 한다. 그런 그가 최근 들어 수심이 깊어졌다. 매일 한숨만 내쉬고 얼굴에는 그늘이 가득했다. 이런 모습을 본 그의 아내는 그가 병이 난 것이 틀림없다고 생각하고는 어서 의사를 찾아가라고 권했다. 병을 감추고 의사를 피하다가 병이 악화하는 일이 없게 하라는 충고였다.

그러나 아내의 진심 어린 권고에 라오왕은 뜻밖에도 노기등등한 표정으로 거칠게 화를 냈다.

"정말 아녀자의 한계를 넘지 못하는군. 머리만 길고 식견은 짧단 말이야. 세상이 이렇게 어지러운데 어떻게 밥이 목구멍으로 넘어간단 말이오?"

아내는 그의 말이 무슨 뜻인지 도무지 알 수가 없었다. 밥도 안 먹고 세상과의 모든 관계를 끊어버리겠다는 말인가? 아내는 하는 수 없이 그의 친구인 라오장老張을 찾아가 라오왕에게 도대체 무슨 일이 생긴 것인지 살펴봐 달라고 부탁했다. 라오장은 라오왕을 만나 깊이 있는 대화를 나누고 나서야 마침내 문제의 실체를 알게 되었다.

알고 보니 최근 며칠 동안 인터넷 매체에는 온통 부정적인 기사들만 가득했다. 부패한 공직자에 대한 뉴스가 있는가 하면, 식품 안전이나 국가 부채에 관한 부정적 기사들과 이에 대한 네티즌들의 암울하고 분노에 찬 댓글들이 넘쳐났다. 라오왕은 이런 기사와 댓글을 읽으면서 자신의 신변에 뭔가 큰일이라도 난 것처럼 느껴져 온종일 마음과 정신이 편안하지 못하고 우울했던 것이다.

라오장은 라오왕의 이런 모습을 보고서 한 가지 해결책을 생각해냈다. 그를 위해 단체여행을 신청하여 억지로 끌고 간 것이다. 여행을 마치고 집에 돌아왔을 때 뜻밖에도 라오왕의 표정은 아주 달라져 있었다.

이게 대체 어떻게 된 일일까? 세상에 대한 불안감에 먹지도 마시지도 않던 그가 밖으로 나가 사람들이 사는 모습을 둘러보고 나서는 곧장 생각이 바뀐 것이다. 여행을 마치고 집에 돌아온 라오왕은 아내에게 자신의 태도가 변하게 된 연유를 설명했다.

"며칠 전까지 매일 인터넷 세계 안에 파묻혀 있다 보니 세상이 온통 태평하지 못하고 금방이라도 전쟁이 터질 것만 같았어. 그런데 밖에 나가보니 내 걱정이 모두 기우였더군. 다들 아주 평화롭고 씩씩하게 잘살고 있더라고. 난세의 모습은 한구석도 찾아볼 수 없더라니까."

》 》 》

그렇다. 우리가 사는 세상은 예나 지금이나 똑같은 세상이다.

♥

세상은 조금도 변하지 않았는데 이런 세상을 바라보는 시각이 자꾸 움직이고 사람들의 마음이 불안한 것뿐이다. 일단 마음이 편안해지면 곧바로 행복감도 따라온다. 행복이란 이토록 간단한 것이다.

향수 전문가인 한 친구의 말처럼 민감한 후각은 어떤 면에서는 아주 좋은 일이다. 후각을 통해 남들이 감지하지 못하는 세계를 감지할 수 있기 때문이다. 하지만 또 다른 관점에서 보면 몹시 좋지 않은 일이기도 하다. 민감한 후각 때문에 남들이 맡지 못하는 고약한 냄새까지 모조리 맡기 때문이다. 예컨대 벽에 핀 곰팡이 냄새나 열 걸음 떨어진 곳에서 누군가 뀐 방귀 냄새까지 일일이 맡는다면 괴로운 일이 아니겠는가?

행복도 이와 다르지 않다. 세상 속에서 서로 견주고 따지는 일이 많을수록, 단위시간에 얻을 수 있는 것도 어쩌면 더 많을 수 있다. 하지만 모든 일은 동전의 양면과 같다. 무엇이든 부정적인 면만 보지 말자. 이는 자기한테 오는 행복을 스스로 가로막고 있는 것과 같다.

소중한 하루의 행복찾기

어떤 행복은 순간적인 고집 때문에 어깨를 스치고
지나가버리고, 또 어떤 행복은 잠시 소홀히 하는
사이에 손가락 사이로 미끄러져 사라져버린다.
마음이 멀어지고 냉담해져 만회가 어려워지는 것은
대부분 한순간의 일이다. 감사를 표현하지 않고
마음 깊숙이 묻어두고 있다가 일생의 유감이 되는
수도 있다. 따라서 무엇을 어떻게 해야 할지 몰라
망설일 때는 생각의 방향을 바꿔보는 것이
바람직하다. 이렇게 하면 후회하는 일은 없을
것이다. 오늘 모든 것을 소중히 여김으로써
내일의 유감을 만들지 말아야 할 것이다.

내려놓자,

인생의 가벼운
발걸음을 위해

인생 백 년이 제법 긴 것처럼 보여도 거대한 우주의 시간에 비하면 피어올랐다 흩어지는 연기처럼 한순간에 지나지 않는다. 하지만 인간사에서 백 살은 너무 많은 나이다. 우리 주변에 백 살까지 사는 사람은 손가락으로 꼽을 만큼 드물다. 우리 주위의 노인들 대부분은 일흔 살 또는 여든 살을 전후해 생을 마친다. 그렇다면 팔십 년이란 세월이 도대체 어느 정도 되는지, 당신은 알고 있는가?

팔십 년, 아주 길어 보이는 세월이다. 하지만 우연히 셈을 해보고 나서 실로 놀라움을 금할 수 없었다. 일 년을 365일로 계산하면 팔십 년은 겨우 2만 9200일에 지나지 않는다. 결국 우리 대부분이 누리는 생명이 3만 일에 미치지 못하는 것이다. 3만 일은 생각해보면 너무나 짧은 세월이다. 3만 일이라는 세월이 우리가 눈을 떴다가 감기를 반복하는 사이에 천천히 사라져간다고 생각해보라.

이 3만 일 동안 우리는 희로애락, 성취와 실패, 이별과 만남을 경험한다. 잊지 못할 사람을 만나기도 하고 잊지 못할 일을 당하기도 한다. 하지만 우리가 겪게 되는 것들이 아무리 험난하다 하더라도, 또는 아무리 휘황찬란하다 하더라도 3만 일 뒤에는 모든 것이 끝나게 된다. 그래서 지혜로운 사람은 자신의 생명 속에서 가장 즐거웠던 기억만 모으고 감당하기 어려울 정도로 무거운 생각과 기억은 내려놓는다.

하지만 현실은 그렇지 못하다. 사람들이 가장 많이, 가장 오래 기억하는 것은 가장 고통스러웠던 일들이다. 우리는 슬픈 상처와 고통, 원한, 절망 등에 대한 감정을 즐겁고 긍정적인 경험보다 더 선명하게 기억한다.

셰익스피어의 유미적이고 비극적인 사랑이 더 깊은 인상을 주는 이유는 이 때문이다. 슬픔을 기억하고 비극을 아름답게 느끼는 것은 인류가 공통으로 느끼는 일종의 병적 심리이자 예술의 승화이다. 하지만 아무리 그렇다 해도 삶이 곧 예술은 아니다. 생명은 극본처럼 끊임없이 수정되지 않는다. 때문에 우리는 실제 삶 속에서 내려놓는 법을 배워야 한다. 우리를 힘들게 만드는 감정의 단서들을 내려놓으면 생명의 잡다한 일들 때문에 손발이 묶이는 일이 없을 것이다. 또한 '감당할 수 없는 짐'을 지고서 우리의 소중한 3만 일을 허비하게 되는 일도 없을 것이다.

♡

> > >

　사이 좋은 두 친구가 있었다. 두 사람 모두 명산대천을 돌아다
니는 것을 좋아하여 시간이 날 때마다 함께 근교로 나가 아름다
운 경치를 즐기면서 마음에 드는 풍경을 카메라에 담곤 했다. 어
느 날 한 친구가 다른 친구에게 말했다.

　"우리 더 먼 데로 나가보는 게 어때? 국토 전체를 두루 유람하
면서 우리 산하가 얼마나 아름다운지 보고 싶네."

　이 말을 들은 친구가 주저하며 말을 받았다.

　"그럼 내 일은 어떻게 하지? 우리 가족들, 내 앞길은 또 어떻
게 하느냐 말이야? 게다가 우리나라는 너무 넓어서 전체를 유람
하려면 비용도 적지 않게 들 거라고. 그러지 말고 먼저 돈을 더
번 다음에 함께 떠나도록 하세."

　이런 반응에 여행을 제안했던 친구는 아무 말도 하지 않았다.
한 달이 지나 그는 직장에 사직서를 낸 다음 촬영 장비를 챙겨
여행길에 올랐다. 몇 년이 지나 그가 유명한 여행 사진작가가 되
어 돌아왔을 때, 그의 친구는 여전히 작은 사무실에서 몇 년 전
과 똑같은 일을 반복하고 있었다.

　인생의 수많은 고뇌를 추적해보면 대체로 삶 속에서 뭔가 내
려놓는 방법을 배우지 못했기 때문이다. 때로는 번뇌의 근원을
알면서도 그것을 내려놓지 않거나 내려놓기를 원치 않는 때도

있다. 이리하여 몸과 마음이 함께 무거운 짐을 지게 되고, 이런 짐을 감당하기 위해 막대한 정력과 심혈을 쏟아 붓는다. 그러다 보니 언제나 가볍게 걷지 못하고 비틀거린다. 그리고 이런 중압감에 시달려 삶도 갈수록 더 힘들고 피곤해진다.

젊었을 때는 누구나 커다란 꿈을 가졌고 수많은 약속을 주고받았을 것이다. 하지만 나이를 먹으면서 우리의 내면은 더욱 많은 일들로 채워진다. 그리고 우리가 가졌던 꿈들은 하나하나 마음속에서 현실의 공격을 받게 된다. 여행을 떠나고 싶을 때는 일이 마음에 걸리고 부모님을 찾아뵈려고 하면 먼 길이 가로막는다. 사장이 죽도록 밉지만 일자리를 잃을까 두려워 아무 말도 하지 못한다. 우리는 항상 이렇게 중요한 것으로 보이지만 사실은 우리의 즐거움을 짓누르기만 하는 사소한 일들을 바삐 몰아치고 있다. 우리는 날이 갈수록 더 피로를 느끼고 날이 갈수록 자신을 잃게 된다. 그리고 더 즐겁지 못하게 된다. 아주 중요해 보이던 갖가지 일들도 결국에는 우리의 생명에 행복을 가져다주지 못한다. 내려놓지 않고는 해방될 방법이 없다. 우리의 인생은 한 잔의 맑은 물과 같아서 각종 잡다한 물질이 들어올수록 결국에는 자기 색깔을 잃고 만다.

사람들은 돈과 권력, 명예, 그리고 갖가지 물건들이 태어나면서 가져온 것도 아니고 죽을 때 가져갈 것도 아니라고 말한다. 이런 것들은 아주 쉽게 내려놓을 수 있다고 말한다. 하지만 영혼의 상처나 슬픈 기억은 잊어버리고 싶고 내려놓고 싶어도 하루 아침에 그렇게 할 수 있는 것이 아니다.

그러나 이처럼 내려놓지 못하고 영혼의 상처를 치유하지 못하면 결국 자신에게 돌아오는 것은 좋은 국면일 수 없다. 생각해보자. 우리가 줄곧 무거운 마음을 안고 어둡고 서글픈 기분으로 생활한다면 우리의 인생은 어떤 모습이 될까?

》 》 》

한 소녀가 있었다. 소녀의 어머니는 소녀가 아주 어렸을 때 그녀를 버렸다. 소녀는 줄곧 엄마에 대한 분노와 미움을 품고 살았다. 엄마를 찾아내 복수를 하고 모욕을 주고 싶었다. 그러나 세월이 흘러 그녀가 마침내 어머니를 찾아냈을 때 대면한 것은 얼굴에 온갖 고생과 험난한 일생의 기억이 그대로 담긴 노인의 모습이었다. 그녀가 느낀 것은 바람 속에 흔들리면서 언제든지 흩어져 날아갈 수 있는 생명의 연약함이었다. 늙은 어머니의 모습을 바라보는 순간 그녀는 마음의 앙금을 다 털어버렸다. 그리고 고개를 돌려 거울에 비친 자신의 모습을 보았을 때, 자신의 귀밑머리에도 어느새 흰 머리가 자라 있는 것을 발견하게 된다. 자신의 모습에서도 더는 청춘의 활기를 찾아볼 수 없게 된 것이다.

마음속 슬픔을 털어내지 못할 때, 가슴에 맺힌 응어리를 내려놓지 못할 때, 우리는 자신의 생명, 자신의 영혼을 태워버리게 된다. 또한 고집이 깊어지면서 남에게 상처를 주게 되고, 이유 없이 남을 오해하게 된다.

사실 인생에는 내려놓지 못할 것이 없다. 누구나 아프면 자연스럽게 손을 내리게 된다. 예컨대 손에 뜨거운 찻주전자를 들고 있다가 실수로 뜨거운 차가 넘쳐 손을 데었을 때는 통증을 참지 못하고 자연스럽게 손을 놓게 된다.

마음이 괴로운 사내 하나가 고승을 찾아가 말했다.

"내려놓을 수 없는 일이 있습니다. 놓아버릴 수 없는 사람이 있습니다."

고승이 말을 받았다.

"내려놓지 못할 것은 아무것도 없습니다."

사내는 계속해서 말했다.

"이 일과 그 사람은 절대로 내려놓을 수가 없어요."

이에 고승은 그에게 찻잔을 하나 들게 했다. 그런 다음 그 위로 뜨거운 차를 넘칠 때까지 따라주었다. 뜨거운 물이 손에 닿자 사내는 얼른 찻잔을 상 위에 놓았다. 고승이 웃으면서 말했다.

"거 봐요. 이 세상에는 내려놓지 못할 일이 없답니다. 아프면 자연히 손을 놓기 마련이지요."

〉 〉 〉

아직 어릴 때는 아무 생각 없이 남에게 상처를 주거나 남으로부터 상처를 입기 쉽다. 자유분방하여 아무것에도 구속받지 않는 우리는 남을 미워하기도 하고 남의 미움을 사기도 했을 것이다. 그러나 세월이 흐름에 따라 우리는 마침내 과거의 고집이 사실 무거운 영혼의 짐이었을 뿐이라는 것을 알게 된다. 우리가 미움으로 즐거웠던 적도 없고 우리가 미워했던 사람들이 우리의 미움으로 손해를 본 것도 없다.

미움은 이런 것이고 슬픔도 이런 것이다. 때문에 우리는 쓸모없는 쓰레기를 던져버리듯이 우리를 즐겁지 않게 하는 갖가지 마음속 일과 감정들을 던져버려야 한다. 동시에 우리에게 상처를 주었던 사람들에게 감사해야 한다. 그들이 우리의 의지를 단련시켜주었기 때문이다. 우리를 속였던 사람들에게도 감사해야 한다. 그들이 우리의 식견을 높여주었기 때문이다. 우리를 포기했던 사람들에게도 감사해야 한다. 그들이 우리를 자립의 길로 이끌어주었기 때문이다. 우리를 넘어뜨렸던 사람들에게도 감사해야 한다. 그들이 우리의 능력을 강화해주었기 때문이다. 우리를 우롱했던 사람들에게도 감사해야 한다. 그들이 우리의 지혜를 키워주었기 때문이다.

우리의 인생은 괴롭고 짧아서 하찮은 일로 생명을 낭비해서는 안 된다. 생명이 꽃피우는 것을 방해하는 모든 것을 내려놓아야 한다. 영혼의 짐을 내려놓고 가벼운 걸음으로 앞을 향해 나아가야 한다.

우리가 내려놓지 못할 것은 아무것도 없다. 움켜쥐고 있던 갖가지 고집과 집착은 우리가 흙으로 돌아가는 날 결국 우리에게서 떠나갈 것이기 때문이다. 내려놓으면 영혼이 해방될 것이고, 마음이 가볍고 즐거워질 것이며, 자유로워질 것이다. 일시적인 잘못이나 실패 탓에 미간을 찌푸리거나 고통스러워할 아무런 이유가 없다.

우리에게 주어진 3만 일 가운데 자신의 훌륭한 마음의 집을 지을 시간을 확보해야 한다. 불만은 상승으로 표출하고, 억울함은 진취적인 자세로 승화시키며, 실의는 열정으로 변화시키고, 고통은 일종의 동력으로 전환해야 한다. 그리고 열정은 사람들에게 자랑할 만한 업적으로 발산해야 할 것이다. 이제 우리는 마음의 짐을 내려놓고 자신을 대접하고 소중히 여기며 주위의 친구들도 대접하는 자세를 배워야 하지 않을까? 우리가 마음의 짐을 내려놓으면 하늘도 더 맑고 투명해질 것이다. 인생이 더 가벼워질 것이다.

지나간 기억에 얽매여 있어서는 안 된다. 어제 내린 비의 축축한 습기가 오늘 입을 새 옷에 스며들지 않게 해야 한다. 반대로 오늘의 태양으로 내일 입을 새 옷을 말려야 한다.

소중한 하루의 행복찾기

우리는 돈을 좇느라 바쁘고 자신의 꿈을
추구하느라 바쁘다. 하지만 이런 상태가 오래
지속되면 우리는 자신이 너무 피곤하고
침울하게 살고 있다는 것을 느끼게 된다.
우리는 맨 처음에 가졌던 이상을 점점 잊기
시작하고 아무것도 추구하지 않으면서 등에
무거운 짐만 지고 있다는 생각을 하게 된다.
인생은 힘들고 짧다. 사실 우리의 생명은 지나치게
무거운 짐을 감당하지 못한다. 내려놓자.
짐이 없어야 우리 발걸음이 가벼워질 것이다.

내려놓으면

행복이
시작된다

이 세상에 사는 수많은 사람 가운데 누가 가장 즐겁고 행복한지 알아보자.

돈이 많은 사람일까? 그들은 먹고 입는 데 걱정이 없고 생계를 근심할 필요가 없는 듯 보인다. 갖고 싶은 것이 있으면 마음껏 살 수 있고 돈이 드는 해외 여행도 할 수 있다. 하지만 부자에게도 그들만의 고뇌가 있다. 그들은 수시로 자신의 재산을 확인하면서 온종일 마음을 졸인다. 남에게 속아 재물을 빼앗길까 걱정하고, 자기 주변에 있는 사람들이 오로지 돈 때문에 자기에게 가까이 다가오는 것이 아닌지 의심한다. 이렇게 그들은 돈을 내려놓지 못하고 언제나 돈에 갇혀 지낸다.

한 부자가 있었다. 그는 수십 조의 재산을 갖고 있었다. 그가 사는 곳은 세상에서 풍경이 가장 아름다운 작은 섬이었고 그를 보호하는 경호원의 수가 수백 명에 달했다. 그의 개인 주치의 팀은 세계에서 가장 뛰어난 의사들로 구성되어 있었다. 하지만 그는 밤마다 편한 잠을 자지 못했고 끼니마다 최고급 음식을 먹어도 그 맛을 느끼지 못했다. 결국 천둥 번개가 치는 어느 날 밤, 갑자기 심장마비로 세상을 떠나고 말았다. 원인은 창밖을 스쳐가는 검은 그림자를 보는 순간, 젊은 아내가 자신을 죽이기 위해 보낸 킬러라고 오해하고는 극도의 두려움 속에서 심장 발작을 일으키고 만 것이었다.

이 억만장자의 죽음은 누구를 탓해야 하는 것일까? 탓할 수 있는 것이라고는 내려놓지 못한 그의 마음일 것이다. 그가 주위 사람들에 대한 의심을 내려놓았더라면, 재물에 대한 지나친 집착을 내려놓았더라면, 편안한 마음으로 아름다운 경치와 맛있고 진귀한 음식들을 즐길 수 있었더라면, 아내와 평화롭게 소통할 수 있었더라면, 그렇게 스스로 자신을 괴롭혀 죽음에 이르지는 않았을 것이다.

그렇다면 가장 행복한 사람은 권력을 가진 사람일까? 막강한 권력을 가진 사람은 바람과 비를 부를 수 있고, 다른 사람을 마음대로 부릴 수 있다. 그들은 수많은 타인을 통제하는 즐거움을 누릴 수 있고, 권력을 이용하여 자신과 가족의 이익을 도모할 수도 있다. 그들은 또 수천, 수만 명의 어깨 위에서 발밑에 있는 무수한 사람을 내려다볼 수 있을 것이다. 정말로 이런 사람이 가장 행복한 것일까? 이런 사람이 가장 행복한 것이 아니라면 어째서 그렇게 많은 사람이 온갖 방법을 동원하여 고위 공직자가 되려고 애쓰는 것일까? 사실, 공무원이 된다 해도 사람들은 실망을 느끼게 된다.

곧 퇴임하게 되는 부국장이 있었다. 퇴임을 앞둔 며칠 동안 그는 밤마다 잠을 이루지 못해 수면제를 복용하더니 결국에는 병으로 쓰러지고 말았다. 의사가 온갖 방법을 동원했지만 그의 병을 치료할 수 없었다. 환자의 병세가 갈수록 나빠지는 모습을 지켜보던 의사는 마침내 최후 통첩을 내리면서 가족들에게 뒷일을 준비하라고 말했다. 온 가족이 흐느끼면서 집으로 돌아와 장례를 준비하고 있을 때 부국장의 옛 동료 한 사람이 찾아왔다. 그는 느긋하게 편지봉투를 하나 꺼내더니 그 안에서 붉은 도장이 찍힌 종이를 꺼내 천천히 읽어 내려갔다.

"리한성李漢生 선생, 선생이 최근에 보여준 탁월한 업무 태도와 성과에 따라 조직의 평가와 심사를 거쳐 국장으로 승진 발령했으니 내일 당장 업무에 복귀하시오."

며칠 동안이나 자리에 앓아누워 있던 부국장은 뜻밖에도 이 소식을 듣자마자 당장 병상에서 일어났다. 정신도 백 배나 또렷해져 있었다.

권력자들의 자리와 권세는 아무리 크다 해도 언젠가는 다른 사람으로 대체되기 마련이다. 그들 마음에서 '권력'이라는 두 글자를 내려놓지 못하면 언젠가는 '행복'도 끝나고 말 것이다.

이처럼 재산이나 권력을 가졌다고 해서 꼭 행복한 것은 아니다. 그렇다면 이 세상에서 가장 행복한 사람은 누구일까? 세상에서 가장 행복한 사람은 외부적 힘이 어떻게 변한다 할지라도 자신의 마음이 변치 않고 그런 변화에 좌우되지 않는 사람일 것이다.

이런 사람들은 무엇이든지 잡을 수 있고 무엇이든지 내려놓을 수 있다. 그들은 엄청난 재산을 소유하게 될 수도 있고, 찢어지게 가난한 외톨이가 될 수도 있다. 사랑스러운 아내와 착한 아이들을 둔 사람일 수도 있고, 아주 즐거운 독신자일 수도 있다. 그들의 행복은 외부 세계와 전혀 무관하다. 외부 세계가 어떻게 변하든 간에 그들은 스스로 즐거움을 찾는다. 어쩌면 이런 사람들은 과거에 아주 커다란 시련을 경험했을 수도 있다. 하지만 그들의 얼굴에는 고통스러운 표정이 조금도 드러나지 않는다. 이런 사람들이 행복한 이유는 내려놓는 방법을 알고 있고 '버림과 얻음'의 진정한 의미를 알고 있기 때문이다.

〉 〉 〉

한 남자가 결혼식을 올리기 전날 밤, 자동차 사고로 가장 사랑하는 약혼녀를 잃었다. 너무나 상심한 나머지 그는 모든 욕망을 끊고 온종일 입을 다문 채 아무런 즐거움도 없이 세월을 보내기 시작했다. 그러던 어느 날, 그는 행낭을 짊어지고 집을 나섰다.

여행이나 실컷 하면서 이 세상의 아름다운 풍광을 만끽한 뒤에
자신의 생명을 끝내기로 한 것이다.

어느 작은 산촌에 도착한 그는 그곳의 풍경이 무척 마음에 들
었다. 자신의 몸을 이곳에 묻기로 작정하고는 적당한 절벽을 찾
아내 막 몸을 던지려는 순간, 늙은 농부 하나가 나타나 호통을
치며 만류했다. 그러고는 산 아래 펼쳐진 드넓은 밭을 가리키며
말했다.

"자네 같은 도시인들은 모두 배불리 먹고 편히 살지만 우리
같은 농부들은 일 년 내내 당나귀처럼 뼈 빠지게 일을 해도 입에
풀칠하기조차 어렵다네. 그런데도 자네는 할 일이 없어 이런 데
까지 죽을 자리를 찾아온단 말인가."

사내는 노인과 실랑이를 하고 싶지 않아 말없이 몸을 일으켰
다. 다른 곳에 가서 목숨을 끊을 생각이었다. 하지만 노인은 집
요하게 그를 따라와 몸을 잡아끌고는 어깨를 툭툭 치며 말을 던
지는 것이었다.

"이보게 젊은이, 정녕 죽어야겠다면 나도 굳이 말리지 않겠네.
하지만 죽기 전에 날 좀 도와주는 게 어떻겠나? 내 일을 좀 도와
준 다음에 죽어도 늦진 않을 테니 말일세."

사내는 속으로 생각해보았다. 어차피 자신은 곧 죽을 몸이니
죽기 직전에 누군가를 돕는 것도 나쁘지 않은 일일 것 같았다.
그가 말없이 고개를 끄덕이자 노인이 말했다.

"우리 마을은 몹시 가난해서 문화 수준을 갖춘 외지 사람들이 좀처럼 오려고 하지 않네. 그러다 보니 마을의 학교가 몇 달째 수업을 못 하고 있는 형편일세. 젊은이는 공부깨나 한 사람 같으니 날 도와서 우리 마을 아이들을 좀 가르쳐주게나. 다른 건 바라지도 않고 글만 읽을 수 있게 해주면 된다네."

뜻밖에도 사내는 이 마을에 무려 일 년을 머물렀다. 마침내 모든 아이가 글을 읽고 쓸 수 있게 되었을 때 그는 문득 죽고 싶은 생각이 사라진 것을 깨달았다. 심지어 자신이 왜 죽으려 했는지 그 이유도 찾을 수 없었다. 그는 마을 어귀에 펼쳐져 있는 뭇 산들을 바라보며 자신의 약혼녀를 떠올렸다. 그래도 그녀를 따라가야겠다는 생각은 들지 않았다.

》 》 》

이 이야기의 주인공인 사내는 자신의 행복을 죽은 약혼녀와 연결해놓고 있었다. 하지만 '약혼녀'는 끝내 그의 행복이 되지 못했을 뿐만 아니라 오히려 그의 인생과 행복을 구속하는 족쇄가 되고 말았다. 그러다가 늙은 농부가 그에게 내려놓는 것이 유일한 출구라는 것을 가르쳐주었다. 잘못된 인생의 관념을 내려놓고 잘못된 인생의 목표를 내려놓게 한 것이다. 사내는 새로운 인생의 의의를 발견하고서야 그동안 지녀왔던 마음속 응어리를 풀게 되었다.

좋은 비유가 아닐 수 없다. 우리의 손에는 항상 무언가가 들려 있다. 이것이 아까워 내려놓지 못하면서 어떻게 새로운 물건을 손에 들 수 있겠는가? 그런 물건이 아무리 아름다운 것이라 해도 결국에는 감당하기 버거워지고 만다. 이를 끝까지 손에 들고 내려놓지 못하면 그 물건은 결국 들 수 없을 정도로 무거워진다.

기억도 그렇다. 기억의 기능은 사람들에게 아름다운 것을 느끼게 하고 인생의 단맛과 신맛, 쓴맛과 짠맛을 고루 느끼게 하는 것이다. 우리로 하여금 경험과 교훈을 잊지 않고 과거의 성취를 발판으로 삼아 미래로 날아갈 수 있게 해주는 것이 바로 기억의 역할이다. 일생을 고통 속에서 마치게 하려고 기억이 존재하는 것이 아니다. 내려놓는 법을 배우지 못하면 기억은 족쇄가 되고, 영혼은 자유로울 수 없다. 자유롭지 못한 영혼은 영원히 기억의 울타리에 갇힌 채 남들의 행복을 멀리서 바라보는 수밖에 없다.

그러므로 내려놓는 것이 행복의 시작이자 행복의 원천이다. 우리의 일생에는 내려놓아야 할 것들이 아주 많다. 맹자는 "물고기와 곰 발바닥을 동시에 얻을 수 없다"고 말했다. 자기가 반드시 가져야 하는 것이 아니라면 내려놓는 법을 배워야 한다. 인간의 삶은 아주 짧은 순간에 지나지 않다고 말하지만 수십 년에 걸친 인생의 여정에는 갖가지 다양한 풍경들이 펼쳐진다. 얻는 것이 있으면 반드시 잃는 것도 있다. 포기하는 것을 배워야만 일정한 성숙함을 유지할 수 있고 더욱 가벼운 마음으로 충실하고 안정되게 생활할 수 있다.

불교에서는 외육진外六塵(색色, 성聲, 향香, 미味, 촉觸, 법法)과 내육근內六根(안眼, 이耳, 비鼻, 설舌, 신身, 의意), 그리고 중육식中六識(안식眼識, 이식耳識, 비식鼻識, 설식舌識, 신식身識, 의식意識)을 사람들에게 즐거움과 탐욕, 원한, 집착 등을 갖게 하는 근원이자 온갖 번뇌를 만드는 원인으로 규정한다. 이 18계界를 내려놓아야만 점차 갖가지 장애를 던져버릴 수 있다. 맑고 밝은 마음으로 모든 사물과 현상의 시비 득실을 볼 수 있고 번뇌의 구렁텅이에서 벗어날 수 있다. 또 이를 바탕으로 오염되지 않은 맑은 영혼을 소유할 수 있다.

우리의 일생은 커다란 집과 같고 기억은 집 안을 채우고 있는 갖가지 가구들, 그리고 집 안을 오가는 사람들과 같다. 집은 수시로 청소를 해야만 깨끗하고 자연스러운 상태를 유지할 수 있다. 그래야 그 안에서 사람들이 아무런 구속감 없이 자유롭게 활동할 수 있다. 인생도 마찬가지이다.

가끔은 집 안에 있는 특정한 '가구'가 마음에 들듯이 인생에서도 어떤 일이나 사람에 대해 남다른 애착을 둘 수 있다. 하지만 이런 것들은 오래되면 결국 파괴되기 마련이다. 그런데도 우리는 이를 가장 중요한 자리에 올려놓고 버릴 생각을 하지 않는다. 결국 심신은 자유로부터 점점 더 멀어지고 무거운 부담에 시달리게 된다.

보리는 본래 나무가 없고,	菩提本無樹,
밝은 거울은 받침대가 없네.	明鏡有無臺.
원래 아무것도 없는데,	佛性常淸淨,
어디에 티끌 먼지가 쌓일 것인가.	何處有塵埃.

속세에서 마음이 이처럼 맑고 투철한 경지에 이르기는 어려울 것이다. 하지만 영혼이 속세의 먼지로 뒤덮였을 때 이를 털어내는 것은 아직 가능한 일이다. 먼지를 털어내고 모든 것을 내려놓아야만 마음속 깊은 곳에 가라앉아 있는 기억, 진정한 내 마음이 행복을 맞이하고 느낄 수 있다.

물론 영원히 내려놓아서는 안 되는 것들도 있다. 예컨대 존엄과 꿈, 혈육의 정과 우정을 포함한 모든 유형의 애정은 우리 인생에서 가장 중요한 것들로, 우리가 생명을 바쳐 지켜야 할 것들이다.

내려놓는 것을 배우면 우리는 훨씬 더 즐겁고 가볍게 살 수 있을 것이다.

▽

소중한 하루의 행복찾기

불경에 "위로 올라가는 방법은 내려놓는
것밖에 없다"는 말이 있다. 번뇌는 손에 든
풍선과 같아서 이를 놓는 순간 자유와 활기를
느끼게 된다. 인생은 맑은 차와 같아서
내려놓아야만 그 맛과 진한 향기를 느낄 수 있다.
내려놓는다는 것은 일종의 해탈이자 깨달음이다.
내려놓는다는 것은 마음가짐의 선택이고
생활의 지혜이다. 내려놓는 법을 배우면
스트레스와 고민, 적, 고통 등이 저절로
사라지거나 줄어들 것이다.

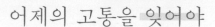

어제의 고통을 잊어야

내일의 행복이 다가온다

부처는 세상의 모든 사람이 태어나면서부터 고통 속에서 살게 된다고 말한다.

누구나 이 세상에 태어나 생로병사를 경험하면서 갖가지 슬픔과 고통을 겪게 된다. 때문에 우리의 신변에는 항상 어쩔 수 없는 정경이 벌어진다. 어떤 사람은 열정을 다 바쳐도 사랑하는 사람을 얻지 못하고, 어떤 사람은 열심히 일해도 항상 제자리를 맴돌면서 앞으로 나아가지 못한다. 갖가지 원인 때문에 수많은 사람이 눈물을 흘리고 수많은 사람이 잊히지 않는 고통 때문에 힘들어한다.

고통을 일상의 하나로 규정하는 이유가 여기에 있다. 우리가 살아가는 한, 고통으로부터 완전히 벗어나 매 순간을 즐거움 속에서 보낸다는 것은 거의 불가능하다. 하지만 고통이 다가왔을 때 어떤 생활을 선택할 것인가 하는 결정은 우리한테 달려 있다.

예컨대 실연했을 때 우리는 어떤 선택을 할 것인가? 상대방의 사진을 들여다보며 밤마다 눈물로 지샐 수도 있고, 집착을 내려놓고 새로운 사랑을 시작할 수도 있다. 사업에 실패하여 엄청난 타격을 입었을 때는 또 어떻게 할 것인가? 온종일 하늘과 사람들을 원망하며 술로 시름을 달랠 것인가, 아니면 정신을 가다듬고 다시 한 번 재기의 기회를 마련하여 분투할 것인가?

또 인생이 갑자기 맨 밑바닥으로 추락할 때는 어떻게 대처할 것인가? 자신의 마음을 닫아걸고 맥없이 주저앉을 것인가, 아니면 현실을 인정하고 고통을 이겨내면서 다시금 새로운 인생을 시작할 것인가?

어떤 고난을 만나든지 간에 반드시 알아야 할 것은 우리를 고통스럽게 하는 것이 고난 그 자체라기보다는 고통의 기억이라는 사실이다.

그렇다고 모든 사람이 고통 앞에서 암담한 태도만을 보이는 것은 아니다. 어떤 사람은 엄청난 슬픔과 고통의 기억을 안고서도 자신의 영혼을 억압하지 않고 즐겁게 살아갈 뿐만 아니라 다른 사람의 정신적 지주가 되기도 한다.

》 》 》

지진이 일어났다. 재난 속에서 다행히 어린 자매가 구조되었다. 자매는 살아났지만 안타깝게도 가족을 모두 잃었다. 여러 해

가 흘러 언니는 유명한 정신과 의사가 되어 재난 때문에 정신적
후유증을 겪는 수많은 사람을 성실히 치료했다. 하지만 동생은
몇 년째 극심한 자폐증과 우울증을 앓고 있었다. 동생은 늘 지진
의 악몽에 시달렸고 밤마다 다량의 수면제를 먹어야 잠이 들 수
있었다. 생활은 스스로 해결하지 못하고 전적으로 언니에게 의
지했다.

나중에 한 기자가 언니를 인터뷰하면서 물었다.

"왜 정신과 의사라는 직업을 선택하셨나요? 동생의 병을 치료
하기 위해서였나요? 환자들을 치료할 때 환자들의 증세가 지난
고통의 기억을 끄집어내지 않을까 두렵진 않았나요?"

언니가 편안한 표정으로 대답했다.

"물론 두렵습니다. 지진은 이미 지나간 일이고 제 가족은 모두
하늘나라로 갔습니다. 제가 그들을 기억하면서 아무리 고통스러
워한들 그들이 다시 돌아올 수는 없습니다. 그래서 저는 망각을
선택했습니다. 가족들 대신 제가 살아서 더 많은 사람을 돕기로
한 것입니다."

지진 재난으로 수만 명이 목숨을 잃었고 엄청난 수의 가족이
풍비박산되고 말았다. 세상을 떠난 사람들은 연민의 대상이 되
었고 살아남은 사람은 대부분 지독한 악몽에 시달려야 했다. 그
때의 일을 생각만 해도 눈물이 흐르고 저절로 탄식이 쏟아져 나
온다. 그래도 삶은 계속되어야 한다. 살아남은 사람들이 고통의

기억을 선택하여 언제나 어두운 그림자 속을 맴돌며 한 걸음도 나아가지 못한다면, 눈앞에 있는 행복을 보지 못하고 먹구름 위에서 찬란하게 빛나는 태양도 보지 못할 것이다. 이것이야말로 보상될 수 없는 상실이 아니고 무엇이겠는가?

고통의 기억을 선택한다는 것은 고통 속에서 인생을 보내기로 했다는 것을 의미한다. 잿빛을 선택했다는 것은 밝고 화려한 풍경을 더는 즐길 수 없다는 것을 의미한다. 한 사람의 고통은 다른 사람 또는 다른 사물이 가져다주는 것이 아니다. 이런 부정적 감정들은 대부분 자기 내면에서 나온다. 자신이 고통을 마음에 두기를 원하기 때문에 고통스러운 것이다.

》 》 》

생활 속에서 우리는 다양한 일과 사람들을 만나면서 다양한 감정을 발산하고 다양한 느낌을 가진다. 중요한 것은 우리가 어떤 감정, 어떤 느낌을 선택하느냐에 따라 생활의 방향이 달라진다는 사실이다. 마음속에 즐거움을 담으면 눈길이 닿는 모든 사물이 즐겁게 보일 것이며, 한때 짧은 고통이 있었다 하더라도 그 고통이 우리를 공격하지는 못할 것이다. 그러나 마음속에 고통을 담으면 아무리 즐거운 일이라 해도 그 속에서 즐겁지 못한 오점을 찾아내게 되고 일말의 즐거운 기분마저 사라지게 할 것이다.

이런 이야기는 도시 생활에서 얼마든지 찾아볼 수 있다.

장마철이 되면 항상 여러 차례의 대규모 폭우가 쏟아진다. 폭우가 밀려오면 도시는 온통 물바다로 변한다. 이런 계절이 찾아오면 유난히 즐겁고 경쾌하게 일하는 사람이 있었다. 이런 그를 이해하지 못하는 동료가 물었다.

"당신 집 앞의 물이 사람 키 절반만큼이나 차올랐는데 어째서 그렇게 즐거워하는 겁니까?"

그 사람이 대답했다.

"헤헤, 그걸 모르시는군요. 저는 낚시를 아주 좋아합니다. 하지만 낚시를 할 수 있는 곳이 멀어서 평소에 낚시하려면 차를 타고 세 시간이나 가야 하지요. 이번에 이렇게 물이 차오른 덕분에 집 앞에 앉아서 낚시할 수 있게 됐지 뭡니까? 낚시를 즐기면서도 돈이 들지 않으니 얼마나 좋습니까!"

폭우가 쏟아져 도시에 물이 차오르는 것은 사람들을 몹시 고통스럽게 한다. 외출하는 데도, 일하는 데도 불편하다. 이 때문에 수많은 사람의 원성이 자자하다. 심지어 매년 장마철이 되면 깊은 수심에 잠기는 사람도 있다. 하지만 아무리 걱정하고 원망한다 해도 때가 되면 비는 내릴 것이다. 배수 시스템이 개선되지 않는 한 물이 고이는 상황도 피할 수 없다.

따라서 고통을 기억하는 사람은 공연히 고통에 시달릴 뿐, 생활이 조금도 나아지지 않는다. 반면에 즐거움을 아는 사람은 집과 집기들이 물에 잠기는 고통을 잊어버릴 뿐만 아니라 이런 고통 속에서 즐거움을 찾을 줄도 안다. 이런 사람들의 생활은 환경의 변화와 관계없이 항상 다채롭고 재미있다.

우리가 반드시 알아야 할 것은 불행한 일이 생길 때 고통의 기억을 선택하면 삶은 절망에 빠지고 자신은 끊임없이 고통 속에 시달릴 것이라는 사실이다. 자신을 구제하는 유일한 방법은 불행을 잊고 자신의 생명 속에서 다시 즐거움을 찾고 그 의미를 확인하는 것이다.

> > >

세계적으로 유명한 중국의 무용단 가운데 '천수관음千手觀音'이 있다. 이 무용단은 듣지도 못하고 말하지도 못하는 소녀들로 구성되었지만, 이들은 세계 무용사에 기적을 만들어냈다. 보편적으로 농아 아동들은 어느 정도 자폐적 성향을 지니고 있어서 사람들과 정상적으로 소통할 수 없다. 사람들에게 자신의 의사를 분명하게 표현할 수 없기 때문이다.

하지만 이 소녀 무용수들은 자기 내면의 족쇄를 벗어버리고 무용을 통해 자기 생명의 의미를 되찾았다. 그녀들에게 '농아 아동'이라는 고통은 더는 존재하지 않는다. 자신들만의 즐거움을 찾았고 자신들만의 인생을 찾았기 때문이다.

인생의 즐거움이 영원할 수 없듯이 고통도 영원하지 않다. 우리 자신에게 고통스러운 마음을 주지 않는 한 외부 세계의 사물은 우리를 고통스럽게 하지 못한다.

　우리는 모든 것을 내려놓을 수 있는 능력이 있다. 고통도 즐거움도 우리 마음대로 할 수 있다. 운명을 움직이는 것은 바로 우리 자신의 선택이기 때문이다.

소중한 하루의 행복찾기

사람들은 같은 세상에 살면서
슬픔과 즐거움의 배합을 경험하지만,
어떤 사람은 즐거운 일들을 더 많이 기억하고
어떤 사람은 고통스러운 일들을 더 많이 기억한다.
즐거움을 기억하는 사람은 즐거움 속에서
살며 마음을 행복한 기억으로 채우지만,
고통과 원한을 기억하는 사람은
자신이 태어나면서부터 불행하다고 생각하며
고통의 연단을 참아내려 애쓴다.
그러면서도 고통을 자기 마음, 자신의 생명 속에
채워 넣은 장본인이 바로 자기 자신이라는
사실을 알지 못한다.

일이 즐거우면

마음이 너그러워진다

청소년기가 되면 우리는 자신을 위해 다양한 삶의 목표를 세우기 시작한다. 이번 시험에서는 만점을 받아야지, 이번에는 명문학교에 진학해야지……. 또 어른이 되면 이런 목표를 세운다. 이번 연말 평가에서는 사장님에게 아주 좋은 인상을 남겨 보너스를 받아야지, 이번 창업에서는 아이템을 몇 개 늘려 고객을 늘려야지……. 이처럼 성공과 출세에 대한 인생의 목표부터 자동차를 구매하는 등의 사소한 목표까지 우리는 수많은 목표를 세우며 살아간다.

생존을 위해, 남들보다 더 잘살고 더 멋지게 살기 위해 우리는 끊임없이 자신을 압박한다. 그리고 하나의 목표를 달성하면 또 다른 목표를 향해 움직인다. 이렇게 끝없이 옮기다 보면 성공할 때도 있고 실패할 때도 있다. 그런데 성공하든 실패하든 항상 내뱉는 말이 있다. "정말 피곤하다"는 것이다.

그렇다. 우리는 산에 오르는 것처럼 인생의 정상을 향해 올라가고 있다. 그러는 사이에 우리의 심신은 차츰 피폐해진다. 눈빛은 갈수록 공허해지고 영혼은 갈수록 무거운 부담으로 힘들어한다. 잠시 걸음을 멈추고 지나온 발자취를 돌아보면 그 여정이 온통 상처투성이요, 고통의 연속임을 확인할 수 있다.

우리는 수시로 자신에게 "지금 나는 즐거운가?"라고 물어보지 않는다. 당신은 성공을 위해, 돈을 벌기 위해, 부모의 기대를 위해, 또 아내의 요구를 위해 목숨을 걸고 자신을 불태울 때 행복했는가? 후회는 없었던가? 자신을 핍박하며 건강에 적신호가 켜질 때까지 일해서 얻는 것은 끝도 없이 하락하는 화폐가치와 지친 심신 외에 또 무엇이던가?

이 세상에서 사람들을 즐겁게 해주는 것은 도대체 무엇일까? 재물일까? 명예일까? 아니면 빛나는 명성일까? 만약 이 모든 것을 얻은 사람에게 이 짐을 계속 짊어져야 한다고 말한다면, 그는 절대로 즐겁지도 행복하지도 않을 것이다.

진정으로 우리를 즐겁고 행복하게 하는 것은 자신을 풀어주는 것이다. 자신이 즐겁게 일할 수 있도록 해주는 것, 자신이 정말로 좋아하는 일을 하게 하는 것이다.

》 》 》

아주 유명한 변호사가 있었다. 수많은 경제 관련 사건에서 승소하면서 업계에 명성이 자자했다. 사건을 해결할 때마다 그가 받는 수임료는 업계 전체를 통틀어 가장 높은 수준이었다. 그는 많은 돈을 벌었고 수많은 정계 인사들과 친분을 맺었으며 사회적 지위도 나날이 높아졌다. 그는 고급 승용차와 호화 주택, 커다란 별장까지 소유하게 되었다. 하지만 그는 조금도 즐겁지 않았다. 그는 새로운 소송을 마치면 한동안 별장에 가서 휴식을 취하곤 했다.

그러던 어느 날, 변호사는 쉽게 이길 수 있었던 소송에서 패하면서 의뢰인에게 호된 질책을 받았다. 그 소송에서 패해 엄청난 재산의 손실을 본 의뢰인은 그에게 큰 불만을 품게 되었다. 그래서 자신의 분노를 발산하기 위해 사방으로 다니면서 변호사에 대한 험담과 비방을 늘어놓았다. 이 영향으로 그 변호사를 찾는 의뢰인이 점점 줄어들었다.

하지만 변호사 자신은 이 일에 조금도 개의치 않았다. 소문을 애써 해명하려 하지도 않았다. 대신 그는 시내 중심가에 빵집을 하나 차려놓고 장사를 시작했다. 변호사의 아내는 걱정이 이만저만이 아니었다. 그녀가 근심이 가득한 얼굴로 남편에게 물었다.

"사건에 관해 해명할 생각은 하지 않고 느닷없이 웬 빵집이에요? 당신이 해명을 하지 않으니까 사람들이 계속 소문을 만들어 내고 있잖아요. 이러다가는 여러 해 동안 힘들게 쌓은 명성이 하루아침에 무너지고 말 거예요."

변호사는 신나게 빵을 반죽하면서 웃는 얼굴로 아내에게 말했다.

"나는 어릴 적 소원이 제빵사가 되는 거였는데 아버지의 압력으로 할 수 없이 변호사가 된 것이오. 이제 그 소문 덕분에 나를 찾는 고객이 적어졌으니, 마침내 더는 소송 사건으로 지치지 않게 되었고, 오히려 내 빵집을 갖게 되었소. 알고 있소? 내가 지금처럼 마음이 편하고 즐거웠던 적이 없었다는 걸 말이오."

수많은 사람이 돈을 많이 벌면 인생에서 성공했다고 생각한다. 물론 잘못된 생각은 아니다. 돈은 얼마든지 다른 물건으로 교환할 수 있고, 일시적인 즐거움을 살 수도 있다. 하지만 돈과 일의 관계는 그리 단순하지 않다. 그럼 돈에 전혀 관심이 없는 사람들은 어떤 방법으로 돈을 벌까? 만약 그들이 일을 할 때 몹시 괴롭고 힘들었는데 그렇게 죽어라 일해서 겨우 적은 월급을 받을 때 과연 즐거울까?

자기가 하는 일이 걱정과 스트레스만 준다면, 자기가 하는 일이 단순한 업무에 지나지 않는다면, 그리고 남이 그런 업무를 완수할 것을 강압한다면, 백 퍼센트의 자신감을 느끼고 그 일을 해낼 수 있을까? 이럴 때는 아무리 완강한 의지력을 발휘하여 잘해낸다 해도 언젠가는 실수를 범할 수밖에 없다.

일반적으로 배경도, 힘 있는 도움도, 남들의 지지도 없는데 자기 일에서 성공하려면 무엇보다 필요한 것이 그 일에 대한 흥미이다. 일할 때 일이 가져다주는 즐거움을 알고 만족한다면 당신의 일은 효율이 높은 '화폐 인쇄기'로 변할 것이다.

세상의 거의 모든 사람이 할 수만 있다면 '화폐 인쇄기'를 기대한다. 하지만 인쇄기의 효율이 아주 낮다면, 인쇄기의 원가보다 생산물의 가치보다 월등히 낮다면, 이런 기계를 누가 좋아하겠는가? 우리의 인생도 이와 다르지 않다.

잠시도 자신을 풀어주지 않고 쉴 새 없이 '인쇄기'를 돌리면서 오래도록 즐거움과 작은 행복을 외면한다면, 돌아오는 것은 건강 악화라는 무서운 결과뿐이다.

미래의 만족과 즐거움을 위해 눈앞의 행복을 희생할 때, 심지어 그런 만족과 즐거움마저 존재하지 않을 때, 우리의 인생은 미친 듯이 긁어댄 신용카드가 되고 만다. 계속 적자에 시달리면서 영원히 채무에서 벗어나지 못하게 된다. 최악의 상황은 우리의 영혼이 영원히 편안해지지 못하고 꿈도 영원히 실현되지 않는 것이다. 인생이 절대로 풀리지 않는 죽음의 매듭 속으로 빠져들 수도 있다. 결국 우리는 즐거움도 누리지 못하고, 즐거움을 찾는 방법마저 잊게 될 것이다.

❯ ❯ ❯

한 젊은이가 아내와 아이들을 집에 남겨두고 줄곧 외지에 나가 일을 했다. 그는 10만 위안을 벌면 고향으로 돌아가 집을 살

작정이었다. 그는 삼 년 동안 힘들게 일하며 한 푼 한 푼 모아 마침내 10만 위안을 마련하여 집으로 돌아갔다. 하지만 그가 사고자 했던 집은 30만 위안으로 가격이 올라 있었다. 하는 수 없이 젊은이는 이를 악물고 다시 외지로 나가 미친 듯이 일했다. 이번 목표는 30만 위안이었다.

그는 마음에 들지 않더라도 최대한 쉽게 많은 돈을 버는 방법을 찾기 시작했다. 이 년 뒤 천신만고의 노력으로 그는 15만 위안을 모았다. 그는 고향으로 돌아가기 전에 모아 두었던 10만 위안과 합치고 약간의 대출을 받으면 원하던 집을 살 수 있으리라고 생각했다.

하지만 뜻밖에도 그가 고향으로 돌아가 보니 사고자 했던 집은 80만 위안으로 가격이 껑충 올라 있었다. 수중에 있는 돈은 계약금 정도에 불과했다. 나머지 집값을 벌기 위해 그는 또다시 돈을 벌기 위해 외지로 나가야 했다. 그러나 이번에는 다시 고향으로 돌아오지 못했다. 돈을 벌기 위해 죽도록 일만 하다가 일터에서 고단한 삶을 마감하고 만 것이다.

이 젊은이를 동정해야 할지 말아야 할지 잘 모르겠다. 우리도 이와 비슷한 경험이 있기 때문이다. 그리고 동정할 사람이 어찌 그 젊은이 하나뿐이겠는가? 이것이 사회의 보편적인 현상이라면 결국 우리 모두의 삶은 온 부품이 낡아 버린 기계가 되고 말 것이다. 더구나 일에 대한 즐거움도 없고 열정도 부족하다면 기계의 효율은 갈수록 떨어지고 마모와 손실은 점점 더 커질 것이다.

원래 우리는 성공할 수 있는 능력이 있지만 즐겁지 않고 좋아하지 않고 기쁘지 않기 때문에 성공이 우리에게서 멀어지는 것이다. 자기가 하는 일을 좋아하지 않아서, 자신의 삶을 사랑하지 않아서, 생활과 일로부터 미움을 받아서 결국 이렇게 된다. 세상에 이보다 더 한심한 일이 있을까?

때로는 자신을 내려놓고 즐겁게 할 수 있는 일을 찾아야 하는 이유이다. 지나친 향락도 문제이지만 자신을 생활의 울타리 안에 가둬서도 안 된다. 삶에 구금당해 열정을 상실할 때 우리는 성공의 동력마저 상실하게 된다.

즐거운 일을 하자. 그러면 즐거움 속에서 자신의 장점을 발견하고, 동료의 사랑스러운 모습을 발견하고, 사장의 총명함도 발견하게 될 것이다. 하루라도 빨리 실현해보자. 무거운 짐을 내려놓으면 세상이 사랑스럽다는 것을 새삼 깨닫게 될 것이다.

상상해보자. 즐거운 마음으로 일할 때 효율성이 훨씬 더 높아지지 않을까? 가족의 사랑을 더 많이 느끼고 친구들의 관심을 더 많이 받지 않을까? 이 때문에 우리에게 더 많은 인연이 생기고 더 많은 돈을 벌 수 있지 않을까?

큰돈을 번 사람들의 많은 사례가 말해주듯이 마음 깊숙한 곳에서 자기 일을 사랑하면 더 나은 삶의 기회를 잡게 되고 훨씬 더 많은 돈을 벌게 된다. 결국 우리가 즐기는 것은 돈 자체가 아니라 돈을 버는 즐거움이다.

인생의 의미는 좋아하지 않는 일을 하도록 강압하는 것이 아니라 좋아하는 것을 극대화하여 최대한의 열정을 발휘하는 데 있다. 일이나 생활 속에서 즐거움을 느낄 때 우리는 비로소 진정한 기쁨을 느낄 수 있다. 결과적으로 이처럼 유쾌한 생활은 경제적인 큰 수확으로 이어진다. 자신이 좋아하고 즐거워하는 일을 추구할 때 비로소 행복과 돈이 서서히 다가온다.

즐겁지 않다는 것은 세상에 지는 것을 의미한다. 즐거움을 추구하되 다른 사람이 아닌, 자기 자신이 되어야 한다. 남들이 우리의 모든 것을 가져가도 즐거움은 절대 가져가지 못한다. 지금 당신이 즐겁게 일한다면 그것이 곧 진정한 부자요, 자유로운 영혼이며, 성공적인 삶을 영위하는 것이다.

소중한 하루의 행복찾기

돈으로는 진정한 즐거움을 살 수 없다.
끊임없이 목표를 추구한다 하여
진정한 즐거움을 얻는 것은 아니다.
우리의 인생이 거대한 압력으로 짓눌려 있다면
결코 진정한 즐거움을 얻을 수 없다.
진정한 즐거움은 자신의 마음속에 있다.
자신을 풀어주고 진정 좋아하는 일을 할 때,
즐거움은 마음속 깊은 곳에서
뛰쳐나올 것이다.

열정을 바칠

일이 있는 당신은
행복하다

세상 전체가 이익을 향해 움직이고 있다.

사람은 누구나 명리를 위해 움직인다. 명리를 추구하는 것은 인간의 본성이고, 이는 조금도 잘못되거나 지나친 일이 아니다. 하지만 우리의 일과 생활이 오로지 명리만을 위한 것일까? 우리가 일하는 것이 오로지 돈을 벌기 위한 것일까? 우리가 즐겁게 일하는 것이 좀 더 많은 월급과 보너스를 받기 위한 것일까? 우리가 열심히 일하는 이유가 돈을 버는 것 이외에 다른 목적은 정말 없을까?

젊은 여성 디자이너가 돈 많은 남자를 만나게 되었다. 두 사람은 어느 정도의 교제 기간을 거쳐 결혼에 성공했다. 결혼하고 나서 얼마 지나지 않아 시어머니가 그녀에게 말했다.

"앞으로 회사는 그만 다니는 게 좋겠다. 쥐꼬리만 한 월급을 받으면서 힘들게 일하느니 가사에 전념하는 게 나을 것 같구나.

돈은 걱정하지 않아도 된다. 우리 같은 집에서 한 사람쯤 쉰다고 크게 문제 될 건 없으니 말이다."

젊은 디자이너는 그동안 어려운 가정 형편 탓에 무조건 직장에 나가야 했지만, 넉넉한 시댁 덕분에 이제는 일을 하지 않아도 되었으니 이보다 더 좋을 수는 없다고 생각했다. 그녀는 얼른 고개를 끄덕여 시어머니의 제안에 동의한다는 뜻을 밝혔다.

하지만 뜻밖에도 주부로서의 결혼 생활은 그녀가 생각했던 것과 사뭇 달랐다. 그녀는 온종일 집 안에 멍하니 앉아 있었고 가사는 전부 도우미들이 알아서 해주었다. 부자인 남편은 옷을 챙겨 입는 일이나 식사를 하는 것까지 전부 자신이 알아서 했기에 그녀가 특별히 해줄 일이 없었다. 예전처럼 돈 때문에 걱정할 일은 하나도 없었다. 부족한 것이라곤 없는 것 같았지만 그녀는 생활 속에 뭔가 빠져 있다는 느낌이 들기 시작했다.

일을 하지 않다 보니 대인관계의 범위가 많이 축소되었다. 매일 집 안에만 있으니 말수가 줄어들고 침묵할 때가 더 많았다. 점점 그녀는 이런 생활을 견딜 수 없게 되었다. 날마다 할 일 없이 거리를 구경하다 쇼핑하고 오후에 차를 마시곤 했지만, 집에 혼자 있을 때는 무엇을 해야 좋을지 몰랐다. 남편이 집에 있는 시간이 적다 보니 새로 사 온 옷도 누구에게 보여주려고 산 것인지 알 수 없었다. 그녀는 자신의 생명이 점점 시들어가는 것을 느꼈다.

그러던 어느 날 전 직장 동료가 디자인 시안을 들고 찾아와서는 수정 작업을 도와달라고 부탁했다. 오랜만에 컴퓨터 앞에 앉아서 익숙한 소프트웨어를 여는 순간 그녀는 갑자기 눈가가 뜨거워지면서 마음속에 열정이 되살아나는 것을 느꼈다. 생명의 맥박이 다시 요동치고 있었다. 그 순간 그녀는 일이라는 것이 사실은 사람을 즐겁게 하고 삶에 충실하게 해주는 것임을 깨닫게 되었다.

　　이는 그저 신데렐라 같은 여성에게 국한된 이야기가 아니다. 부잣집으로 시집가서 매일 할 일 없이 한가하게 지내는 젊은 새댁이 상상해낸 이야기도 아니다. 이는 우리 모두의 이야기이자 내면의 기록이다. 우리가 일을 즐거움으로 여기지 못하는 것은 온종일 일에 갇혀 있기 때문이다. 날마다 직장에서 크고 작은 일로 고심하고 지나치게 많은 잡념에 시달리다 보니 일 자체가 우리에게 즐거움과 행복을 가져다주는 존재라는 사실을 잊고 있는 것이다.

　　우리에게 허락된 생명 가운데 일하는 시간이 3분의 1을 차지한다. 심지어 우리의 일생에서 먹고 잠자는 것을 빼고 가장 중요한 것이 바로 일이다. 하지만 일의 중요성은 배를 채우는 데 있는 것도 아니고 방세를 내주는 데 있는 것도 아니다. 우리의 체면을 세워주고 남들로부터 존중받게 해주는 것은 더더욱 아니다. 이상적인 직업은 우리에게 자신감을 주고 인생의 의미를 느

끼게 해주며 영혼을 가득 채워준다. 또한 마음의 평정과 즐거움
을 제공하기도 한다.

핵심은 마음속의 억울함과 잡념, 원망과 불쾌감을 모두 내려놓
고 일을 통해 정말 만족감을 느끼느냐, 매일 마음의 평정을 느끼
느냐, 일을 마무리한 후 진정한 희열과 성취감을 느끼느냐이다.

》 》 》

크세노폰*Xenophon*은 기원전 4세기 그리스의 철학자이다. 그가
쓴 책에는 몹시 가난한 집 출신으로서 나중에 엄청난 성공을 거
둔 남자가 했던 말이 소개되어 있다.

"제가 정말로 재산이 많아질수록 더 즐거웠을 거라고 생각하
십니까? 여러분이 알지 못하는 것이 한 가지 있습니다."

남자는 이렇게 전제하면서 얘기를 계속했다.

"제가 지금 음식이나 잠에서 얻는 즐거움은 가난할 때보다 나
아진 것이 조금도 없습니다. 이렇게 많은 재물을 통해 제가 얻
은 것이라고는 관리해야 할 사업이 많아지고 사람들에게 나눠
줘야 할 것들이 엄청나게 늘어났다는 것뿐입니다. 신경 써서 돌
봐야 하는 일도 많아졌고요. 지금은 아주 많은 노동자가 제게 의
지하여 밥을 먹고 옷을 입으며 의사를 찾아갈 수 있습니다. 수시
로 누군가 저를 찾아와 늑대가 양을 물어갔고 소가 낭떠러지에
서 떨어져 죽었다고 알려줍니다. 때로는 소 떼 사이에 역병이 돌

고 있다고 전해주기도 하지요. 재물이 많아지는 바람에 저는 가난할 때보다 골치 아픈 일만 더 많아졌습니다."

오늘날 너무나 많은 사람이 자신이 극도로 싫어하는 일을 하면서 밤늦게까지 야근을 하고 있다. 그리고 대부분 야근하는 시간은 일에 대한 혐오감과 정비례한다. 정상적인 업무 시간에는 백 퍼센트 일에 집중할 수 없어서, 혹은 게을러서 일을 자꾸 미룬 나머지 할 수 없이 근무 시간을 연장해야만 주어진 일을 마무리할 수 있다.

이런 사람들을 아침 일찍 일어나 일터로 나가게 하는 유일한 동력은 바로 월급이다. 이런 사람들에게는 직장 생활이 그저 일일 뿐이다. 가족을 부양하고 입에 풀칠하기 위한 수단에 지나지 않는다. 이들은 자신의 직업을 필생의 사업으로 승화시키지 못한다. 때문에 항상 마음의 평정을 유지하지 못하고 자신이 하는 일을 좋아할 수 없다. 이들의 마음은 월급의 액수에 따라 요동친다. 이들은 월급을 따라가다 보니 더 많은 월급을 주는 회사 또는 아주 다른 일로 바꾸기도 한다. 그리고 극도로 피곤해질 때까지 이 순례를 멈추지 않는다. 그러면서도 이루는 것은 아무것도 없다.

불행하게도 대다수 사람이 사회와 교육기관, 부모가 권하는 일과 사업을 선택하는 경우가 많다. 이러한 선택에 영향을 미치는 것은 일이 만들어내는 즐거움과 만족감이 아니라 안타깝게도 권력과 지위, 명성과 보수이다.

》 》 》

한 대학생이 있었다. 학교에 다니는 동안 줄곧 성적이 우수했던 그는 졸업한 후 아주 좋은 회사에 들어갔다. 월급도 같은 과의 다른 친구들보다 월등히 많았다. 하지만 그는 현재 상황에 전혀 만족하지 못했다. 그는 오로지 더 많은 월급을 기대할 뿐이었다. 그래서 더 많은 월급을 주는 직장을 끊임없이 찾아다녔다.

그의 노력은 확실한 결과를 가져다주었다. 졸업한 지 삼 년이 채 못 되어 어느 외국 기업에 들어가 한 달에 1만 위안이라는 높은 월급을 받게 된 것이다. 하지만 오 년이 지나면서 그의 동료가 하나둘씩 자신의 사업을 시작하여 하루가 다르게 번창하는 동안 그의 월급은 계속 1만 위안의 수준에 머물러 조금도 올라가지 않았다.

지금 어디를 가든지 이런 사람을 만날 수 있다. 특히 갓 대학을 졸업한 사람들 중에는 이런 유형이 많다. 그들은 똑똑하고 훌륭한 교육을 받았다. 심지어 그 가운데 일부는 고급 훈련 과정을 거쳐 뛰어난 기술을 갖추고 있다. 하지만 몇 년이 지나도 그들 가운데 상당수가 어쩌다 약간의 성취는 이룰 수 있을지 몰라도 사업에서 크게 성공하지는 못한다. 그리고 이들 가운데 절대다수가 이런 상황에 부닥쳐서도 좀처럼 자신의 과실을 깨닫지 못

▽

하고 남들을 원망하거나 공평하지 못한 운명을 탓하곤 한다.

물론 세상사가 불공평한 면도 있다. 하지만 이렇게 된 주된 요인은 그들이 자기 일을 좋아하지 않았고 자기 일을 평생의 사업으로 여기지 않았기 때문이다. 그들은 자기 사업을 잘 경영하지도 않았고 그 속에서 충분한 즐거움을 이끌어내지도 못했다. 오히려 그들은 일을 쌓여만 가는 짐으로 생각했고 자신을 억누르는 거대한 바윗덩어리로 간주했다. 거대한 바위를 등에 짊어지면 당연히 빨리 걸을 수 없다.

그러므로 자신의 몸과 마음을 송두리째 던질 수 있는 일을 포기하고 오로지 돈과 명예만 추구한다면 인생은 절대로 우리가 상상하는 방향으로 나아갈 수 없다. 편안하고 조용한 마음이 없다면, 온 힘을 기울일 수 있는 지향점이 없다면, 평생 심혈을 기울일 수 있는 사업이 없다면, 우리가 추구하는 동력을 잃게 될 것이고 지지의 기반을 상실하게 될 것이다. 그리고 허무하게 떠다니는 재물과 명예마저도 우리의 경박함으로 인해 사라져버릴 것이다.

소중한 하루의 행복찾기

사람들은 돈이 많으면 즐거울 것이라고 생각한다.
눈부신 성취를 이루면 즐거울 것이라고 생각한다.
그러나 어느 날 재산을 모조리 도둑맞고
빛나는 명성이 남들에 의해 추월당한 후에도
그렇게 즐거울까? 그렇지 못할 것이다.
반면에 내면에서 우러나오는 평정과
자신의 일생을 다 바쳐도 후회 없는 일,
이 두 가지만 있으면 영원한 즐거움을 누릴 수 있다.

삶은 결점을

받아들이는
연습이다

'완전함'이란 그림 속에 핀 꽃과 같아서 손 안에 쥘 수 없으며 그저 멀리서 바라볼 수 있을 뿐이다. 옛사람들은 그림을 감상할 때 항상 두 발짝 정도 떨어져서 그림 전체가 표현하는 경치를 관상하고 그 안에서 어떤 이미지와 정취를 찾아냈다. 감정가가 아닌 이상 그림을 감상할 때 돋보기를 들이대고 화면 구석구석을 살피는 사람은 없을 것이다.

완전한 것은 보일 듯 말듯 희미함 속에 숨어 있어서 눈으로 보면서도 좀처럼 만져지지 않는다. 수많은 사물은 그 겉모습만 볼 수 있을 뿐, 손에 넣을 수는 없다. '완벽한' 결론을 얻었다 해도 손에 쥐는 순간 온갖 흠이 생기게 되고 '완벽함'이라는 단어는 연기처럼 사라져버린다.

세상 만물이 모두 그러하며 우리의 인생도 마찬가지이다. 인생은 조수의 흐름과 같아서 가장 높은 봉우리가 있는가 하면 가

장 얕은 계곡도 있다. 때문에 《주역周易》 건괘乾卦 구복九卜의 복사
卜辭에 "용이 하늘을 난다飛龍在天"라는 구절 다음에 "아무리 높은
지위에 있어도 삼가지 않으면 후회하게 된다亢龍有悔"라는 문구가
따라오는 것이다. 만물의 발전이 극에 이르면 반드시 꺾이기 시
작한다는 뜻이다. 때문에 그동안 위대한 현자들과 제왕들의 삶
도 완벽할 수 없었던 것이다.

송宋나라 때 문인 소식蘇軾은 한때 천하에 문명을 날린 바 있고
그의 사詞는 호방파豪放派로 분류되면서 중국 송사의 발전에 지대
한 영향을 미쳤다. 그는 "인생은 꿈과 같아서 강월과 마주하여
한 잔 술을 나누네人生如夢, 一樽還酹江月"라는 구절로 인생 무상함
을 노래했고 "천하에 큰 용기가 있는 자는 졸지에 황당하고 어려
운 일이 닥쳐도 놀라지 않네天下有大勇者, 猝然臨之而不驚, 無故加之而不怒"
라는 구절로 의협으로서 갖춰야 할 용기를 말하기도 했다. 하지
만 이런 문학의 대가도 인생의 여정은 말할 수 없이 험난하기만
했다. 과거시험의 방안榜眼, 2등으로 진사에 급제한 사람을 말함으로서 재
상의 직을 맡을 만한 실력을 갖추었지만 사람들로부터 배척되어
항주杭州와 혜주惠州, 창화군昌化軍 등 갈수록 더 멀고 구석진 곳으
로 옮겨가야 했고 심지어 목숨이 위태로운 일을 간신히 모면하
기도 했다. 하지만 이런 불우한 벼슬길의 흔적이 문학사에 빛나
는 그의 지위를 훼손하지는 못했다.

남당南唐의 후주 이욱李煜은 무도한 정치를 펼치면서 시비를 가

리지 못하고 간신들의 참언에 귀를 기울이고 통치자로서 진취적인 기상을 보이지 못하고 오로지 자신의 안일과 문학 세계에만 집착하다가 나라를 망치고 말았다. 하지만 나중에 문인 정객들은 하나같이 그를 동정하고 존경하면서 '사제詞帝'라는 이름으로 미화하기도 했다. 그의 시문은 곱게 단장한 무녀가 한들한들 춤을 추는 것처럼 지극히 청아하고 부드러운 정취를 보이면서 술에 취한 양귀비를 다양한 모습으로 표현했고, 비단을 물들이는 서시西施의 모습을 감동적으로 묘사했다. 사랑하는 사람의 마음에 가득한 수심을 물줄기에 비유하여 "한 줄기 봄 강물이 동쪽으로 흐르네"라는 천고의 명구를 남기기도 했다. 제왕으로서는 실패하여 나라를 망친 그는 마음속의 수심과 고통을 문학으로 표현하는 수밖에 없었다. 하지만 극한에 이르는 그의 슬픔에도 역사는 강물이 동쪽으로 흐르듯 반복되어 갔다.

》 》 》

한 남자가 사방으로 완벽한 여자를 찾아다녔다. 그는 열심히 돈을 벌면서 무수한 여자를 살피다가 마흔 살이 되어서야 마음에 쏙 드는 여자를 만나게 되었다. 그녀는 고등교육을 받은 데다 집안도 훌륭했고 외모도 뛰어났다. 목소리는 꾀꼬리 같고 애교도 철철 넘쳤다. 그가 그리던 '완벽한 여인'에 딱 맞는 조건이었다. 이 여성과 결혼하기 위해 그는 자신이 반평생 모은 재산을 아낌없이 썼다.

그러나 남자는 결혼을 하고 나서야 이 여자에게 심각한 성격적 결함이 있다는 사실을 알게 되었다. 그녀는 가사를 전혀 돌보지 않았고 돈을 물처럼 썼으며 시부모님을 존중하기는커녕 기본적인 예의도 갖추지 않았다. 심지어 사소한 일로 시어머니에게 소리를 지르며 대들기까지 했다. 남자는 후회스러웠지만 아내를 어떻게 해야 좋을지 방법을 찾을 수 없었다.

누구에게나 항상 좋지 않은 결함이 있듯이 얻을 수 없는 물건도 있기 마련이다. 우리는 별로 아름답지 않은 것을 아름답다고 생각할 때가 있다. 그러다가 어느 날 그것을 좀 더 깊이 이해하게 되면 상상했던 것보다 그렇게 아름답지 않다는 것을 깨닫게 된다. 이는 남의 아내와 남편이 더 훌륭해 보이고 남의 집 아이들이 더 착해 보이고 남의 가정이 화목한 것처럼 보이는 것과도 같다. 그러면서도 남의 눈에는 자신이 부러움이 대상이 되고 있다는 사실을 알지 못한다.

영화 〈사랑을 호출하다〉에서 아내에게 싫증을 느낀 남자가 우연히 예쁜 여자를 만나게 해주는 신기한 휴대전화를 손에 넣게 된다. 시작은 낭만적이었다. 휴대전화를 통해 만난 미녀마다 자신의 조건에 완벽하게 들어맞았다. 하지만 교제가 깊어지자 상대방의 감춰졌던 결함이 속속 드러나기 시작한다. 견디지 못한 주인공이 또다시 다른 대상을 찾아 나서면서 온갖 우스운 일이 속출한다.

완벽함을 추구하는 것을 잘못된 태도라고 말할 수는 없다. 하지만 지나치게 완벽함을 추구하는 것은 사람들에게 감당하기 어려운 고뇌를 가져다준다.

》 》 》

인사부 직원 하나가 삼 년 동안 일을 했지만 줄곧 상사에게 인정을 받지 못했다. 승진을 못 했을 뿐만 아니라 여러 차례 해고될 위기를 넘기기도 했다. 그가 뽑은 인재들이 며칠을 견디지 못하고 회사를 나가버렸기 때문이다. 남아 있는 사람들도 대부분일에 전력을 다하지 않았다.

이 일로 오랫동안 고심하던 그는 어느 날 우연히 심리 상담사로 일하는 친구를 만나게 되었다. 그가 친구에게 말했다.

"난 정말 이해할 수가 없네. 어째서 내가 엄격한 기준에 따라 신중하게 뽑은 직원들이 하나도 회사에 도움이 안 되는지를 말일세."

심리 상담사 친구는 잠시 생각에 잠기더니 그에게 되물었다.

"자네는 주로 어떤 부분에 중점을 두어 직원들을 선발하나?"

그가 잠시 생각하고 나서 대답했다.

"난 말일세. 눈에 먼지 하나만 들어와도 참지 못하네. 훌륭한 직원이라면 우선 심리적 소질이 탄탄해야 하고, 그다음에는 업무 능력이 뛰어나야 하지. 학습 능력도 좋아야 하고 말이야. 우리 회사의 업무 환경에 맞추려면 영어는 수준급 이상의 실력을 갖춰야 하네. 체력이 딸려서도 안 되겠지. 아 맞아, 같은 업종에서 삼 년 정도의 경력을 갖춘 것이 가장 바람직하겠군."

심리 상담사는 친구의 대답에 빙긋이 웃으면서 말을 받았다.

"자네가 직원을 채용하는 최종 목적이 뭔가? 기업에 가치를 창조하는 것인가 아니면 완벽한 기준을 추구하는 것인가? 자네 회사의 실력과 임금 수준으로 보자면 설사 이렇게 완벽한 직원이 들어온다 해도 얼마 버티지 못하고 곧 떠날 걸세."

완벽한 것을 좋아하는 사람은 종종 자신이 추구하는 목표를 위해 일련의 조건을 제시하면서 자기 또는 타인들이 이를 일일이 충족시킬 것을 요구하곤 한다. 하지만 이들은 그러면서도 가장 중요한 부분을 무시하기 일쑤다. 다름 아닌 그러한 추구의 최종적인 결과가 무엇인가 하는 것이다. 깨끗한 것을 좋아하는 완벽주의자를 예로 들어보자. 그는 매일 각종 세제를 이용하여 집안 곳곳을 깨끗하게 닦고 문지르지만 결국은 세제의 과다 사용으로 호흡기 질환에 걸리고 말 것이다. 깨끗하고 건강한 것을 좋아했는데 반대로 이런 태도가 건강을 해치는 원인이 된 것이다.

사실 인생에는 완벽하다고 말할 수 있는 것이 없다. 우리의 일생에는 항상 이런저런 결점들이 있기 마련이다. 유명 대학을 졸업했지만 마음에 드는 직장을 찾지 못하는 사람도 있고, 여러 면에서 우월한 조건을 갖추고 있으면서도 결혼에 실패하는 사람도 있다. 똑똑하고 야무지지만 말을 잘 안 듣는 아이를 둔 가정도 있다. 이 모든 것들이 우리의 삶을 구성하는 요소들이다. 이 가운데 일부는 피할 수 있다 해도 전부를 피하는 것은 불가능한 일이다. 탁자 위를 영원히 먼지 하나 없이 유지하는 것이 불가능한 것과 마찬가지이다. 방금 탁자 위를 닦았는데도 햇빛에 비춰 보면 어김없이 먼지가 눈에 들어오기 마련이다.

이 밖에도 인생에 '완벽함이 불가능한' 또 다른 이유가 있다. 완벽함이란 개념에는 애당초 기준이 없다는 것이다. 어떤 일에 대해 다른 사람들은 이미 훌륭하게 완성되었다고 말하면서 완벽하다고 칭찬할 때 누군가는 이를 인정하지 못하고 온갖 문제를 지적할 수도 있다. 심지어 결점과 부족함을 찾아내 자신의 기준에서는 그 일에 문제가 많음을 증명하려고도 한다.

이것을 아름다운 옥에 비유할 수도 있다. 옥의 가치 기준은 고정적이지 않다. 사람들은 "황금에는 정해진 가격이 있지만 옥에는 가격이 없다"고 말한다. 옥이 아름다운 것은 사람들이 좋아하고 어루만지면서 그 속에서 아름다움을 발견하기 때문이다.

따라서 진정한 완벽함이란 어느 특별한 기준이 있는 것도 아니고 남들의 평가에 달린 것도 아니다. 진정한 완전함은 자기 자신에게 있다. 자신에게 안전과 행운, 아름다움을 가져다주는 것이 있다면 그것이 바로 완벽함이다. 어느 한 가지 일이, 사물이,

사람이 우리에게 즐거움을 주고 행복을 느끼게 해준다면 우리의 마음속에서는 그 일이, 사물이, 사람이 바로 완벽함이고 소중한 존재이다. 어떤 사람을 마음을 다해 사랑하기만 하면 남들이 아무리 콧방귀를 뀌더라도 자기가 선택한 사람이 가장 아름답고 사랑스러운 법이다. 거칠고 질투심 많은 '하동사자河東獅'를 아내로 맞은 송宋나라의 도인 구룡거사丘龍居士가 항상 미소를 잃지 않으면서 유유자적할 수 있었던 것도 바로 이런 이유 때문이다.

》 》 》

모든 노력이 결실을 가져다준다고 믿어서는 안 된다. 하지만 모든 수확이 노력의 결과인 것은 분명하다. 이는 불공평하지만 절대로 역전시킬 수 없는 삶의 명제이다.

삶에는 완벽함이란 것이 없다. 삶은 온갖 결점으로 이어져 있다. 하지만 이런 삶도 다양한 활기와 아름다움을 가지고 있다. 이 세상에는 단순한 인생도 있고 즐거운 인생도 있고 고통스러운 인생도 있다. 각양각색의 감정과 각양각색의 사람, 각양각색의 기억이 서로 얽혀서 우리의 삶을 이루고 있는 것이다. 우리가 어떤 삶을 선택하는지는 삶의 본의를 어떻게 이해하느냐에 달려 있다.

우리의 요구와 꿈, 욕망과 현실 사이에는 항상 차이가 있고, 이 차이가 바로 삶의 결점이다. 이 결점이 우리에게 가져다주는 것은 종종 골치 아픈 일일 수도 있고 끝없는 고통일 수도 있다. 우리는 완벽함을 갈구하지만 종종 완벽함으로부터 점점 멀어져 등을 지게 된다. 이는 우리의 노력이 충분치 못하기 때문이 아니라 결점과 고통을 받아들이는 수용력이 부족하기 때문이다.

상대적으로 우리는 높은 지위에 있는 사람을 부러워하고 성공한 사람을 부러워한다. 하지만 지위와 공명이 높을수록 처리해야 할 일도 많아지고 고통과 통제되지 않는 고민도 늘어나는 법이다. 반면에 평범한 사람들에게는 마음을 졸여야 하는 중요한 일들이 많지 않다. 평범한 사람들의 고민은 대체로 통제가 가능한 범위 안에 있는 것이다.

행복한 사람일수록 삶을 받아들이는 수용력이 크다. 그들은 모든 것을 담담하게 받아들인다. 고대의 역학易學에서 말하듯이 일단 자리를 잡으면 그 어떤 일이 다가와도 변함없이 대응한다. 세상에는 어떤 사람이나 사물도 우리의 선의에 맞도록 설계되어 있지 않다는 사실을 기억하자. 완고하게 자신의 기준으로만 뭔가를 찾으려 한다면 돌아오는 것은 실망뿐이다. 반면에 어떤 사물이든지 아름다움에 초점을 맞추고 거기에 붙어 있는 결점을 애써 찾지 않으면 우리의 영혼은 자유로워질 것이고 훨씬 더 즐거워질 것이다.

소중한 하루의 행복찾기

이 세상에 완전함이란 없다.

세상 자체가 완전하지 않다. 언젠가 우주가

사라지면 지구도 혼자 돌지 못한다.

그러므로 이 세상에서 억지로 완벽한 사람,

완벽한 일을 찾으려면 먼저 자신을

완전무결한 사람으로 치장해야 할 것이다.

그리고 그 최종적인 결과는 스스로

자신을 고통스럽게 하는 것이다.

사랑을 내보내면

사랑이
되돌아온다

　세상을 살면서 우리는 수많은 사람과 소통하며 생활한다. 또 온갖 이유로 여러 가지 문제를 겪기도 한다. 때로는 사람들과 마찰을 겪으며 원한과 분노의 감정이 생기기도 한다. 역사를 살펴보면 어찌 된 일인지 원한이 은혜와 감사보다 사회에 더 많은 영향을 끼쳤다.

　따라서 인류의 전쟁사는 뭐라고 딱 꼬집어 말하기 어려운 원한의 역사이다. 작게는 한 가정에서도 증오와 원한의 정서가 즐거움과 감사의 정서보다 더 만연한 것을 실감할 수 있다. 부모가 아이들에게 아무리 잘해줘도 자신도 모르게 갑자기 튀어나온 말 한마디 때문에 아이의 마음에 깊은 상처를 입히는 것도 바로 이런 이유에서다.

　증오가 인간의 본성이긴 하지만 사람들에 대한 증오의 감정을 마음속에 담아둔다면 결국 피해를 당하는 것은 자기 자신이다.

살아가면서 형제간의 시기와 고부간 갈등, 동료 사이의 다툼은 흔히 일어나는 일들이다. 이런 일들 때문에 서로 미워하고 분노하는 것도 아주 흔한 일이다. 하지만 이러한 울화와 분노가 오랜 시간 지속된다면 이에 대해 숙고하고 통제할 필요가 있다.

》 》 》

옛날에 검술을 무척 좋아하는 왕자가 있었다. 하루는 한 소년이 왕자를 찾아왔다. 소년의 아버지는 나라의 대신으로 왕자와 적대적인 상태였다. 대신이 국왕에게 왕자를 험담하여 호되게 야단맞게 한 적이 있었던 것이다. 때문에 왕자는 이 대신에게 줄곧 불만을 품고 있었고 그를 증오하기도 했다.

왕자는 대신의 아들을 보고 마음이 몹시 불쾌했다. 하지만 아무것도 모르는 소년은 왕자의 검술을 존경하면서 그를 스승으로 모셔 검술을 배우고 싶다고 말했다. 왕자는 무척 진지하고 간절한 소년의 모습을 보고는 한 가지 계책이 떠올랐다. 이 소년을 이용하여 그 아버지에게 보복하기로 마음먹은 것이다.

왕자는 소년에게 검술을 가르치기 시작했다. 그는 나무로 된 실물 크기의 인형을 잔뜩 만들어놓고 소년에게 말했다.

"이 나무 인형을 대상으로 열심히 검술을 연습하면 된다."

몇 달이 지나 왕자는 흐뭇한 얼굴로 소년에게 다가와 말했다.

"너의 검술은 이제 수준급에 도달했다. 더 높은 단계로 올라가고 싶으면 밖으로 나가 적절한 사람을 찾아 실력을 겨루어야 할 것이다."

왕자의 말에 소년은 신이 나서 보검을 들고 사방으로 돌아다니며 무예를 겨룰 사람을 찾았다. 왕자는 남몰래 자객을 무술을 겨루려는 사람으로 가장하여 세상 물정 모르는 소년에게 보내 그를 죽이게 했다.

그런데 이 일이 있고 난 뒤로 왕자는 마음이 편치 않았다. 그의 머릿속에는 수시로 소년의 순진한 웃음이 어른거렸다. 소년이 씩씩한 목소리로 "사부님!" 하고 부르는 소리가 귀에 쟁쟁했고, 열심히 검술을 연마하는 소년의 모습이 꿈에도 나타났다. 왕자는 심지어 조회에 나가 대신의 침통한 얼굴을 볼 때마다 심장 박동이 빨라지고 가슴 가득 괴로움을 느꼈다.

왕자는 그 후로 환청에 시달렸고 그 증세는 점점 더 심해졌다. 밥도 먹지 못하고 잠도 자지 못하고 밤마다 악몽에 시달렸다. 자객이 붙잡혀 자신의 행위가 고스란히 국왕에게 전해질까 봐 두려웠다. 그러면서도 감히 사람을 보내 사태를 알아보지도 못했다. 이렇게 왕자의 몸은 나날이 수척해졌고 결국 자살을 결심하기에 이르렀다.

"말馬은 항상 길을 알고, 보복은 항상 되돌아온다"는 속담이 있다. 누군가에게 입은 피해, 사람들과의 관계에서 불거진 불화가 불러오는 증오와 보복의 마지막 결말은 그다지 낙관적이지 못하다. 지독한 화를 내서 상대방에게 매섭게 발산하면 잠깐은 후련할 수도 있다. 하지만 그 단계가 넘어서면 마음속의 그림자는 더 깊게 드리워진다. 결국에는 자신까지 해치게 되고 만다.

어디를 가든 옹졸하고 속이 배배 꼬인 사람들이 있기 마련이다. 이런 사람들은 매사에 "내가 먼저 남을 저버릴지언정 남이 나를 저버리게 할 수 없다"는 조조曹操의 고약한 심보를 보인다. 남의 잘못뿐만 아니라 잘못하지 않은 일까지 일일이 따지고 싸우려 들면서 최악의 갈등으로 몰고 간다. 그러고는 마음속에 원한을 가득 키우며 기회가 올 때마다 아주 사소한 것까지 앙갚음하려 든다. 하지만 이런 행동은 결국 스스로를 징벌하는 결과를 낳는다.

서로 징벌하기 위해 정도正道를 벗어난 부부가 있었다. 부부는 상대방의 잘못으로 자신을 징벌하는 꼴이 되고 말았다. 그들은 마음에 커다란 상처를 입었고 깊은 병이 들었다. 보복을 통해 일말의 쾌감만 얻었을 뿐 그 밖에는 아무런 의미도 얻지 못했다. 깨어진 혼인으로 서로 더 철저하게 망가뜨렸기 때문이다.

생활 속에서 다른 사람들과 다툼이 발생하면, 우리는 화난 얼굴로 상대방을 노려보고 극악한 언어로 상대방을 저주하지만 상대방은 오히려 유유자적한 모습을 보일 때가 있다. 이럴 때 상처를 받는 사람은 누구일까? 혼자서 가슴 가득한 분노를 표출한 사람이 아닐까?

증오와 분노는 검의 양날과 같아서 남에게 상처를 주는 동시에 자신에게도 상처를 입힌다. 때문에 남에게 받은 상처에 연연하거나 이를 징벌하려 하는 것은 스스로 자신에게 고통을 안겨주는 어리석은 행동이다.

미국의 부모들은 항상 이런 말로 아이들을 교육한다고 한다.

"네가 뻗은 두 개의 손가락이 남을 비난할 때 나머지 세 손가락은 너 자신을 향하고 있다."

》 》 》

어린 소녀가 있었다. 집안이 가난하여 학교에 가면 다른 아이들에게 무시당하기 일쑤였다. 이리하여 소녀는 세상의 불합리에 대해 분노하고 증오하기 시작했다. 성격이 활달하지도 않은 소녀는 남들의 이해를 얻지 못했고 학습과 생활, 일에서 무수한 오해와 좌절을 경험해야 했다.

그녀는 점점 경계와 원한의 심리로 사람들을 대하는 습관을 키우게 되었고 결국 남들의 사소한 실수를 일일이 비난하면서 자신을 이해해주지 않는 사람들에게 원한을 품기 시작했다. 결국 소녀의 대인관계는 긴장의 연속이었고, 이런 상태가 계속되면서 심한 스트레스와 우울증에 시달렸다. 이처럼 혹독한 환경 속에서 그녀는 세상 전체가 자신을 배척하고 있다고 여겼고 심신이 거의 붕괴하기 직전까지 치달았다.

어느 날 소녀는 짐을 꾸려 베이징으로 여행을 떠났다. 톈탄天壇 공원의 회음벽回音壁을 찾은 소녀는 갑자기 어떤 여자가 자신의 남자 친구를 향해 큰 소리로 외치는 것을 보았다.

"나는 네가 미워. 네가 죽도록 밉단 말이야!"

그녀가 이렇게 외치자 소리는 금세 사방으로 메아리쳐 나갔다.

"나는 네가 미워. 네가 죽도록 밉단 말이야!"

이 소리를 들은 주변 사람들이 일제히 걸음을 멈추고는 소리를 지른 여자에게로 눈길이 쏠렸다. 아가씨는 얼굴이 빨개지더니 재빨리 남자 친구의 손을 잡아끌고 그 자리를 떠났다.

곧이어 여행사 가이드가 관광객들에게 이 회음벽에 관해 설명하다가 갑자기 웃음을 떠뜨렸다.

"자, 여러분 보십시오. 세상이 하나의 벽이라면 사랑은 세상의 회음벽回音壁, The Echo Wall입니다. 방금 들은 메아리처럼 여러분이 어떤 마음으로 말을 하는지에 따라 똑같은 말이 되돌아오지요. 사랑을 내보내면 사랑이 되돌아오고 축복을 내보내면 축복이 되돌아옵니다. 사람들이 번뇌에 사로잡히는 이유도 다른 사람에게 보낸 비난과 질책이 되돌아와서 마음속에 불신의 뿌리가 자라기 때문이지요. 남을 사랑하면 그 사람도 당신을 사랑할 것이고 남을 도와주면 당신도 도움을 받을 것입니다. 세상은 서로 돕고 사랑을 나누면서 살게 되어 있습니다. 사랑이 거둬들이는 수확은 원한이나 분노가 한때 가져다주는 쾌감보다 훨씬 크거든요."

이 말을 듣고 소녀는 커다란 깨달음을 얻었다. 집으로 돌아온 그녀는 태도를 바꿔 적극적이고 건강한 마음으로 주위의 모든 사물과 사람들을 대하기 시작했다. 소녀가 사람들과 화해하고 쌓인 오해들을 풀어나가자 사랑과 우애가 싹트기 시작했으며 일도 예전보다 훨씬 부드럽게 풀려나갔다. 그녀는 자신이 예전보다 즐거운 삶을 살고 있다는 것을 느낄 수 있었다.

》》》

삶에는 영원한 분노도 없고 영원한 원한도 없다. 마음속의 원한이 사라지고 화가 가라앉으면 원한의 대상이었던 사람도 얼마든지 친구로 변할 수 있다. 만약 당신의 원한 대상자가 자신에게 향한 원한과 당신이 고안해낸 복수를 알고 있다고 가정해보자. 그는 어떻게 해서든지 당신을 지치게 할 것이고 당신을 불안과 긴장 속에 지내게 하면서 속으로 무척 즐거워할지 모른다. 그 대상자는 마음속으로 당신을 경멸하고 당신이 충동을 이기지 못하고 어리석은 짓을 하고 있다고 생각할 것이다.

증오하지 않고 분노하지 않는다 하여 미련하거나 항의를 모르는 것을 의미하지는 않는다. 항의하기 전에 먼저 자신을 사랑하는 법부터 배워야 한다. 자신의 즐거움과 건강을 해치는 충동적인 분노 배설로 일시적인 쾌감을 추구해선 안 된다. 셰익스피어가 말한 것처럼 적을 대상으로 분노의 횃불을 태우는 것은 자기 마음을 태우는 것과 같다.

따라서 우리는 자신 때문에 남을 괴롭혀서도 안 되겠지만 남들 때문에 자신을 괴롭혀서도 안 된다. 원한은 자기 자신의 노화를 앞당길 뿐, 수양이나 즐거움을 제공하지는 못한다. 남에게 잘하는 것이 곧 자신에게 잘하는 것이다. 남을 변화시킬 수 없다면 자신이 변화하면 된다. 남과 잘 지낼 수 없는 사람은 자신과도 잘 지내기 어렵기 때문이다.

똑똑한 사람들은 아무리 큰 어려움도 지나가기 마련이고 사람의 마음은 스스로 결정하는 것이지 베풀거나 동정할 일이 아니라는 것을 잘 알고 있다. 인생에 기쁨과 행복 그리고 즐거움이 넘치기를 바란다면 수시로 자신의 감정과 정서를 점검하여 남의 잘못으로 자신을 해치거나 희생하는 일이 없어야 한다. 희생의 잿가루로 마음을 더럽혀서는 안 된다. 자신의 마음은 자신이 움직여야 하며, 남에게 희롱당하거나 통제되어서는 안 된다.

분노는 남의 잘못으로 자신을 징벌하는 것이고 번뇌는 자신의 과실로 자신을 들볶는 것이다. 후회는 어쩔 수 없는 지난 일로 자신을 괴롭히는 것이고 걱정은 거짓 위험으로 자신을 놀라게 하는 것이다. 또한 고독은 자신이 만든 감옥에 자신을 가두는 것이고 자기 비하는 남의 장점으로 자신을 망치는 것이다. 이 모든 것들을 버리면 지금보다 훨씬 편안한 마음으로 즐겁게 살 수 있을 것이다.

▽

소중한 하루의 행복찾기

남들과 편안하게 지내기 위해서는
세 가지 방법이 필요하다.
첫째는 타인의 잘못으로 자신을
징벌하지 않는 것이고,
둘째는 자신의 잘못으로 타인을
징벌하지 않는 것이며,
셋째는 아무 의미 없는 실수로
타인도, 자신도 징벌하지 않는 것이다.

후회는

후회만
남길 뿐이다

우리가 살면서 가장 많이 하는 말이 무엇일까? 첫 번째가 '모르겠다'이고, 두 번째가 '진작 알았더라면'이다. 사실 우리 주변에는 '진작 알았더라면'이라는 말을 평생 따라다니는 사람도 적지 않다.

"죽도록 후회스러워. 진작 알았더라면 애당초 그런 일은 하지 않았을 텐데."

"그가 그런 사람인 줄 진작 알았더라면 그와 인연을 맺지 않았을 것이고, 시간 낭비도 없었을 텐데."

"자네들, 이런 물건은 절대 사지 말게. 내가 이걸 샀다가 집에 가서 얼마나 후회를 했다고."

매일 각양각색의 사람들이 각양각색의 일을 후회한다. 그리고 후회하는 사람들 대다수는 시간을 되돌려 그 일이 일어나기 전으로 돌아가고 싶어한다. 문제는 후회를 치료하는 약도 없고 시간을 거꾸로 되돌릴 수도 없다는 것이다. 설사 되돌린다 해도 똑같은 일이 다시 발생했을 때 같은 결정을 내리지 않으리라는 보장도 없다.

예전에 이런 신문 기사를 읽은 적이 있다. 죽음에 이른 사람의 85퍼센트가 젊었을 때 충분히 노력하지 않아 큰일을 이루지 못한 것을 후회하고, 75퍼센트가 첫 연애의 대상을 잘못 선택한 것을 후회하며, 70퍼센트가 자신의 몸을 제대로 돌보지 않은 것을 후회한다고 한다. 하지만 아무리 후회해도 시간은 되돌리지 못한다.

죽기 직전에 미소를 머금을 수 있는 사람이 과연 얼마나 될까? 삶의 마지막 순간에도 사람들은 평화롭게 새로운 세계를 맞이할 준비를 하지 못하고 만회하지 못한 일들을 잊지 못해 괴로워한다. 이 얼마나 슬프고 처량한 일인가?

우리는 수많은 상황에서 후회할 일을 저지른다. 이는 지혜롭지 못했거나 조심하지 않았기 때문이 아니다. 우리가 후회하는 것은 어느 누구도 미래가 어떻게 펼쳐질지 알지 못하기 때문이다. 가끔 우리는 적절히 대처할 수 없는 갖가지 유혹 앞에서 주체할 수 없는 불안감을 보인다. 신이 아니고 사람이기에 가끔 잘못된 선택을 할 수 있다. 그러므로 어긋난 선택 때문에 저지른 실수로 자신을 책망할 필요는 없다. 심하게 후회하는 탓에 자신을 상해하는 사람도 있는데, 결코 그렇게 해서는 안 된다.

태국의 기업가 시리와는 수천 억 재산을 보유한 풍운의 인물이다. 그는 1997년 금융 위기 때 부적절한 자금 운용으로 회사가 파산한 후 몇 년 동안 괴로운 나날을 보냈다. 그러던 어느 날 그는 갑자기 날마다 술로 시름을 달래는 것이 자신의 인생에 조금도 도움이 되지 않는다는 사실을 깨닫는다. 어느 정도 고통이 가라앉고 나서 자신의 실패를 직시한 그는 스스로를 향해 외쳤다.

"좋아! 이제 다시 시작해보는 거야!"

실패 때문에 후회하고 원망하는 것은 자신에게 그 어떤 도움도 되지 않는 가장 무모하고 어리석은 행동이다. 실패했다 하여 괴로워하고, 고통스럽다 하여 비탄만 하고, 매일 술로 허송세월하면 실패가 성공으로 바뀌는가? 그렇게 해봤자 상황은 갈수록 힘들어지고 나락으로 떨어질 뿐 조금도 나아지지 않는다. 아무도 동정하지 않을 것이고 처한 상황을 이해하지도 않고 관심을 두는 사람도 없을 것이다. 사람들은 탄식을 원숭이 구경하듯 우스운 넋두리로 취급할 것이다. 생각해보라. 당신이 사람들에게 '후회스러운 실패'를 말했을 때, 이를 진중하게 받아들이는 이가 얼마나 되겠는가? 또 미약하나마 도움의 손길을 내밀 이가 얼마나 되겠는가? 오히려 웃음거리가 되지 않으면 다행일 것이다.

세상은 한 번도 약자를 동정한 적이 없으며, '후회'는 항상 약자의 표시에 불과하다. 따라서 어떤 일이 발생했든지 간에 후회하고 의기소침해지느라 귀중한 시간을 허비할 필요가 없다. 우리에게는 해야 할 중요한 일들이 너무나 많다.

》 》 》

라오왕老王은 아주 호방하고 일 처리가 매우 화끈한 동북東北 출신이다. 성격이 호방하다 보니 무슨 일을 하든지 뒤로 미루는 법 없이 번개처럼 해치운다.

한번은 라오왕이 다른 회사와의 투자 협상에서 같은 고향 출신 고객을 너무 믿는 바람에 회사에 커다란 손실을 입혔다. 화가 난 사장은 라오왕을 고소했다. 사장은 고객이 라오왕의 고향 사람인 만큼 라오왕이 틀림없이 그의 편에서 처리했을 것이고 도망가지는 않았지만 남몰래 상당한 이익을 챙겼을 것으로 생각했다.

라오왕이 보기에 일이 아주 골치 아프게 흘러가고 있었다. 사장에게 단 한 차례 변명할 기회도 얻지 못한 그는 자신에게 한 달의 시간을 주면 회사의 손실을 모두 만회하겠다고 큰소리를 쳤다. 사장이 그가 도망칠 것을 걱정하자 그는 아무 말 없이 신분증을 회사에 맡기고 자신은 복사본을 갖고 길을 나섰다. 보름이 지나 라오왕은 정말로 손실을 만회하고도 남을 돈을 구해 회사로 돌아왔다. 놀라운 것은 그 후에 그는 사직하지 않고 아무런 불평도 없이 여전히 그 자리에서 일하고 있다는 것이다.

어느 날 술자리에서 라오왕의 친구가 이해할 수 없다는 표정으로 물었다.

"이번 일이 후회스럽지 않은가? 어째서 그런 회사를 떠나지 않고 계속 남아 일하고 있는 건가? 사장이 자네를 믿어주지 않았는데 말일세."

라오왕은 자신의 잔에 기분 좋게 맥주를 받으면서 호탕한 어투로 말했다.

"그게 무슨 후회할 일이라고 그러나? 일은 항상 일어나기 마련이야. 그럴 때마다 후회가 밥을 먹여주나? 후회가 손실을 만회해주나고? 게다가 이건 처음부터 내 잘못이었어. 손해를 끼칠 친구를 사귄 게 잘못이지. 그렇게 큰 손실을 입혔는데도 사장은 내게 과실을 만회할 기회를 주었으니 오히려 감사할 일이지. 어떻게 그런 일로 회사를 그만둘 수 있겠나?"

맞는 말이다. '후회'는 밥을 먹여주지도 않고 어떠한 손실도 만회해주지 못한다. 오히려 마음속의 독침이 되기도 한다. 후회는 점차 사람의 의식을 갉아먹고 서서히 행동을 마비시킨다. 이 독침을 한시바삐 빼내지 않으면 과실을 보완하지 못할 뿐 아니라 후회할 일들만 더 하게 된다.

세상에 후회를 치료하는 약은 없다. 그런 약이 있다면 틀림없이 가장 많이 팔렸을 것이다. 무수한 사람의 경험이 증명하듯이, 후회에서 벗어나지 못하고 영원히 갇혀 살아간다는 것은 인생 최대의 실패이고 엄청난 비극이 아닐 수 없다.

후회하지 않는 것은 일종의 마음가짐이다. 자책과 자기 비하,

자기 연민을 내려놓는 자세이다. 후회하지 않을 때 비로소 정확하고 냉정하게 과거의 일들과 대면할 수 있다. 또한 자신감을 계속 유지하고 과거에 저지른 실수를 만회할 수 있다.

평생토록 잘못을 한 번도 저지르지 않는 사람은 없다. 실패의 경험이 없는 사람도 없다. 모든 사람이 후회 속에서 '진작 알았더라면'이라는 말을 반복했다면 역사는 멈췄을 것이고 우리의 인생도 과거에 머물렀을 것이다. 진 것은 진 것이고, 잘못한 것은 잘못한 것이다. 과거로 되돌아갈 수는 없으며, 과거의 일로 자책만 하고 있을 시간이 없다. 인생의 열차는 어쨌든 속도를 내어 앞으로 달리고 있다.

좋지 않은 일은 이미 발생했는데 후회한들 무슨 소용이 있겠는가? 후회는 기분 낭비이고 시간 낭비일 뿐이다. 실패했다면 다시 원점으로 돌아가면 되고, 잘못했으면 당장 그 일을 멈추고 바로잡으면 된다. 또 경험으로 얻은 교훈을 활용하여 다시 기회를 잡으면 된다. 이렇듯 우리가 해야 할 일은 너무도 많다. 그런데도 어찌 고집스럽게 의미 없는 후회를 선택하려 하는가?

지금이라도 후회하지 않는다면 다시 함정에 빠지는 일도 없을 것이고, 같은 실수를 반복하지도 않을 것이다. 한 번 또 한 번 습관적으로 후회하는 사람은 계속 실수를 반복하게 된다. 후회하는 것이 버릇이 되고 습관이 되면 실수의 진정한 원인에 대한 반성의 사유를 망각하게 된다. 자신이 얼마나 쓸모없는지 질책하

다 보면 어느새 그 '쓸모없음'이 자신에게 밀착해, 결국 평생 따
라다니는 꼬리표가 되고 만다.

'후회'는 타조의 눈에 비친 안전한 모래밭과 같다. 후회의 모래
밭에 영혼을 들여놓을 때 만약 안전하다고 느낀다면, 이 '안전한
보루' 때문에 진리를 바라볼 수 있는 두 눈이 멀고 정상적으로
사고할 수 있는 대뇌가 막히게 될 것이다.

소중한 하루의 행복찾기

어떤 일이 후회될 때는
한 가지만 기억하면 된다.
후회에는 약이 없고
세상에는 실수하지 않는 사람이
없다는 사실이다. 그러면 후회 때문에
시간을 낭비하는 일 없이, 과거의 실수를
바로잡는 데 전념하게 된다.

눈으로 보는 세상은 혼란스럽고 복잡하고 번거롭고 역겹고

이해하기 힘든 온갖 투쟁과 추악함으로 가득 차 있다.

하지만 마음으로 느끼는 세상은 훨씬 조용하고 평화롭다.

이를 위한 전제 조건으로 충분히 넓은 마음을 가져야 한다.

넓은 마음이 있으면 고난만 바라보지 않을 것이고

자신의 즐거움을 영원히 가둬놓는 일도 없을 것이다.

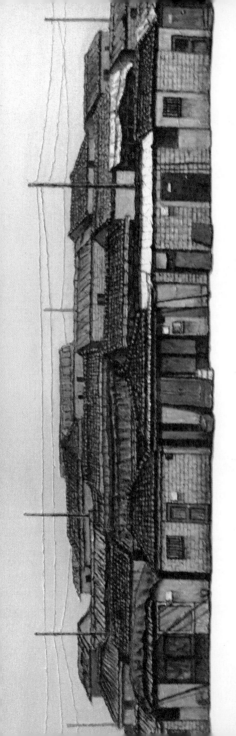

즐거움은,
살맛 나게
한다

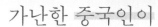

가난한 중국인이

풍족한 미국 돼지의
생활과 바꾸지 않는 이유

　백 위안(한화 약 1만 8,000원)을 잃어버리면 상심하게 될까? 비싼 자동차를 잃어버리면 상심하게 될까? 외국에 나가 연수할 기회를 놓친다면 상심하게 될까? 어떤 건을 놓치거나 잃어버리면 절대 유쾌하지 않다. 하지만 지금 어떤 문제에 대해 생각할 기회를 잃어버리면 똑같이 상심하게 될까?

　아일랜드 작가 존 어빙John Irving은 전쟁에서 한쪽 다리를 잃었다. 친구 하나가 그에게 물었다.

　"지금 상태에서 멀쩡한 사지와 글을 못 쓰게 되는 것을 선택하라면 자네는 어떤 것을 택하겠나?"

　그는 조금도 망설이지 않고 대답했다.

　"이건 절대 비교할 거리가 못 되네. 한쪽 다리밖에 없는 작가는 두 다리를 다 가진 작가와는 비교할 수 없을 정도로 흡인력이 있거든."

정신적으로 풍족한 사람은 어떤 것을 잃어버리든지 간에 오랫동안 상심하는 일이 없다. 물질의 상실이 그의 즐거움을 빼앗아 가지 못하기 때문이다. 정신적으로 풍족한 사람은 자신의 즐거움을 돈 가방이나 몸 안에 두지 않고 머릿속이나 내면에 둔다.

하지만 대다수 사람은 이러한 이치를 깊이 이해하지 못한다. 그들은 물질과 정신 중에서 대체로 눈에 보이는 물질을 선택한다. 천만 위안과 자동차 한 대를 예로 들어보자. 아마도 99퍼센트의 사람들이 천만 위안을 택할 것이다. 그 자동차가 평생 탈 수 있는 차라 해도 그럴 것이다.

많은 젊은 여성은 사치스러운 물질 생활을 추종할 뿐만 아니라 마음을 차분히 하고 인생에 대해 신중하게 사유하기를 거부한다. 몇 달 치 급여로 사치품 하나를 사러 갈지언정 두 시간짜리 급여로 살 수 있는 책 한 권은 멀리한다. 심지어 적지 않은 사람들이 도서관 근처에 살면서도 도서관 정문이 어느 방향에 있는지조차 모른다.

수많은 사람이 상심하거나 언짢은 일에 부딪히면 필사적으로 일에 매달리거나 번 돈을 물 쓰듯이 써야만 기분 전환이 된다고 믿는다. 하지만 실제로는 그렇지 않다. 그렇게 돈을 쓴 후에 두세 장의 신용카드 명세서가 날아오는 순간 더 깊은 고통의 수렁으로 빠져들 것이다.

사실 즐거움을 물질에서 찾는다는 것은 정신이 절대적으로 공허한 상태임을 의미한다. 마음이 텅 비어 있어서 대량의 물질로 마음을 가득 채우려 하는 것이다. 하지만 이렇게 해서 얻는 결과는 즐거움과 어긋난다. 자신이 갖고 싶어했던 모든 것을 갖게 된 다음에도 우리의 마음은 여전히 공허하다. 자신이 잃어버린 것들을 정신적으로 메울 수 있을 때에만 비로소 스스로 즐거워질 것이다.

》 》 》

고대 그리스에 엄청난 부자가 있었다. 그는 식사량이 엄청났다. 그는 매일 잔뜩 먹어서 배를 가득 채워야만 직성이 풀렸다. 만약 그러지 못하면 온몸이 몹시 불편할 뿐만 아니라 그날 해야할 일을 미처 못 한 듯한 찜찜한 기분이 들었다. 그의 모든 관심은 항상 음식에 집중되어 있었다. 이 대식가는 허기 때문에 음식에 연연하는 것이 아니라 먹는 것 외에는 무엇을 해야 할지 몰랐던 것이다. 그는 뭔가를 먹을 때 비로소 즐거움을 느낄 수 있었다. 그리고 먹은 음식물이 다 소화될 무렵이면 이내 다시 우울해졌다.

그러던 어느 날 그는 결국 위장에 문제가 생겨 더는 폭식할 수 없게 되었다. 그는 음식을 먹지 못하게 되자 불행해지기 시작했다. 그는 철학자를 찾아가 도움을 청하기로 했다.

"어떻게 하면 그런 쾌감을 다시 느낄 수 있을까요? 뱃속으로 음식물이 들어올 때에만 느꼈던 그런 즐거움과 만족감 말입니다."

철학자가 대답했다.

"지금부터 사상으로 당신의 머릿속을 채우세요. 음식물로 뱃속을 채웠던 것처럼 말입니다. 그러면 다시 즐거워질 겁니다."

예일 대학 총장 드와이트*Dwight*는 "가장 즐거운 사람은 사상에 가장 흥미를 느끼는 사람이다"라고 말한 바 있다. 사상의 맛을 느끼기 시작하면 그만큼 물질에 대한 추구가 점차 줄어드는 것을 발견할 것이다.

정신적으로 가장 풍족한 사람이 가장 즐거운 사람이라고 한다면 두뇌가 재산이나 건강 같은 행운보다 훨씬 더 중요할 것이다. 돈이 많다는 것은 좋은 일이지만 즐거움을 결정짓는 요소는 될 수 없다. 재물이 즐거움을 결정한다면 돈이 많은 사람은 모두 행복해야 할 것이다. 하지만 실제로 수많은 부자는 행복과 거리가 먼 생활을 하고 있다.

수많은 부자와 유명 인사, 정객들은 인생에서 일정한 성취 단계에 도달한 후 서서히 사람들의 시선에서 멀어지기 시작하면 제각기 다양한 종교를 찾는다. 자신의 정신을 채우는 것이 지갑을 채우는 것보다 훨씬 더 중요하다는 사실을 깨닫기 때문이다.

즐거움이 정신에서 비롯될 때, 우리는 또 다른 장점을 발견할 수 있다. 점점 더 풍부하고 흥미로운 사상을 누리게 됨에 따라 즐거움도 날이 갈수록 늘어난다. 이상적인 인생은 높은 건물을 오르는 것과 같다. 절반쯤 올라가서 본 풍경은 낮은 층에 있을 때보다 훌륭하다. 위로 올라갈수록 시야가 더 넓어지고 경치도 더 아름다워진다.

들리는 바로는 미국의 돼지가 중국에 사는 가난한 사람보다 훨씬 더 나은 생활을 한다고 한다. 미국의 돼지는 깨끗한 축사에서 정성 들여 조리한 사료를 공급받고 아름다운 음악을 들으며 생활한다는 것이다. 심지어 도살당하는 순간에도 아무런 고통을 느끼지 못한다고 한다. 그렇다 하여 어떤 중국인도 자신의 삶을 미국 돼지의 생활과 맞바꾸려 하지 않을 것이다. 이는 인생이 아무리 괴롭고 곤혹스러우며 마음을 졸이게 한다 할지라도 아무런 근심 걱정 없는 돼지의 생활보다 훨씬 더 재미있고 가치 있는 것임을 말해주는 방증이다.

인간의 고단한 삶이 돼지의 안락한 삶보다 나은 이유는 인생길을 걸으며 사고할 수 있고 돼지보다 풍부한 정신세계를 갖고 있기 때문이다. 우리는 이러한 정신적 역량 속에서 인간으로서의 의미를 얻는 것이다. 따라서 끝없는 물질 추구는 멈추고 사유하는 즐거움을 누려야 한다. 그럴 때 훨씬 더 안정된 마음을 유지할 수 있을 것이다.

소중한 하루의 행복찾기

누구나 몇 번쯤은 마음이 막막하고 공허하며
앞날이 캄캄하다고 느낀 적이 있을 것이다.
이 모든 것은 돈을 적게 벌어서도 아니고,
좋은 부모가 없어서도 아니며,
잘나지 못해서도 아니다.
머릿속에 풀 한 포기 자라지 않는
황량한 사막이 존재하고 있어서
생명의 희망을 볼 수 없기 때문이다.

진정한 즐거움은

욕망을 내려놓을 때 찾아온다

사람은 누구나 욕망이 있는데 이는 절대로 잘못된 일이 아니다. 보통 사람들의 욕망은 매우 단순하다. 적당한 배필을 찾아서 따뜻하고 단란한 가정을 꾸리고 부족하지 않은 생활을 누리면서 자신이 좋아하는 일을 하는 게 고작이다. 하지만 최근에는 사회 전체의 생활 수준이 올라감에 따라 이보다 훨씬 더 높은 요구 사항을 가진 사람들이 생기기 시작했다. 그들은 자신이 사는 누추한 집이 별장으로 바뀌기를 바라고, 평소에 자전거를 타고 출근하기보다는 고급 자동차를 타고 싶어한다. 또한 베갯머리를 함께하는 사람이 훨씬 더 완벽하고 매력적이길 바란다. 매일 하루 세 끼의 식사가 푸짐하기를 바라고, 크게 출세해서 부자가 되기를 바란다. 갖고 싶은 물건이 많아지면 많아질수록 욕망은 점점 더 커지고 사람들의 심신도 나날이 피로해진다.

　어느 대기업 업무부에서 부장 비서로 일하는 사람이 있었다. 그는 매우 성실할 뿐만 아니라 사장을 도와 몇 번의 큰 프로젝트를 성사시키기도 했다. 몇 년 후 그는 어엿한 부장 지위에 오르게 되었다. 하지만 업무 부담이 가중되자 그는 자신이 점점 불행해지고 있다고 생각했고, 심지어 일종의 공허함까지 느끼기 시작했다.

　어느 날 그는 자신이 잘 아는 사찰의 주지 스님을 찾아가 마음속 고민을 털어놓았다.

　"스님, 저는 대학을 갓 졸업했을 때만 해도 이상도 있고 미래에 대한 동경도 있었습니다. 제가 가장 가난했을 때는 수중에 지닌 돈이라곤 겨우 5위안밖에 없어서 일주일 내내 샤오빙燒餠, 반죽한 밀가루를 원형이나 사각형의 평평한 모양으로 만들어 구운 빵의 일종 몇 개와 냉수로 버틴 적도 있습니다. 하지만 저는 스스로 돈을 벌 수 있는 직업을 찾았고 밝은 미래를 보았습니다. 제가 꿈꾸던 희망을 볼 수 있어서 무척 행복했지요. 하지만 지금은 그렇지 않습니다. 안정된 직업이 있고 수입도 괜찮은 편이지만 마음속으로 여전히 행복감을 느끼지 못합니다. 과거에는 마음속에 늘 온갖 욕망이 들끓었는데, 실제로 더 많은 것을 얻고 나서도 여전히 불만족스럽기만 합니다. 저는 자신이 더 잘할 수 있다고 생각하지만 욕망이 저를 괴롭히면서 저 자신을 쓸모없는 사람으로 만들어 잠을 이루지 못하게 합니다."

▽

주지 스님은 살며시 미소를 지으면서 탁자 옆으로 다가가서는 선탁 위에 말려 있는 흰 화선지를 펼쳤다. 그런 다음 대나무 붓 꽂이에서 붓을 하나 꺼내더니 자상한 눈빛으로 그를 한번 쳐다보고는 잠시 생각에 빠졌다. 이어서 태연하게 아주 만족스러운 표정으로 종이 위에 네 글자를 행서로 써 내려갔다. 마음을 평온하게 가지고 욕심을 거두라는 의미의 '심정욕지心靜欲止' 네 글자였다. 스님이 그에게 말했다.

"세상 사람들이 가진 욕망은 늘 강렬합니다. 이는 세인들의 생활과 필요에 기초한 것이지요. 속세의 사람들은 이 세상에 살고 있다는 이유 하나만으로도 그렇게 해야만 자신들의 목적을 이룰 수 있습니다. 그래서 끊임없이 약탈하듯 물건을 탐하는 것이지요. 근본적으로 마음속에 강렬한 욕망이 도사리고 있기 때문입니다. 권세와 재물이 있는 데서는 아첨하고 빌붙다가도 그것들이 사라져버리면 금세 냉담한 모습을 보입니다. 현실에 부딪히면 언제든지 마음속에 도사리고 있던 욕망이 끓어오르게 되지요. 때문에 인간 세상에는 항상 채워지지 않는 욕망과 온갖 궁리로 교묘하게 목적을 이루는 일들이 곳곳에서 일어나고 있는 겁니다. 욕심을 누르고 먼저 마음의 평정을 찾으세요."

누구나 태어나면서부터 욕망에 휩싸여 있기 마련이다. 갓난아기는 더 많은 음식물을 얻기 위해 울고, 어린아이는 더 많은 관심과 애정을 받기 위해 응석을 부린다. 성인이 되면 남보다 더 나은 삶을 영위하고 싶어 발버둥을 친다. 그렇다고 이 모든 것들이 잘못된 것은 아니다. 우리 인생에 욕망이 끼치는 영향과 역할은 부인할 수 없다. 욕망이 없으면 세상도 발전할 수 없다. 사람이 욕망을 잃으면 살아갈 신념마저 사라질 수 있다. 사람의 마음속에 갖가지 욕망이 가득하면 이 욕망이 전력을 다해 끝까지 얻어내고자 하는 신념과 열정으로 이어지게 된다. 신념이 있어야 활력이 생기고 의지가 강해지며, 마음에 의지할 곳이 있어야 굽힐 줄 모르는 강인한 투지를 유지할 수 있다. 그리고 이를 바탕으로 앞을 향해 나아갈 수 있는 진취적 정신이 형성되는 것이다. 어떤 의미에서 욕망은 인생의 원동력이라고 할 수 있다.

병세가 위중한 한 어머니가 있었다. 안타깝게도 그녀의 아들은 남과 시비가 붙어 감옥에 가게 되었다. 어머니는 아들이 감옥에서 나오기만을 애타게 기다렸고 놀랍게도 그 기다림이 어머니의 생명을 연장하는 기적을 일으켰다. 원래 의사는 그녀가 석 달밖에 살지 못할 것이라는 진단을 내렸지만 놀랍게도 그녀는 삼 년 동안 아들을 기다리며 살았다.

온 가족이 이 놀라운 기적에 감탄하고 있을 무렵 그녀의 아들이 감옥에서 나왔다. 너무나 안타까운 것은 아들이 출옥한 다음 날 어머니가 침대에 누워 얼굴에 환한 미소를 띤 채 조용히 세상을 떠났다는 것이다. 이 또한 욕망의 힘이자 모성의 힘이라고 할 수 있다. 사랑의 욕망이 기적을 이루어낸 것이다. 아들의 출옥을 바라는 어머니의 욕망이 그녀의 생명을 지탱해주었기에 가능한 일이었다. 그런 의미에서 그녀의 욕망은 사람들의 칭송을 받을 만하다.

그러나 적당한 욕망은 인생을 전진하게 하는 반면, 부적절하고 그칠 줄 모르는 욕망은 고통스러운 족쇄가 되어 숨조차 제대로 쉬지 못하게 한다.

》 》 》

아주 오래전에 티그리스 강과 유프라테스 강 사이에 강대한 바빌론 민족이 살고 있었다. 당시 바빌론은 가장 부유하고 강대한 국가 가운데 하나였다. 바빌론 사람들은 성서에 나오는 노아의 후손들이었다. 노아의 후손들은 갈수록 번성하여 지상에 널리 퍼져나갔다. 당시 사람들의 언어와 방언에는 별다른 차이가 없었다. 동쪽으로 이동하던 중에 우연히 평원을 발견한 그들은 이곳에 정착하여 살게 되었다. 평원이다 보니 건축에 필요한 석재를 구하기 쉽지 않았던 그들은 벽돌을 제조하는 방법을 발명해냈다. 진흙을 정육면체로 빚은 다음 불에 오래 굽는 방법이었다. 그들은 이렇게 만든 벽돌로 돌을 대신하고 돌가루를 으깬 것으로 회반죽을 대신해 화려한 바빌론 성을 건설했다.

그들은 풍족한 식량과 막강한 적을 방어할 수 있는 성루, 화려한 복식과 장신구를 가졌음에도 여전히 만족하지 못했다. 그들은 하늘까지 닿을 수 있는 높은 탑을 축조하여 자신들의 뛰어난 업적을 드러내고, 전 세계 형제들을 한데 모아 다시 흩어지지 않게 하는 징표로 삼고자 했다. 모든 사람의 말이 서로 통하고 한마음으로 협력하면서 계단식으로 쌓아 하늘에 닿게 될 탑은 순조롭게 구름을 뚫고 올라갔다.

그러나 신은 속세의 인간들이 자신의 높이까지 도달하는 것을 허락하지 않았다. 신은 사람들이 이처럼 하나로 단결하여 강대해진 것이 언어가 같기 때문이라고 판단했다. 그리고 사람들이 정말로 하늘까지 닿는 웅장한 탑을 완성하기라도 하면, 그다음에는 이루지 못할 일이 없을 거라고 생각했다. 일찍이 신은 지혜로운 인간들을 에덴 동산에서 쫓아내고자 했을 때에도 검과 불로 생명나무에 있는 과실을 지키면서 인간들이 그 과실을 따 먹지 못하게 했다. 이제 신은 또다시 인간들이 스스로 오만방자해지는 것을 저지하기로 했다. 천국과 인간세상을 떼어놓기로 마음먹은 신이 선택한 방법은 인간들의 언어를 교란하는 것이었다. 이리하여 각기 다른 언어로 말을 하기 시작한 사람들은 소통할 수 없었고 점차 의견이 일치하지 않아 서로 의심하고 각자의 생각만 주장하게 되었다. 결국 다툼이 발생하는 것을 피할 수 없었다. 이것이 바로 인류 오해의 시작이다.

어느 날 아주 깊은 밤에 바벨탑은 결국 와르르 무너졌고, 곧이어 한 차례 전쟁이 벌어지자 바빌론 사람들은 세계 각지로 흩어지고 말았다. 사람을 오만하게 만든 바빌론의 도시는 영원히 자족할 줄 모르는 사람들의 욕망 탓에 하늘까지 닿았던 탑과 함께 역사의 흙먼지 속에 묻혀버렸다.

이 바벨탑의 이야기는 몇 천 년 전의 일로, 우리와는 전혀 교류가 없었던 아주 먼 땅에서 일어난 일이다. 하지만 영원히 멈추지 않는 욕망은 오늘날에도 바벨탑처럼 언젠가는 다가올 재난의 근원이 되고 있다. 욕망은 생명의 원천이지만 지나친 탐욕은 반드시 끊어버려야 하는 정신의 독약이다.

욕망을 영원히 멈추지 않아 탐욕이 점점 팽창할 때 우리는 마음속으로 놀라움과 두려움을 느끼게 된다. 탐욕은 우리의 두 눈을 가려 앞에 펼쳐진 길을 똑바로 보지 못하게 한다. 지독한 탐관오리들이 사람들의 비난과 욕설의 대상이 되는 것과 마찬가지다. 욕망에 눈이 멀어서 극단으로 치달아, 세인들이 내뱉는 욕설과 침을 묵묵히 받는 사람들은 사실 그 전까지는 모두 평범한 사람들이었다. 마음속에 끊임없이 탐욕과 욕심이 솟아올라 자제하기가 어렵다면 그들과 똑같은 자리에 있을 자신을 한 번쯤 생각해 보는 것도 좋을 것이다.

》 》 》

아주 예쁘고 영리한 소녀가 하나 있었다. 소녀는 생각이 단순하고 무척 착했다. 한번은 친구가 그녀를 부잣집 아들이 마련한 파티에 데리고 갔다. 연회장에서 지금까지 본 적 없는 성대한 장면을 본 소녀는 탐욕스런 눈빛으로 휘황찬란한 홀과 푸짐한 음식들, 다른 소녀들이 걸친 최신 유행의 화려한 옷차림을 바라보았다. 그런 그녀의 눈빛이 부잣집 아들의 눈에 띄었다.

다음 날 부잣집 아들은 사람을 시켜 그녀에게 옷을 한 벌 보내면서 다음 파티에도 와달라고 초대했다. 아름다운 옷을 받은 소녀는 잠시 망설이다가 초대에 응했다. 그녀는 마음속으로 이렇게 생각했다.

"별다른 뜻은 없는 것 같아서 선물을 받아준 것뿐이야. 남의 호의를 함부로 거절하면 예의에 어긋나니까 말이야."

셋째 날, 부잣집 아들은 또다시 사람을 시켜 소녀에게 화려한 목걸이를 보냈다. 소녀의 마음이 움직이기 시작했다. 값비싼 목걸이를 받은 그녀는 이미 부잣집 아들에게로 마음이 기울고 있었다.

넷째 날, 다섯째 날…… 일주일이 되기도 전에 아주 다른 사람이 되어버린 소녀는 부잣집 아들이 내민 유혹의 손을 잡고 그의 품에 안기고 말았다.

두 달 후 임신한 사실을 알게 된 소녀는 당황한 나머지 어찌할 바를 몰라 황급히 부잣집 아들에게 전화를 걸었다. 이상하게도 평소에 자주 걸었던 전화번호인데 이날은 웬일인지 전화가 연결되지 않았다. 절망에 빠진 소녀는 하는 수 없이 부잣집 아들이 자기에게 준 물건들을 가지고 전당포로 달려갔다. 병원에 가려면 돈이 필요했기 때문이다. 뜻밖에도 전당포 주인의 말은 그녀에게 또다른 청천벽력을 안겼다.

전당포 주인은 장신구들을 이리저리 살펴보고는 고개를 가로저으며 소녀에게 말했다.

"이 물건들은 모두 값이 몇 푼 되지 않는 싸구려 모조품들이에요. 도로 가지고 가는 게 좋을 것 같군요."

이 세상에는 이 소녀처럼 욕망에 눈이 멀어 쉽게 속는 사람들이 적지 않다. 탐욕에 눈이 멀어서 보고, 듣고, 생각하는 일을 생략해버리는 것이다. 자신의 마음이 끊임없이 욕망을 추구할 때 우리는 잠시 멈춰 자신의 마음속을 한 번 들여다보고 그런 욕망이 정말로 실현될 수 있는지, 혹시 허황한 공중누각은 아닌지 분별해야 할 것이다. 또한 이러한 욕망이 실현되는 과정에서 욕망 자체보다 더 큰 대가를 치러야 하는 것은 아닌지 살펴보는 지혜도 필요하다. 시간이 흘러 자신이 더할 수 없이 고통스러운 지경에 처한 것을 발견했을 때에는 이미 모든 것이 끝난 뒤이다.

이런 말이 있다.

"굶주림은 육체에서만 오는 것이 아니라 모든 사람의 마음속에서 온다. 사람의 마음속에 있는, 영원히 채워지지 않는 욕망에서 오는 것이다."

야심의 화신이었던 영웅 나폴레옹은 평생을 권력과 재력, 부귀영화에 둘러싸여 지냈지만 그런 그도 만년에 이렇게 말했다.

"나는 평생 단 하루도 즐거웠던 날이 없다. 지금에서야 내가 가장 바라는 것이 즐거움이었다는 사실을 알았지만 영원히 가질 수 없게 되었다."

어쩌면 우리도 나폴레옹과 같은 처지가 될 수 있다. 하지만 이 제는 눈앞에 있는 권력과 부귀영화, 명예, 재산, 다른 사람의 사 랑만을 줄곧 바라보고, 이 모든 것을 위해 끊임없이 달리며 고심 하다가 결국 더는 달릴 수 없을 지경에 이르러서야 진정한 욕망 이자 가장 큰 욕망이 바로 즐거움에 대한 갈망이었다는 것을 깨 닫게 될지도 모른다. 하지만 탐욕은 우리가 영원한 즐거움을 얻 는 것을 가로막는다. 그때가 되면 우리는 다른 사람들이 즐겁게 웃는 모습을 바라보면서 자신은 더는 그런 즐거움을 가질 수 없 다는 것을 깨닫게 될 것이다.

따라서 욕망을 버리지는 말되, 지나치게 따르는 일을 피해야 한다. 이따금 멈춰 서서 심호흡을 한 후 완전한 방관자가 되어 이 세상의 변화무쌍한 모습을 감상하고 그 시끌벅적함에 귀 기 울이면서 세상 바깥에 혼자 사는 듯이 느긋해지는 여유를 가질 필요가 있다.

소중한 하루의 행복찾기

우리가 매일 식사를 하는 것은
지극히 정상적인 일이다.
하지만 매일 푸짐한 생선과 고기로
다섯 끼를 먹는다면
이는 완전히 비정상적인 일일 것이다.
우리가 가진 탐욕은 매일 푸짐한 생선과 고기로
다섯 끼의 식사를 하는 것과 같다.
우리의 삶은 이러한 탐욕을 소화할 능력이 없다.
일순간에는 쾌감을 느낄 수 있겠지만,
오랜 시간이 지나면 탐욕이 가져다준 고통에서
벗어나지 못할 것이다.

명품관을 헤맬까,

서점에서
책을 살까?

요즘 사람들은 하나의 프로젝트 일을 끝내고 나면 고생한 자신을 위로한답시고 호화로운 식사를 하거나 백화점으로 가서 고가의 사치품을 사기도 한다. 서점에 가서 책 몇 권을 사서 집으로 돌아와 즐겁게 독서 삼매경에 빠지는 사람은 드물다.

대부분 사람은 일을 마치고 난 자투리 시간이나 휴식 시간 또는 휴가 기간에 큰돈을 써서 소비하는 것이야말로 자신을 즐겁게 하는 유익한 방법이라고 생각한다. 물질적인 보상이 긴장되고 불만족스러운 감정을 치료할 수 있는 좋은 처방이라고 생각하는 것이다. 예컨대 실연한 여성들은 자신의 수입과 전혀 걸맞지 않은 고가의 물건을 충동적으로 소비함으로써 자신의 심리적 불행을 보상받으려 한다.

생활 리듬이 빨라질수록 우리의 대뇌는 점점 단조로운 것에 치우치고 사소한 오락에 빠져들면서 이 세상과 삶의 참뜻에 대해 더 알려고 하는 의지를 보이지 않는다. 바로 여기에 함정이 있다. 도대체 우리는 왜 책을 읽지 않는 것일까? 백화점을 헤매는 대신 왜 휴가 동안에 자신의 마음을 풍요롭게 하는 일을 하지 않는 것일까?

평소에 어떤 사건이나 사태가 발생하면 당황하여 어쩔 줄 모르는 것은 돌발 상황에 대처하는 지식이 부족하기 때문이다. 또 다양함이 존재하는 세상을 충분히 이해하지 못하는 것은 경험이 부족하고 시야가 좁기 때문이다. 정신적으로 채울 수 없다 보니, 할 수 없이 물질로 보상하는 방식으로 스스로 편하게 길들인 결과이다. 여하튼 최종적인 결론은 일말의 위안을 사치품 구매 등의 물질에서 얻으면 기분은 잠깐 고조될 수 있으나, 결국 이러한 행동은 자신을 나락으로 떨어뜨리는 상황을 가져온다.

생각해보자. 신용카드를 무절제하게 사용하면 이 때문에 미래의 일정 시간 동안 죽을힘을 다해 일해야 하고, 계속 사장의 눈치를 보아야 한다. 마음속으로는 주변 사람에게 저주를 퍼부으면서도 겉으로는 의연하게 웃는 낯을 보여야 한다. 자신에게 물질적으로 보상하는 시스템에 빠져버리면 어쩔 수 없이 자신을 계속해서 피곤한 업무에 묶어두게 된다. 또한 감정 체계도 점점 더 악화되어 자신을 더 강하게 마비시켜줄 또 다른 물질을 찾아다니는 악순환을 반복하게 된다.

광적인 쇼핑에 중독되면 그만두려 해도 그러지 못한다. 스스로 자제할 수 없는 소비 행위는 몸을 손상하는 마약과 같아서 우리의 삶을 과도한 소비와 노동의 악순환에 빠져들게 한다. 이것이 과연 바람직할까? 과도한 '일과 소비'의 사이클을 끊임없이 반복하는 죽음의 순환에 빠져 있다 보면, 어느 순간 이런 악순환에서 벗어나서 제대로 된 생활을 즐기고 싶다는 생각이 들지는 않을까?

옛날 어느 왕국에 공주가 살고 있었다. 매우 부유한 왕국에 살다 보니 그녀는 어려서부터 돈을 물 쓰듯이 쓰는 습관이 있었다. 조금이라도 불쾌한 일이 생기면 그녀의 머릿속에는 가장 먼저 돈 쓰는 일이 떠올랐다. 스무 살이 되던 해에 그녀가 이미 써버린 돈은 헤아릴 수 없을 만큼 거대한 액수였고 그녀가 소유한 물건들 역시 셀 수 없이 많았다.

이런 상황에 점차 우울해지기 시작한 공주는 어떤 물건을 봐도 마음에 들지 않았고 자신이 도대체 무슨 일을 하고 싶은지조차 알지 못했다. 공주는 하루하루 몸이 수척해졌고 얼마 못 가서 죽을 것만 같았다. 깊은 근심에 빠진 국왕은 전국의 의사들에게 어지를 내려, 누구든지 공주의 병을 치료하면 왕국이 보유한 금은보화의 절반을 상금으로 주겠다고 약속했다.

전국의 내로라하는 의사들이 왕궁으로 끊임없이 몰려들었지만 누구도 공주의 병을 치료하지 못했다. 공주의 발병 원인이 도대체 어디에 있는지 알지 못했기 때문이다. 화가 난 국왕은 의사들이 공주의 병을 제대로 치료하지 못하면 온 나라의 의사들을 사형에 처하겠다는 포고를 내렸다. 국왕의 무시무시한 포고에 의사들은 줄줄이 그 나라를 떠나 도망쳤다. 너무 늙어서 기력이 쇠약해진 의사 하나가 도망칠 수 없게 되자 그저 집에 앉아 죽기만을 기다리기로 했다. 절망한 아버지의 모습을 지켜보던 아들이 고심 끝에 아버지에게 작별 인사를 하고서 홀몸으로 왕궁을 찾아갔다.

왕궁에 도착한 젊은이는 포고문을 뜯어내면서 국왕에게 말했다.

"제가 공주의 병을 치료할 수 있습니다. 제게 왕실 도서관을 잠시 빌려주시기만 하면 됩니다."

국왕은 차가운 눈초리로 젊은이를 내려다보면서 말했다.

"그렇게 하지. 하지만 자네가 공주의 병을 고치지 못하면, 자네는 목숨을 내놔야 할 걸세."

젊은이는 고개를 끄덕였다. 공주를 왕실 도서관으로 데리고 간 그는 그녀에게 책에 담긴 재미있는 이야기를 들려주기 시작했다. 옛 성현들이 남긴 훌륭한 글을 읽어주고 온갖 미담을 들려주었다. 얼마 후 공주의 얼굴에 미소가 돌아왔다. 책 속에 담긴 깊은 지혜를 갈망하게 된 그녀는 이제 스스로 더 많은 책을 찾아

읽기 시작했다. 공주의 생활은 초조함과 우울함에서 조금씩 빠져나왔다.

물질이 주는 즐거움은 짧은 순간의 만족감일 뿐이다. 이 짧은 순간을 위해 우리는 끊임없이 더 많은 물질로 자신을 채우려고 발버둥치지만 끝없는 욕망은 인생에 아무런 도움도 가져다주지 못한다. 우리가 지나치게 많은 것을 욕망할 때, 우리는 종종 의심스러운 태도로 자신에게 묻곤 한다. 나의 다음 목표는 도대체 무엇일까?

우리 사회가 지나치게 금전을 강조하는 까닭에 대다수 사람들이 '일 = 불만'이라는 함정에 쉽게 빠지는지도 모른다. 안타까운 사실은 양호한 교육을 받은 지식인들도 예외가 아니라는 것이다. 돈을 추구하는 동안에는 이러한 사실을 간과하기 쉽다. 이는 비범한 지혜를 가졌고 정규 고등교육을 받았으며 특수한 기술을 익혀 성실하게 일하는 사람들이나 법률, 의약, 건축 등의 분야에 고위직으로 있는 사람들조차도 백 퍼센트 성공을 보장할 수 없기 때문이다.

사실 진정한 성공은 자신이 좋아하고 남들에게도 유익한 일을 하는 것이다. 만약 돈과 재물에 대한 욕망을 책으로, 지식으로 돌린다면 어떻게 될까? 아마 살맛 나는 삶을 살게 될 것이다.

책은 사람과 사람 사이의 거리를 좁혀주고 시간과 지역의 격차도 줄여준다. 책은 수많은 산과 강을 마음껏 유람하고 전 세계를 조감할 수 있게 해준다. 책은 이상적인 산행에 오르는 등산객으로서 인생을 희망으로 가득 차게 해준다.

업무상 뜻하지 않은 일을 만났을 때 책을 통해 문제의 근원과 해결책을 더 빨리 찾아낼 수 있고, 마음이 우울할 때 책을 읽으면 고민을 쉽게 떨쳐버릴 수 있다. 같은 친구라도 물질로 농락하는 친구는 뜻이 통하고 지향점이 같은 친구를 영원히 따라잡지 못한다. 후자 친구와 함께 있을 때는 집안의 자질구레한 일이나 세간의 헛소문을 화제로 삼아 이야기하지 않는다. 후자 친구들과는 주로 인생의 참뜻이나 가치, 문화와 역사에 관해 이야기를 나눈다. 이럴 때 이들이 알고 있는 지식과 지혜는 대부분 책에서 얻은 것들이다.

책은 옛날부터 지금까지 인류의 진보를 위한 사다리 역할을 해왔다. 고대에서 현대에 이르기까지, 미개한 상태부터 문명에 이르기까지 책은 줄곧 인간의 발전을 견인해주는 중요한 요인이었다. 상고시대에는 종이가 발명되지 않아 글씨를 거북이 등껍질이나 죽편에 새겼다. 이러한 형태의 '책'은 제작이 어려운 만큼 수량도 적었다. 그 후 지식에 대한 사람들의 끊임없는 갈망은 종이의 발명을 낳았다. 이렇게 진보한 책의 공로가 없었다면 인간은 마치 독수리가 날개를 잃은 것처럼 문명의 진보를 이뤄내지 못했을 것이다. 그리고 현재의 문명도 존재하지 못했을 것이다.

모든 사람이 온통 물질만을 추구하고 책의 존재를 잊어버린다고 가정해보자. 우리가 매일 좋은 술과 안주만 생각하고 차 한 잔과 같은 지혜는 안중에도 두지 않는다고 가정해보자. 우리가 종일 바삐 뭔가를 쫓아다니기만 하고 한 번도 걸음을 멈추고 차분하게 생각하는 시간을 갖지 않는다고 가정해보자. 과연 삶이 올바르게 유지될 수 있을까? 책을 대하는 우리의 열정이 마치 건어물녀일본의 신조어로 연애를 포기한 여성을 뜻함. 원래는 만화 《호타루의 빛》의 주인공 아메미야 호타루의 생활상을 가리키는 말로 현재는 연애를 포기한 20~30대 미혼여성을 뜻함 명품관을 대하는 것과 같다면 우리의 삶에 이토록 많은 걱정과 근심이 생기진 않았을 것이다.

책을 읽자. 한 권의 양서가 우리에게 삶의 진리를 말해줄 것이고 성공의 지름길을 알려줄 것이다. 좋은 책은 앞으로 나아갈 길이 어느 곳에 있는지 분명하게 일러준다. 책은 마치 옛사람들이 누리던 맑은 차 한 잔처럼 우리의 마음을 정결하게 해주고 현명함을 키워준다. 단 하루도 우리 곁에 없어서는 안 되는 것이 바로 책이다.

더 많은 돈이 있어야 즐거움을 얻을 수 있다면, 그런 즐거움은 의심해야 한다. 최상급 브랜드의 물건으로 자신의 허영을 만족시키려 한다면 명품관의 점원은 요염한 웃음으로 우리의 지갑을 남김없이 털어갈 것이다. 비싼 물건을 사는 것으로 순간적인 기쁨을 얻을 수는 있겠지만, 고가 상품 매장에서 우리가 얻을 수 있는 도움은 이것 말고는 아무것도 없을 것이다.

더구나 곳곳에 모조 상품과 불신이 범람하는 이 시대에 많은 돈을 주고 사온 물건이 어떤 양심 없는 사람들이 조악하게 만든 위조품이 아니라고 어떻게 보증할 수 있단 말인가? 결국 불안정한 물질로는 진정한 즐거움을 얻을 수 없다. 반면에 풍부한 정신은 인생을 풍요롭게 해주고 모든 어리석음과 근심에서 벗어나 웃을 수 있게 해준다.

소중한 하루의 행복찾기

물질의 추구는 마치 서양의 패스트푸드와
같아서 어쩌다 한번 먹으면 배는 불러
허기를 달랠 수 있지만, 몸에 필요한 영양분을
제공하지 못한다. 우리의 영혼과 정신은
물질로는 절대로 채워질 수 없다.
따라서 휴식 시간이나 휴가 기간에는
될 수 있으면 다양하고 폭넓은
독서 삼매경을 즐기면서 각종 소비의 유혹을
멀리해야 할 것이다.

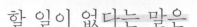

할 일이 없다는 말은

공허한 영혼의
비굴한 핑계다

최근에 본 어느 조사에 따르면 사무실에서 일하는 화이트칼라들은 주말에 "무료하다" "어디에 가야할지 모르겠다" "할 일이 없다"라는 대답에 가장 공감한다고 한다. 참으로 놀라움을 금할수 없는 반응이다. 일주일 내내 바쁘게 보낸 뒤에 맞이한 주말은 그동안 짓눌린 기분을 풀어주고 몸과 마음을 편하게 해주는 기회가 되어야 한다. 주말을 활용해서 해야 할 일은 너무도 많다. 운동도 해야 하고 밀린 집안일도 해야 한다. 도서관에도 가야 하고 친구도 만나야 하고 쇼핑도 해야 한다. 어째서 할 일이 없다는 것인가?

할 일이 없다고 말하는 사람은 정말로 자기가 해야 할 일을 못찾은 것이 아니다. 너무나 허전하고 외로운 까닭에 잠시나마 빈시간이 생기면 오히려 정신이 멍해지고 마음이 불안해지는 것이다. 이러한 사람은 생활에 활력이 부족하기 때문에 적극적으로 앞으로 나아갈 힘을 상실하고 만다.

어떤 사람은 돈도 있고 학식도 있고 상류 사회에 속해 있음에
도 늘 고민에 빠져 있다. 이들은 마음을 촉촉하게 적셔줄 일을
찾지 못해 무료함과 공허함에 빠져 영 돌아오지 못할 길을 선택
하기도 한다. 어쩌면 최근 증가하고 있는 우울증은 이런 문제와
무관하지 않을 것이다.

심리학자는 무료함과 공허함이 겉으로 보기에는 '할 일이 없
기' 때문인 것처럼 보이지만 심리학적으로 보면 '심리적 공허감'
에서 비롯된다는 사실을 증명한 바 있다. 일을 찾아서 하는 것
이 잠깐 동안은 공허감을 잊게 해줄지 모르지만 근본적인 문제
를 해결해주지는 못한다. 어떤 사람이 매우 바쁜 업무에 종사하
면서도 심한 공허감을 느낀다면, 눈앞에 있는 일에도 집중이 안
되고 마음속으로 자신이 정말로 원하는 것이 무엇인지 분명하게
알 수도 없을 것이다.

오늘날 경제가 모든 것을 주도하는 사회에서 배금주의가 일
부 사람들의 신앙이 되고 있다. 하지만 신앙의 정신적인 특징과
금전의 물질적인 특징은 천성적으로 상반된 것이기 때문에 대부
분의 사람은 진정으로 정신적인 신앙의 욕구를 만족시키지 못한
다. 때문에 시대적인 신앙의 진공 현상이 조성되는 것이다. 신앙
이 반드시 종교적인 것만은 아니며 신을 모방하여 엎드려 절하
게 만드는 것도 아니다. 신앙은, 때로는 일종의 신념일 수도 있

고 영혼과의 대화일 수도 있다.

》 》 》

북유럽은 거의 모든 나라에 수많은 거지가 있다. 상식적으로 생각해보면 이처럼 부유한 나라에는 당연히 거지가 존재하지 않아야 한다. 하지만 적지 않은 거지들이 이들 나라에서 유유자적 여유 있는 생활을 하고 있고 심지어 걸인이라는 자신의 업종을 자랑스럽게 여기기도 한다. 어쩌면 이들은 물질적인 측면에서는 우리보다 빈약할지 모른다. 그들에게는 바람을 막아주고 비를 피할 수 있는 집도 없고 좋은 옷이나 자동차도 없다. 그들이 가진 것이라고는 기본적인 가재도구와 해진 돗자리가 전부다. 몸에는 온통 싸구려 옷을 걸치고 있다.

그럼에도 이 거지들은 아주 즐겁게 생활한다. 매일 광장에 나가 햇볕을 쬐면서 남들이 자신의 밥그릇에 동전을 던져주기를 기다린다. 그곳에 앉아 있는 그들은 무료함을 느끼지 않는 것처럼 보인다. 가끔 사람들과 얘기를 나누기도 하고 마음대로 자리를 옮길 수도 있다. 빵을 사다가 부스러기로 만들어 광장에 있는 비둘기에게 주면서 시간을 보낼 수도 있다. 이렇게 그들은 가난 속에서도 그들 나름대로의 즐거움과 행복을 찾고 있다.

한번은 북유럽을 여행하면서 그들 중 한 명과 대화할 기회를 얻었다.

"몸도 아주 건강한데 어째서 일하지 않는 겁니까?"

그는 아시아에서 온 내 얼굴을 잠시 쳐다보더니 뜻밖의 대답을 건넸다.

"여기 이렇게 있는 게 좋기 때문이지요. 하나님께서 도와주신 덕분에 여기서 이렇게 파란 하늘과 흰 구름을 누릴 수 있지요. 저는 부유한 사람들과 함께 광장에서 햇볕을 쬘 수 있지만, 그들처럼 돈을 충분히 번 다음에 다시 햇볕을 쬐러 나올 이유가 없어요."

그의 논리가 잘 이해되지는 않았지만 비록 물질적으로는 가난해도 그들의 정신세계는 오히려 크고 튼튼하다는 것을 느낄 수 있었다.

우리에게 필요한 것은 어쩌면 바로 이런 정신적 힘인지도 모른다. 우리는 세계에서 가장 근면하지만 동시에 세계에서 가장 정신이 결핍된 사람들이기도 하다. 우리는 죽을힘을 다해 일하며 스스로를 복잡하고 어지러운 환경 속으로 밀어 넣는다. 그러다가 일단 이런 환경에서 빠져나오면 몸과 마음은 지탱할 힘을 잃어버리고 끝없는 공허함을 느끼면서 무엇으로 빈 가슴을 채울지 몰라서 막막해한다.

))))

인야오殷陶는 한때 우울증 환자였고 다국적 기업의 고위 관리

자였다. 그녀가 아이를 갖자 회사에서는 즉시 그녀에게 장기간의 휴가를 주었다. 인야오는 자신의 직장생활이 이미 사형선고를 받은 것임을 알았지만 그것도 나쁘지 않다고 생각했다. 충분한 휴식을 취할 수 있었기 때문이다. 그녀는 뱃속에 있는 아이를 세심하게 보살폈다. 매일같이 임산부 식단을 대조하면서 엄격한 식사 관리를 했고 더없이 즐거운 기분으로 시간을 보냈다.

그러나 아이가 출생하자마자 인야오는 아주 다른 사람으로 바뀌었다. 산후 우울증을 앓게 된 그녀는 의기소침한 상태로 하루하루를 보냈다. 산욕기를 지나고도 초조한 기분은 나아지지 않았다. 그녀는 매일 집에서 잠만 잤고 무슨 일을 해도 기운이 나지 않았다. 심지어 아이의 울음소리만 들어도 신경질적으로 소리를 질렀고 보모와 아이를 돌봐주러 온 시어머니를 탓했다.

그녀는 이렇게 점점 더 침울해지고 있었다. 그녀 자신은 스스로에게 무슨 문제가 생겼다는 사실을 알고 있었지만 그런 상태를 극복할 방법이 없었고 어떤 일에도 힘이 나지 않았다.

우울증은 분명 무서운 정신질환이다. 우울증을 앓고 있는 사람들은 한편으로는 약을 먹으면서 또 한편으로는 스스로 희망을 저버린다. 이때에는 아무리 훌륭한 정신과 의사가 와도 치유할 방법이 없다. 때문에 우울증 조짐이 보이는 사람은 하루빨리 내면의 자신을 조절하는 것이 무엇보다도 중요하다.

자기 스스로 해야 할 일이 없다고 느끼고 온종일 생활이 무미

건조하고 무료하다고 여긴다면, 자신의 심리 상태가 건강하지 못한 것에 경각심을 가져야 한다. 그렇다고 친구를 찾아가 수다를 떤다거나 기분을 푼답시고 필사적으로 먹어대는 것으로는 이 상태를 해소할 수 없다. 이럴 때는 반드시 자신의 정신 상태를 정확하게 진단하고 자신의 영혼과 생활을 대상으로 대화를 시도해야 한다. 무엇보다도 정확하게 파악해야 할 것은 자신이 도대체 무엇을 원하는가이다.

먼저, 자신에게 인생의 청사진을 그려주는 것도 괜찮다. 계획을 길게 세울 수도 있고 몇 가지 간단한 조치를 마련할 수도 있지만 무엇보다도 가까운 시일 내에 실현할 수 있는 확실한 목표를 정해야 한다. 여기에는 독서와 공부, 운동, 체력 단련, 서화 등의 다양한 취미 활동이 포함될 수 있다. 이와 동시에 실현 가능한 각 단계별 '작은 목표'를 세워야 한다. 이러면 삶의 목표가 분명해지고 계획에 따라 차근차근 실천이 뒤따르면 차츰 충실한 생활을 해나갈 수 있을 것이다.

그 다음 단계는 자신의 취향과 장기에 따라 어떤 것이든지 계획적으로 학습하는 것이 바람직하다. 직장에서의 실무와 결합된 사전 학습을 진행할 수도 있고 일련의 새로운 지식을 습득할 수도 있다. 이런 다양한 행위들이 결국에는 아름다운 미래를 형성하는 데 커다란 도움이 된다. 하지만 이를 강압적인 학습으로 간주해서는 안 된다. 인생을 강제하는 결과가 되기 때문이다. 세계적인 곤충학자 파브르는 이런 말을 한 적이 있다.

"일을 배우려 한다면 누군가 너를 가르친다고 해도 개의치 말아야 한다. 가장 중요한 것은 너 자신에게 깨달음과 평정심이 있느냐이다."

이어서 야외에서의 유산소 운동을 권한다. 수영이나 등산, 노래방, 자원봉사 등 다양한 활동 가운데 자신이 가장 좋아하는 방식을 선택하면 된다. 즐거운 분위기 속에 있으면 저절로 기분이 좋아진다. 다양한 종류의 문화와 체육활동에 적극적으로 참여하고 친구들을 많이 사귀어라. 그러면 항상 건강하고 즐거운 심리상태를 유지할 수 있다.

앞에서 열거한 활동 내용은 인생에 부담을 주기 위한 것이 아니라 영혼을 충분히 운동시키기 위한 것이다. 사람의 몸이 운동을 해야만 건강을 유지할 수 있는 것처럼 영혼 역시 일정한 운동이 필요하다. 홍콩의 유명 여배우 헬레나 로렌*Helena LawLan*은 이런 말을 한 적이 있다.

"일자리에서 지위가 낮은 것은 걱정할 필요가 없다. 자신의 이상을 포기하지 않고 현재의 일을 발판 삼아 더 나은 미래를 위한 생활을 꾸려나가면 된다. 시간을 쪼개어 내면의 세계를 단단하게 하고 확실한 목표와 방향을 향해 매진하면 되는 것이다. 이렇게 천천히 가다 보면 언젠가는 자신의 고생이 헛되지 않았음을 깨닫게 된다."

실제로 한동안 영혼의 훈련을 거친 사람들은 점차 자신의 생활이 무료하지 않다고 느끼게 되었다. 다양한 각도에서 보면 아무리 작고 사소한 일이라도 일정한 생활의 즐거움을 담고 있다. 예컨대 매일 똑같은 업무를 반복하고 있다는 느낌이 들거나 공부를 해도 머리에 들어오는 것이 전혀 없다는 생각이 들 때가 있다. 이럴 때는 밖에 나가 거리를 구경하면서 세상의 온갖 사물을 살피고 관찰해보는 것도 좋다. 새로운 사물과 현상으로 인해 삶에 필요한 신선한 자극을 받을 수 있을 것이다. 때로는 마음 맞는 친구를 만나 함께 식사를 할 수도 있다. 여러 사람들의 다양한 생활 방식을 알아봄으로써 무료함을 떨쳐내고 삶의 든든한 배경이 되는 대인 관계를 확대하는 효과를 얻게 될 것이다.

식사를 예로 들어보자. 매일 쌀밥만 먹다가 어느 날 국수를 먹으면 국수가 참 맛있게 느껴지고 미각이 새로운 자극을 받을 것이다. 요컨대 우리가 반드시 직시해야 할 것이 있다. 우리의 삶이 갖는 다채로운 성격과 모습이다. 생활이 무료한 것이 아니라 사실은 우리가 자신을 무료함의 울타리 안에 가두고 있는 것이다. 그렇다면 이 울타리 밖으로 뛰쳐나가지 않을 이유가 무엇이란 말인가!

소중한 하루의 행복찾기

하품을 하면서 큰 소리로 무료하다고 느낄 때,
다른 사람에게 "할 일이 없다"고 말할 때,
인생이 우울하다고 생각될 때,
무얼 어떻게 해야 삶에 활기를 불어넣을 수
있을지 모를 때, 채워줘야 할 것은
생활이나 일의 빈틈이 아니다.
자신의 공허한 영혼이 내는
외침을 잘 듣고 돌보는 것이다.

시각장애인 사진가가

마음으로
보는 세상

우리가 무지몽매한 상태로 처음 태어났을 때 두 눈은 있으나 물체를 정확히 보는 법을 몰랐고 입은 있으나 겨우 '옹알옹알' 하는 소리만 낼 수 있었다. 눈에 보이는 모든 것들이 신기하고 입에 물려주는 우유병의 젖꼭지만으로도 즐겁고 행복했다. 하지만 조금씩 성장하고 더 다양한 지식을 배우면서 우리는 점차 아름다움과 추함, 좋음과 나쁨의 차이를 구별하게 되었고, 의식적으로 아름답고 좋은 것을 점점 더 동경하기 시작했다. 또 자신의 식견과 가치관에 기초하여 좋은 사람과 나쁜 사람을 구별하기 시작했고, 자신만의 고유한 생각과 사유를 토대로 타인의 행위를 살피게 되었다. 이 모든 변화가 진행되면서 동시에 우리는 점점 더 자신의 즐거움과 행복을 억압하고 있다는 사실을 감지하지 못하고 있다.

고대 그리스 속담에 이런 말이 있다.

▽

"눈만 가지고는 보이지 않는 것들을 볼 수 없다. 오로지 맹인들만이 마음으로 세상을 바라보는 법을 안다."

슬로베니아 출신 시각장애인 사진가 예브겐 바브카르가 이 속담의 진실을 아주 명확하게 증명해주었다. 그는 왼손으로 궁전 벽을 어루만지면서 오른손에 든 카메라로 눈앞의 모든 영상을 담아냈다. 흑암에 둘러싸인 정원 주변이 더할 나위 없이 적막한 가운데 플래시가 순간적인 섬광으로 모든 것을 비추면 소리 감응기에서는 광도가 가장 강할 때의 경고음을 내게 된다. 이런 방식으로 그는 자신의 직감에 의지하여 여러 차례 같은 장면을 촬영한다. 셔터를 누르는 순간, 그는 호흡마저 멈춘 채 온몸과 마음을 집중한다. 이렇게 완성한 사진 작품은 나중에 스페인에서 개최된 제1회 현대예술사진 비엔날레에 뽑혔고 수많은 사람이 전시장을 찾아 기적의 장면을 감상했다.

신은 모든 인간에게 공평하다. 시각장애인들의 시력은 빼앗았지만 그 손실을 보충해주기 위해 일반인들보다 몇 배나 민감하고 섬세한 촉각과 청각을 주었다. 악성 베토벤은 시력을 잃은 데 이어 귀까지 들리지 않게 됐지만 청력을 잃은 후에도 그의 예술적 재능은 최고봉에 오를 수 있었다. 베토벤은 자신이 작곡한 9번 교향곡을 직접 들을 수는 없었지만 대신 영혼으로 이 작품의 위대하고 장대한 기운을 느낄 수 있었다.

열다섯 살의 어린 나이에 시력을 완전히 잃은 소년이 있었다. 실명한 뒤로 소년은 한동안 눈물로 세월을 보내면서 자신의 삶이 완전히 망가졌다고 생각했다. 하지만 이 년이 지난 어느 날, 산책하다가 자기 옆에 있던 동생의 신발 끈이 풀린 것을 정확히 알아낼 수 있었다. 깜짝 놀란 그의 동생이 물었다.

"형은 앞을 보지도 못하면서 어떻게 내 한쪽 신발 끈이 풀린 걸 알았지?"

소년은 자신의 눈을 가리킨 다음 다시 자신의 심장을 가리키면서 말했다.

"내 눈은 아무것도 못 보지만 마음속은 아주 환하거든! 너의 발걸음 소리가 조금 전과 다르게 들리더라고. 왠지 경쾌하지 못하다는 느낌이 들었어. 그래서 네 한쪽 신발 끈이 풀렸다고 판단한 거야."

나중에 소년은 안마술을 배워서 자신이 사는 작은 도시에서 실력 있는 유명한 안마사가 되었다. 더욱 놀라운 것은 지난 몇 해 동안 소년은 자신이 안마로 힘들게 번 돈을 가정 형편이 어려운 시각장애인 아동들과 지체장애인 학생들을 돕기 위해 흔쾌히 내놓았다는 사실이다. 이는 사지가 멀쩡한 보통 사람도 하기 어려운 일이었다.

어느 날 소년은 자기 어머니에게 안마를 해주면서 말했다.

"전 가끔 엉뚱한 생각을 하곤 해요. 만일 제 두 눈이 멀쩡했다면 지금 제 인생이 어땠을까 하고요. 단언하긴 어렵지만 다른 친구들처럼 회사에서 서류 뭉치에 뒤섞여 그럭저럭 지내다가 저녁에는 마작을 하고 사우나나 하면서 평생을 별 의미 없이 멍청하게 보냈을 것 같아요. 지금처럼 다른 데 신경 쓰지 않고 전심전력으로 자신과 남들의 삶을 충실하게 하려고 노력하진 못했을 것 같아요."

》》》

그렇다. 신은 한쪽 문을 닫을 때, 동시에 또 다른 쪽의 문을 열어놓는다. 문제는 우리가 마음을 기울여 이를 느낄 수 있느냐 없느냐 하는 것이다. 세상은 너무 화려하고 다채로워서 사람들의 눈을 현혹한다. 거의 다 되어가는 일이 갑자기 끼어든 부주의로 망치는 경우가 허다하고, 열심히 일하는데도 돌아오는 이익은 적은 경우도 많다. 이는 밝은 눈을 가졌음에도 어두컴컴한 늪에 빠져서 눈앞에 있는 길을 제대로 보지 못하기 때문이다.

두 눈이 건강하고 밝게 빛나는 사람들의 영혼은 욕망의 불꽃이 머리 위에서 맹렬하게 타오르고 있다. 그러나 불꽃이 다 타서 공허함만 남은 영혼은 점차 무감각하게 가라앉아 다시는 즐거움의 싹을 틔우지 못하고 행복의 뿌리도 내리지 못한다. 이것이 좋지 않다는 걸 안다면 마땅히 아름답고 좋은 것을 추구하여 다시 환희의 불꽃으로 영혼을 태워야 한다. 하지만 우리는 눈으로 너무 많은 것을 보았기에 마음으로 터득하는 법을 잊고 있다. 마음으로 볼 수 있는, 어둠의 뒷면에 있는 무한한 따스함을 잊고 있는 것이다.

남들의 즐거움과 행복을 접할 때면 상대적으로 우리 자신을 불행한 사람이라고 여기곤 한다. 이처럼 스스로를 억누르는 마음에는 즐거움이 생겨나지도 않고 행복이 남지도 않게 된다. 마음은 점점 잿더미가 되어가고, 이 때문에 갈수록 행복에 대해 무감각해진다. 우리는 계속해서 더 즐겁고 더 행복한 이야기를 찾거나 아니면 더 슬프고 불행한 이야기로 자신을 위로하고 감동하려 한다.

하지만 세간의 이야기에 귀를 기울일수록 우리의 영혼은 점점 더 무감각해지고 두려움을 느낀다. 이 때문에 현실 세계를 감히 바꿀 생각을 하지 못하고 바꾸려고 나서지도 않는다. 그러다 보면 점점 더 초조해지고 점점 더 실망하게 되어 모든 아름다운 것들이 결국에는 추악하게 변해버린다.

타이완의 유명 작가 린칭쉬안林清玄은 이렇게 말한다.

"한 사람이 바깥 세계와 마주하고자 할 때 필요한 것은 창문이고, 자아를 마주하고자 할 때 필요한 것은 거울이다. 창문을 통해서는 세상이 밝다는 것을 알 수 있고, 거울을 통해서는 자신의 오점을 볼 수 있다. 사실 창문이나 거울은 그다지 중요한 것이 아니다. 중요한 것은 자기 자신의 마음이다. 마음이 넓고 큰 사람은 서재 또한 넓고 클 것이고, 마음이 밝고 맑은 사람에게는 세상도 밝고 맑게 다가온다."

사실 우리는 진정한 즐거움이 우리 내면에서부터 생겨나며 진정한 행복 역시 내면에서 온다는 것을 잊고 있다. 마치 예전부터 아무런 이상도 없었고 이상을 가질 이유도 없었으며 이상을 찾으려 노력하지도 않았던 것 같다. 남들이 말하는 즐거움과 행복은 애당초 우리가 누릴 수 없는 것처럼 말이다. 남들의 즐거움과 행복은 자신에게 순간적인 웃음만 줄 뿐, 그렇게 웃고 나면 오히려 아픈 고통과 적막감만 남는다. 우리가 바라보는 이 세상은 유쾌하지도 않고 그다지 달갑지도 않다. 그럼에도 우리는 여전히 얼굴에 미소를 드리운 채 다른 사람들의 욕망에 영합하면서 살고 있다.

아주 오래전에는 기름지지 못한 음식이나 막중한 노동이 그토록 두려운 것이 아니었다. 수많은 사람이 빈곤한 가정 형편 때문에 흰 밀가루 반죽으로 만든 만터우饅頭, 반죽한 밀가루를 주먹 크기로 성형하여 소를 넣지 않고 찐 것으로 중국 북방의 주식조차 먹지 못했고 과일은 엄두도 내지 못했다. 그들이 자라 어른이 되는 동안 사회는 놀라울 정도로 발전했고 경제 상황도 좋아졌다. 음식도 예전에는 상상조차 할 수 없었던 맛 나고 푸짐한 좋은 것들이 많아졌다. 그런데도 사람들은 행복을 느끼기는커녕 괴로워하고 답답해한다. 그래서 옛 시절의 가난하지만 즐거웠던 분위기를 그리워하고 가족들과 단란했던 행복을 그리워한다.

사실 이는 어떤 마음을 가지느냐에 달려 있다. 예전에는 아주 변변치 못한 식사를 하면서도 영혼은 비할 데 없이 깨끗했다. 당시에는 우리의 욕망이 그렇게 크지 않았고 사람들을 대하는 태도 역시 진솔하고 성실했다. 이웃과의 사이에 우애도 넘쳐났다. 반면에 지금은 먹고 입는 일에는 아무런 걱정이 없어도 세상과의 대화는 오히려 줄어들었고 이웃과의 소통도 단절되었다. 현대인들은 자신을 가면 뒤에 숨겨놓고 타인이 자기 마음속의 진실을 알게 될까 봐 겁을 내고 두려워한다. 정말 즐겁지 않으면서도 즐겁지 않은 원인을 찾아내지도 못하고 있다.

이제 욕망에 대한 집착과 편집을 던져버리자. 영혼으로 이 세상을 감지하고 마음으로 세상을 경청하자. 그러면 세상의 모든 것이 우리의 영혼과 마음에 진정한 즐거움을 줄 것이다. 영혼으로 이 세상을 사랑하자. 영혼의 진정한 소리로 잃어버린 아름다운 신화를 되찾아서 옳고 그름의 구별을 없애버리자. 추함과 아름다움의 구별도 집어치우자. 욕망에 점령당한 모든 영혼이 욕망에서 벗어날 수 있도록 도와주고 모든 것들을 자연으로 되돌려놓자. 그러면 이 세상도 우리의 영혼에 진정한 행복과 만족을 가져다줄 것이다.

소중한 하루의 행복찾기

눈으로 세상을 바라보면 온갖 분란과 복잡함,
번다함으로 가득 차 있어서, 사람들이
서로 화목하지 못하고 투쟁하면서 미워하는
것을 볼 수 있다. 반면에 영혼으로
세상을 느껴보면 모든 것이 평온하고 화목해진다.
하지만 이를 위한 한 가지 조건은
우리가 넓고 큰 마음을 가져야 한다는 것이다.
넓은 마음이 있어야 고난 속에 숨은 희망도
찾아내고 내면에 가둬둔 즐거움도 꺼내서
함께 놀 수 있다.

욕망을 적절히

다룰 때
인생은 살맛 난다

"욕망에 대해 제대로 이해하지 못하면 인간은 영원히 그 질곡과 공포 속에서 헤어나지 못한다. 욕망을 파괴해버린다면 삶도 함께 파괴할 수 있다. 욕망을 왜곡하고 억압했다면, 우리가 파괴한 것은 아마도 비범한 아름다움이었을 것이다."

20세기 인도의 위대한 철학자이자 정신적 지도자였던 지두 크리슈나무르티_Jiddu Krishnamurti_의 말이다.

번화한 도시는 항상 우리에게 꿈과 격정을 불러일으킨다. 마음속에 있는 어떤 목표를 위해 우리는 고층빌딩 숲 사이를 분주하게 뛰어다니면서 남들을 누르고 올라설 일만 생각한다. 처음에는 작은 꿈을 키워나가다가 점점 더 높은 욕망을 추구하는 동안 우리는 온갖 더러운 물욕에 기만당하고 처음 세웠던 순수한 목표를 점차 잊어버린 채 결국에는 호화롭고 사치스러운 네온사인 속을 헤매게 된다.

자신의 욕망만을 좇는 사람은 인생의 여정에서 마침내 자아를 잃게 되고, 꿈도 없는 존재가 되어 결국 공허함만 남기게 된다. 아리따운 농촌 아가씨가 도시로 일하러 왔다가 욕망을 이기지 못해 결국에는 스스로 타락의 길에 빠지는 이야기를 우리는 수도 없이 들었다. 이런 일들은 이야기로 그치는 것이 아니라 실제로 비일비재하게 일어나고 있다. 이런 아가씨도 맨 처음에는 아주 단순하고 소박한 꿈을 안고 자신의 운명을 바꾸려 노력했을 것이다. 그러나 화려하고 아름다운 도시에서 욕망의 물결에 휩쓸려버린 것이다.

》 》 》

샤오안小安은 가정 형편이 썩 좋지 않았지만 일자리를 찾아 도시로 온 다른 아가씨들과 차이점이 있었다. 그것은 스스로 노력하여 대학에 진학했다는 것이다. 하지만 그녀는 대학을 졸업한 후 공교롭게도 경제 불황을 만나 줄곧 일자리를 구하지 못했다. 오랫동안 일자리를 찾아다닌 그녀는 어렵사리 직장을 구했지만 근근이 기본적인 생활비를 충당할 수 있는 정도였다.

이때 마침 회사 사장이 얼굴이 예쁜 샤오안에게 반해 온갖 구실로 그녀에게 비싼 옷 등의 선물을 보내기 시작했다. 샤오안은 처음에는 이를 단호하게 거절했다. 하지만 끈질긴 애정 공세를 견디지 못한 샤오안은 결국 각종 선물을 받아들인 데 이어 얼마 후에는 사장의 애인이 되고 말았다.

이런 이야기는 예전부터 수없이 있었던 일이라 조금도 신선하지 않을 것이다. 하지만 이 이야기의 주인공인 샤오안에게는 이런 일로 인해 인생의 후반기에 엄청난 변화가 일어났다. 우리 앞에는 항상 두 갈래 길이 놓여 있다. 하나는 비좁고 오래가야 하는 길이긴 하지만 아주 먼 곳까지 내다볼 수 있다. 또 다른 길은 평탄하고 넓으며 길 양쪽에 온갖 과실이 주렁주렁 매달린 나무가 늘어서 있다.

하지만 그 길에는 엄청난 함정들이 도사리고 있다. 사람들은 대체로 이 두 갈래 길 중에 주렁주렁 과실이 매달린 넓은 길을 선택하여 결국 돌아오지 못할 길에 오르곤 한다. 욕망에 마음을 빼앗긴 사람들은 눈앞의 이익만 보고 멀리 있는 더 소중한 것을 소홀히 하기 십상이다. 그리고 끝에 가서는 몸도 재산도 다 잃는 파국에 이른다.

사람이 욕망을 갖는다는 것은 너무나 당연하고 정상적인 일이다. 어느 누가 세상의 모든 일이 다 공허하다고 여기면서 일을 하겠는가? 합리적인 욕망은 구체적인 성공으로 나아갈 수 있는 원동력이 되어준다. 또 욕망을 다스릴 줄 아는 사람에게는 목표를 향해 꾸준히 매진하게 하는 자극을 주기도 한다. 하지만 욕망을 통제하는 데 실패하거나 또는 욕망의 노예가 되어 맹목적으로 쫓게 되면, 아무리 똑똑하고 명석하다 해도 결국에는 겹겹이

▽

닥쳐오는 위기들을 이겨내지 못하고 남들이 만들어놓은 함정에 빠져 헤어나지 못할 것이다. 욕망은 그런 것이다.

《채근담》에 이런 구절이 있다.

"몸을 항상 한가한 곳에 두면 어떠한 영욕과 득실도 나를 함부로 부리지 못할 것이고, 몸을 항상 조용한 곳에 두면 어떤 시비와 이해관계도 나를 속이지 못할 것이다."

심신이 항상 편안하고 여유 있으면 세상의 모든 부귀영화와 성패, 이해득실 따위에 좌우되지 않으며, 심신을 항상 안정시키면 인간 세상의 공명과 이익, 관록, 시시비비에 속거나 기만당하지 않는다는 뜻이다.

적절한 부귀영화와 이익, 관록을 추구하는 것은 인간의 본성이자 사회 발전의 원동력이다. 따라서 크게 비난할 대상이 아니다. 하지만 이런 것들을 추구하는 과정에서 본래의 마음과 태도를 잃어버린다는 데 문제가 있다. 자신이 이것을 추구하는 원래 목적은 더 행복해지기 위해서인데, 이 사실을 잊어버리는 순간부터 점점 커지는 욕망의 노예가 되고 만다.

🌙 🌙 🌙

패션 디자인 회사에 다니는 린펑林峰은 몇 차례 상을 받고 경력을 인정받은 디자이너이다. 한번은 성대한 패션쇼를 준비하는 도중에 경쟁 회사의 사장이 몰래 린펑에게 접근하여 그녀의 재능이 무척 마음에 든다고 칭찬하면서 스카우트를 제안했다. 자신의 제안을 받아주면 수석 디자이너의 자리를 주겠다고 했다.

수석 디자이너가 되는 것은 린펑이 줄곧 마음속에 간직해온 꿈이었다. 그러나 얼마 후 린펑은 상대방이 원하는 것이 단순히 자신의 능력이 아니라 경쟁사의 디자인 시안을 빼내는 것임을 알게 되었다. 심사숙고한 끝에 린펑은 상대 회사의 부적절한 제안을 단호하게 거절한 후 이 일을 상부에 알려 기밀이 빠져나가지 못하게 막았다. 이 일로 린펑은 사장으로부터 커다란 신임과 총애를 받게 되었다.

공짜로 주어진 이익에는 반드시 요구 사항이 있기 마련이다. 또한 그 일이 완성된 후에는 공짜 이익을 받은 사람의 가치가 천 길 아래로 떨어진다.

이익은 누구나 얻고 싶어한다. 하지만 이익에 집착하면 이익에 휘둘리는 삶을 살게 된다. 이처럼 이익을 얻을 기회가 주어지면 먼저 자신의 능력을 따져보자. 자신이 그 기회를 충분히 활용할 수 있는지, 기회를 애써 잡았는데 능력이 부족하여 제대로 활용하지 못하고 도리어 좋지 않은 결과를 초래하는 것은 아닌지 잘 생각해야 한다.

여의봉의 무한한 위력은 누구나 알고 있다. 하지만 모든 사람이 손오공처럼 여의봉을 마음대로 다룰 수 있는 것은 아니다. 여의봉을 들 힘도 없으면서 그것을 자기 것으로 만들려고 하는 사람은 여의봉의 위력을 제대로 발휘하지 못할 뿐만 아니라 자칫하면 여의봉에 깔려 죽을 수도 있다.

젊었을 때 사람들은 네온사인이 반짝이는 대도시를 동경하고 차량이 쉴 새 없이 오가는 화려한 거리를 좋아한다. 그런데 그 물욕이 넘치는 도시에 살면서 점차 자신을 잃어간다. 욕망이라는 그릇은 바닥이 없어서 무엇으로도 채울 수 없다. 인간의 욕망에는 영원한 만족이 없기 때문이다. 처음에는 작은 것을 갈망하다가, 이루어지고 나면 그다음에는 좀 더 큰 것을 바라게 된다. 명리를 추구하는 과정에서 우리는 스스로도 의식하지 못하는 사이에 너무나 쉽게 욕망의 노예가 되어 자신을 상실한다. 일단 욕망에 속고 나면 더는 자유로울 수 없고, 자유를 잃고 자기 자신을 잃고 나면 더 많은 것을 얻는다 해도 아무 소용이 없다.

사상가 장자는 우리에게 "지나친 욕망은 사람을 번뇌하게 하고 재앙을 가져다준다"고 충고한다. 영욕과 득실을 완전히 제거하고 추호의 욕심도 없는 깨끗한 마음으로 사는 것은 불가능하지만, 밀려오는 속세의 먼지를 어느 정도 가라앉히는 노력은 필요하다. 그래야만 팽창하는 욕망을 다스릴 수 있다. 시시각각 유혹의 손길을 뻗치는 부귀영화와 공명, 이익과 관록은 그저 생활의 첨가제일 뿐, 삶의 전부는 아니다.

이는 여행에 비유해 말할 수 있다. 우리는 종종 목적지를 향해 빠른 속도로 내달리는 차를 타고 여행을 떠난다. 하지만 차에 오르면 코를 골면서 잠에 떨어져 여행의 귀중한 시간을 길 위에서 낭비하고 만다. 천신만고 끝에 목적지에 도달하면 그저 그렇다고 느끼면서 속았다고 소리친다. 사실 여행은 출발과 동시에 시작된다. 마지막 목적지만이 여행이 아니다. 목적지를 향해 가는 도중에 펼쳐지는 풍경을 감상하는 것도 여행이다.

우리의 인생도 이처럼 모든 과정에 의미가 있다. 인생의 목적만 중요한 것이 아니라 과정도 중요하다. 맨 처음에는 손으로 나무 젓가락을 다루듯 욕망도 자유자재로 다룰 수 있다. 하지만 이것이 점점 커지고 굵어져 마침내 거대한 여의봉이 되었을 때, 우리 자신이 손오공이 되어 그것을 자유롭게 부리지 못하면 결국 그 여의봉 밑에 깔리고 만다. 자신의 욕망 무게를 감당할 능력이 없다면 과감하게 그것을 내던져라. 그러면 적어도 욕망의 노예는 되지 않을 것이다.

소중한 하루의 행복찾기

사람은 누구나 어느 정도의 욕망이 있지만
욕망을 활용하는 모습은 사람마다 차이가 있다.
어떤 사람은 욕망에 의지하여 성공을 거두고,
어떤 사람은 욕망에 의지했으나 결국
지옥에 떨어지고 만다. 성공하는 사람은 욕망을
적절히 이용할 줄 아는 사람으로
적당한 선에서 통제할 줄 안다. 반면에
지옥에 떨어진 사람은 욕망을 통제할 줄 몰라
욕망의 함정에 빠지고 결국 욕망의 노예로
전락한 것이다.

자신을 돌아보고 반성하기 전에 먼저 삶을 원망하지 말라.

원망은 우리를 너무나 험하고 힘든 성장의 길로 인도한다.

원망은 자신의 불만을 배설하는 일일 뿐,

문제의 해결에는 아무런 도움도 되지 않는다.

심지어 자신과 주변 사람들 사이에

더 많은 오해를 불러일으켜서

추락하는 영혼에 더 큰 상처만 입힐 뿐이다.

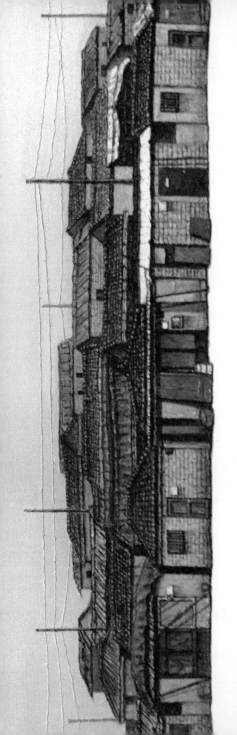

원망은,
자기 삶을
추락시킨다

삶을 탓하기 전에

먼저 자신을
돌아보라

불평하고 투덜대는 소리는 우리 생활 속 어디서나 들을 수 있다. 출근하려는 사람들이 몰리는 시간에 바람조차 통하지 않을 정도로 붐비는 버스에 타보면 "아우 졸려, 진짜 출근하기 싫다!"라는 불평이 쏟아진다. 음식점에 갔을 때 손님이 많아 기다리다 보면 어김없이 부족한 서비스에 대한 불평을 듣는다. 또 큰비가 내린다는 일기예보가 있으면 날씨를 원망하는 사람이 꼭 있다. 어떤 사람은 해가 떴는데 왜 기온이 오르지 않느냐며 화를 내기도 한다.

이처럼 불만은 우리의 평범한 일상 가운데 하나가 되어버렸다. 어떤 일의 진전이 자기 생각과 어긋나거나 자신을 번거롭게 할 때, 우리는 아주 자연스럽게 불평을 내뱉는다.

어쩌다 내뱉는 불평 한마디는 우리의 기분에 크게 영향을 끼치지 않는다. 예컨대 불평하다가도 버스에서 내린 후에는 아무렇지도 않게 열심히 일할 수 있고, 오래 기다리다가도 자리가 나오면 맛있게 식사할 수 있다. 큰비가 지나간 다음에 깨끗해진 공기를 감상할 수도 있고, 해가 구름층을 몰고 간 뒤에는 다시 곧바로 몸에 활기를 되찾을 수도 있다. 하지만 아무리 사소한 불만이라도 매일 반복된다면 어느 순간 행복과 즐거움은 우리에게서 멀어질 것이다.

업무상 좋은 기회가 다른 사람에게 돌아가면 우리는 불만을 토로하거나 생활 속에서 자주 일어나는 갖가지 순조롭지 않은 일로도 종종 불평한다. 하지만 불평하기에 앞서, 만약 자신에게 기회가 온다면 정말로 잘하고 그 결과 많은 수익을 가져다줄 수 있는지 생각해본 적이 있는가? 또 그런 사소한 일들이 그렇게까지 생각할 가치가 있는지 생각해본 적이 있는가?

대인 관계에서도 우리는 종종 다른 사람과 함께 지내면서 힘들었던 것들에 대해 불만을 말하곤 한다. 하지만 말하기 전에, 함께 지내기 어려운 그 사람이 자신의 가장 절친한 친구라는 것을 한 번쯤 생각해본 적이 있는가? 어째서 다른 사람들은 그와 잘 지내는데 유독 자신만 그렇지 않은지 반성해본 적이 있는가?

삶은 우리에게 즐거움과 행복도 주지만 고난도 함께 준다. 그 누구도 삶에서 행운아이기만 한 것은 아니다. 고난에 직면했을 때 어떤 사람은 고난을 무사히 통과하지만 어떤 사람은 처참하게 넘어지기도 한다.

》 》 》

　보험회사 영업사원 다펑大鵬은 월말 결산 성적이 매번 동료에
뒤처졌다. 발로 뛰어다니면서 얻은 보험증서가 언제나 다른 사
람보다 부족했다. 결국 주위에 있는 동료는 다 승진하고 연봉이
올랐지만 다펑에게는 아무것도 돌아오지 않았다. 이런 상태가
오래가자 그의 아내도 점차 불편한 심기를 드러냈고 다펑은 점
점 자신에게 주어진 삶이 불공평하다고 느끼기 시작했다. 마침
내 일에서도 흥미를 잃었고 함께 일하는 동료가 자신을 무시한
다는 생각마저 들었다.

　다펑의 이런 태도가 계속되자 동료 샤오왕小王이 점잖게 타일
렀다.

　"자네는 승진도 안 되고 월급도 오르지 않는다고 불만만 늘어
놓고 있군. 자신의 운이 나쁘다는 생각만 하고 있단 말일세. 하
지만 자네도 보지 않았나? 우리는 매일 보험증서를 얻으러 발로
뛰면서 아침 일찍부터 밤늦게까지 돌아다닌다네. 반면에 자네는
꼬박꼬박 제시간에 출퇴근하면서 아주 편하게 회사 생활을 하지
않나? 고객들로부터 거절을 당하는 건 자네나 우리나 마찬가질
세. 한 명에게 거절을 당하면 두 명을 찾아다니고 두 명에게 거
절을 당하면 네 명을 찾아다니는 것이 우리의 근성이네. 우리의
성과는 이렇게 발로 뛰어다닌 결과란 말일세."

여기까지만 얘기해도 삶이 유독 다펑에게만 불공평한 것은 아니라는 사실을 알 것이다. 분명한 것은 모든 수확물에는 고생의 땀이 들어 있다는 사실이다. 삶은 누군가를 특별히 우대하지 않는다. 손쉽게 얻은 수확이라면 고생하면서 분주하게 뛰어다닌 사람들이 얻어낸 것보다 당연히 가치가 적을 수밖에 없다. 다른 사람들보다 노력은 적게 하면서 다른 사람들과 똑같은 결과를 얻으려 하거나 심지어 더 많은 것을 얻으려 하는 것은 세상의 이치를 무시하는 철면피 같은 태도이다.

웨스트민스터 사원에 안치된 어느 영국 주교는 자신의 묘비명을 이렇게 적었다.

"어렸을 적 의기양양하고 자신만만했던 나는 일찍이 세상을 변화시키겠다는 꿈을 꾸었다. 하지만 점점 나이가 들고 경험이 많아지면서 내게 세상을 변화시킬 능력이 없다는 것을 깨달았다. 그리하여 나는 목표의 범위를 좁혀 나의 조국을 바꿔보기로 마음먹었다. 하지만 이런 목표 역시 너무나 큰 것이었다. 곧이어 중년으로 접어들자 나는 하는 수 없이 변화시킬 대상을 가장 가까운 가족으로 한정했다. 하지만 이것마저 뜻대로 되지 않았다. 가족들은 각자 자신들의 본모습을 유지하고 있었다. 점점 나이가 들면서 나는 문득 한 가지 중요한 사실을 깨달았다. 내가 먼저 변하고 모범을 보여야 가족에게 영향을 미칠 수 있다는 사실이다. 내가 먼저 가족에게 모범이 되었더라면 어쩌면 그다음에는 조국을 바꿀 수 있었을 것이고, 그다음에는 세상을 바꿀 수도 있었을 것이다."

끊임없이 남들을 원망하고 있을 때 우리의 눈은 다른 사람들만 주시한다. 자신보다 훨씬 더 좋은 대우를 받는 사람들을 주시하고, 자신보다 훨씬 더 한가로운 생활을 누리는 사람들을 주시한다. 남들은 좋은 행운을 누리는데 왜 나는 불운이 머리에서 발끝까지 붙어 있기라도 한 것처럼 뜻대로 되는 일이 없느냐고 투덜대면서.

하지만 주시하는 눈길을 거둬들여 자기 자신을 바라보자. 무엇이 보이는가? 다른 사람들이 새벽 다섯 시에 일어나 여덟 시도 되기 전에 회사에 도착할 때 자신은 늦장을 부리느라 생략한 아침 식사 대신 먹을 것을 챙겨 들고 지각하기 일보 직전에 사무실로 들어오는 모습이 보이지는 않는지? 남들이 죽을힘을 다해 주말도 반납해가며 연수를 받는 동안 자신은 집에서 잠이나 실컷 자고 창밖에서 일어나는 일에는 도통 관심을 두지 않는 것은 아닌지?

자신의 단점을 한 번도 살펴본 적이 없으면서, 다른 사람들이 하는 일마다 뜻대로 되는 것을 어떻게 원망할 수 있을까? '여의如意, 뜻대로 되다'라는 두 글자의 뒤에는 열심히 일해서 흘린 땀과 억울한 일을 당해서 흘린 눈물이 우리가 생각하는 것보다 훨씬 더 많다는 것을 알아야 한다.

》》》

장루는 집안 배경이 아주 좋은 청년이다. 그의 아버지는 성공한 기업가이다. 하지만 장루는 자신의 이런 배경을 감추고 아버지의 회사에서 일하면서 동료 사이에서도 인기가 아주 좋다. 같은 회사에 근무하는 허팅팅은 장루의 동창생으로 장루와 친구 사이라는 사실 덕분에 장루의 아버지 회사에 입사하게 되었다. 한번은 업무 진행상 허팅팅이 담당하는 합작 프로젝트 건이 장루에게 넘어가자 허팅팅은 매우 분노했다.

어느 날 허팅팅이 엘리베이터 안에서 이 일의 책임자인 미스 왕과 마주쳤다. 미스 왕은 허팅팅을 보자마자 장루에 대한 칭찬을 늘어놓았다.

"팅팅, 네 동창생인 장루는 정말 애가 괜찮더라! 지난번 일도 훌륭히 해내고 말이야……."

허팅팅은 떨떠름한 얼굴로 말을 받았다.

"사장 딸이잖아요. 세상일은 정말 불공평한 것 같아요. 권력만 있으면 뭐든지 다 빼앗아갈 수 있으니 말이에요."

미스 왕은 영문을 모르겠다는 표정으로 물었다.

"장루가 사장님 딸이란 말이야? 우리는 정말 그런 사실을 몰랐어. 지난번에 네가 올린 기획서가 너무 형편없어서, 우리 연구팀에서는 어렵사리 장루를 대타로 물색한 거였다고……."

♡

사실 우리가 생각하는 불공평과 관행은 자신의 억측인 경우가 많다. 자신이 남들보다 운이 없다고 원망하기 전에 자신의 능력에 대해 신중하게 반성해볼 필요가 있다. 정말로 세상이 다른 사람에게만 지나치게 많은 행운을 안겨준 것인지, 아니면 나 자신의 능력이 뒤처지는 것은 아닌지 따져봐야 한다. 세상을 원망하기 전에 먼저 자신을 똑바로 봐야 한다. 순조롭지 않은 모든 것들이 세상이 도와주지 않아서인지 아니면 자신의 능력과 조건이 부족하여 야기된 필연적 결과인지를 말이다. 자신을 똑바로 살피지도 않으면서 세상을 원망하는 사람은 영원히 자기 밖으로 나오지 못한다. 그러니 어떻게 성공을 향해 나아갈 수 있겠는가?

원하는 바를 얻지 못했을 때 우리는 그저 삶이 불공평하다고 원망하고 고난이 가득한 자신의 운명을 원망한다. 하지만 그러는 자신은 삶을 위해 얼마나 많은 노력을 기울였는가? 백 퍼센트 완벽한 순금이 존재하지 않는 것처럼 완벽한 사람도 없다. 어쩌면 우리는 다양한 유형의 결점을 갖고 있고 남보다 못한 부분들이 많을 수도 있다. 하지만 세상과 남을 원망하기 전에 자신을 반성할 수만 있다면 그만큼 성장할 가능성을 얻은 것이다.

증자는 "나는 하루에 세 번 자신을 반성한다吾日三省吾身"고 말했다. 증자는 성인인 만큼 그의 도덕적 기질은 매우 높았을 것이다. 비록 증자처럼 하루에 세 번씩 반성하지는 못해도 사나흘에

한 번은 자신을 돌아봐야 한다. 최소한의 반성도 하지 않는다면 이전의 잘못을 반복하게 되고 삶은 점점 더 깊은 수렁으로 빠져들 것이다. 그러면서 어찌 세상 탓을 한단 말인가!

한 가지 사실만 기억하자. 응분의 노력 없이 쉽게 성공을 거두는 사람은 없고 아무런 이유 없이 무조건 패배하는 사람도 없다. 자기 생각을 가다듬고 결점을 찾아 이를 바로잡아 가는 것이 남들을 원망하는 것보다 훨씬 더 자신의 삶에 도움이 되는 자세이다. 그러니 이제 불평을 하기 전에 나 자신을 돌아보자.

소중한 하루의 행복찾기

자신을 돌아보고 반성하기 전에는
먼저 삶을 원망하지 말라. 원망은 우리를
너무나 험하고 힘든 성장의 길로 인도한다.
원망은 자신의 불만을 배설하는 일일 뿐,
문제의 해결에는 아무런 도움도 되지 않는다.
심지어 자신과 주변 사람들 사이에
더 많은 오해를 불러일으켜서 추락하는
영혼에 더 큰 상처만 입힐 뿐이다.

하소연과

동정은
반비례한다

마음이 괴롭고 도움이 필요할 때면 친구를 찾아가 속사정을 털어놓고 몇 마디 위로의 말을 듣는다. 그러면 마음이 편안해지고 힘을 얻었다고 생각한다. 비록 이 방법이 어느 정도 효과가 있다 해도, 매번 그럴 수는 없다. 모든 일은 적당한 선에서 자제할 줄 알아야 한다. 일단 도가 지나치면 좋은 약도 독이 될 수 있다. 오랫동안 남들 앞에서 원망을 늘어놓는 것은 사람들을 귀찮게 할 뿐만 아니라 그동안 힘들게 쌓아놓은 자신의 좋은 이미지에도 큰 타격을 입히는 일이다.

루쉰魯迅의 작품 가운데 샹린祥林댁이라는 인물이 등장한다. 그녀가 작품에서 쏟아내는 전형적인 대사는 이런 것들이다.

"저는 정말 바보였어요. 저는 정말 눈이 내리는 계절에만 산속에 있는 짐승들이 먹이를 구하러 마을로 내려오는 줄 알았어요. 봄에도 내려오리라고는 꿈에도 생각지 못했어요……."

샹린댁의 아들을 이리가 물어간 뒤의 일이다. 그녀는 계속해서 사람들에게 자신의 비참한 처지를 말하고 다닌다. 처음에는 사람들이 그녀의 비통한 이야기에 관심을 두며 세상을 한탄하는 불쌍한 그녀의 심정에 동감을 표현했다. 함께 동정의 눈물을 흘려주는 사람도 있었다. 하지만 이러한 원망이 되풀이되자 사람들은 점점 샹린댁의 이야기를 거부하게 되었고 심지어 혐오감마저 갖게 되었다. 결국에는 그녀의 비극 전체에 싫증을 나타내게 되었다.

이는 소설 속의 이야기에 국한되는 것이 아니다. 우리 주변에서도 이런 사람들을 얼마든지 만날 수 있다. 그들은 계속해서 자신에게 닥친 불운을 이야기하면서 매일 똑같은 원망을 되풀이한다. 이런 원망을 퍼뜨리는 것이 자기 일이요, 생활의 일부가 된 것처럼 행동한다.

》 》 》

류劉씨는 남편과 칠 년 동안의 결혼 생활을 유지하다가 결국 그 해 칠석날에 이혼했다. 그녀의 결혼이 파경에 이른 것은 남편에게 새 애인이 생겼기 때문이다. 남편이 그 여자와 재혼한다는 소식을 들은 류씨는 온종일 얼굴을 찌푸린 채 하염없이 눈물만 흘렸다. 도저히 마음의 평정을 찾을 수 없었다.

그녀의 이런 모습을 본 친구들은 혹시 그녀에게 무슨 일이라도 생길까 봐 순번을 정해 그녀 곁을 지키며 상처를 추스르는 것을 함께하려고 했다. 친구들은 전 남편의 파렴치한 행동에 대해 그녀와 함께 분노했고 그들이 절대로 행복하게 살지 못할 것이라는 그녀의 저주에 동조해주었다. 한 달이 지나고 친구들은 그녀가 마음속의 쓴 물을 이제는 다 쏟아냈을 것이라고 여겼다. 그러면서 그녀에게 다시 힘을 내 새로운 반려자를 찾을 것을 권했다. 하지만 류씨의 정서는 조금도 호전되지 않았고 오히려 처음보다 더 심각해졌다. 그녀는 친구들에게 쉴 새 없이 전 남편의 무정함과 불공평함에 대한 원망을 늘어놓았다. 친구들은 골치가 아프기 시작했다.

처음에는 친구들도 류씨에 대한 동정심 때문에 인내심을 갖고 그녀를 계속 타일렀다. 하지만 한 달이 지나자 친구들은 류씨의 원망을 듣는 것이 지겨워졌다. 친구들은 점차 그녀를 피했고 갖가지 핑계를 대면서 그녀의 집을 찾지 않았다. 류씨는 이러한 친구들의 행동을 몰인정한 처사라고 비난하면서 더 고통스러운 나날을 보냈다. 자신의 아픔을 하소연할 대상이 없어지자 그녀는 더 깊은 궁지로 내몰렸다.

그렇다. 살면서 고통스러운 일을 만났을 때마다 우리는 아는 사람을 찾아가 하소연한다. 이런 방식으로나마 약간의 위안을 얻으려는 태도는 누구나 갖고 있다. 하늘의 무정함과 삶의 불공평함에 대해 원망하고 자신을 괴롭게 하는 사건과 사람을 성토

하는 것은 다른 사람들의 찬동을 얻어냄으로써 자신의 심리적 위안을 얻으려는 행동이다.

여기까지는 특별히 문제 될 것이 없다. 사람들에게는 동정심이 있고, 특히 여자들에게는 더욱 그렇다. 처음에 다른 사람들의 동조를 얻어서 자신의 고통을 없애려는 것은 그리 심각한 행동은 아니다. 그런데 여기에서 쉽게 간과한 사실 하나가 있다. 하소연을 반복하다 중독되면 그 고통은 무한정 커지고 그러면 그 고통에서 혼자서는 빠져나올 수 없게 된다는 것이다. 고통을 겪는 사람은 당사자 한 사람뿐이다. 이는 우리가 길을 가다 넘어져 상처를 입었을 때 신경 계통에 전달된 통증은 넘어진 당사자만이 느낄 수 있는 것과 같다. 아무리 요란하게 울고불고 난리를 치며 절실하게 고통을 표출해도 옆에 있는 사람은 그 통증을 느낄 수 없다. 대부분은 상투적이고 일상적인 몇 마디 말로 당사자를 위로할 수 있을 뿐이다.

그러므로 다른 사람들에게 지나칠 정도로 하소연과 푸념을 늘어놓으면, 우리의 고통은 그저 사람들의 식후 다과 시간의 화젯거리로 떨어지고 만다. 오랫동안 자주 원망을 늘어놓는다면, 동정은 갈수록 줄어든다는 사실을 잊지 말자. 빈번하고 습관적인 원망은 결국 그 사람을 존경하는 마음으로부터 멀어지게 한다.

고통스러운 일로 상심했을 때 차라리 이를 묵묵히 받아들이고 뱃속에 쓴 물로 삼켜버리는 것은 어떨까? 대답은 당연히 부정적

일 것이다. 적절한 푸념과 하소연은 마음속 고통과 압박을 완화
해줄 뿐만 아니라 가까운 친구나 지인들로부터 위로와 격려를
받을 수 있게 해준다. 그럼으로써 되도록 빨리 고통에서 벗어나
자신감을 회복하여 정상적인 생활에 복귀할 수도 있다.

정말로 친구와 지인들의 격려는 특효의 진통제가 되어 고통
을 완화해준다. 하지만 진통제는 한때의 증상을 가라앉힐 뿐, 근
본적인 치료는 제공하지 못한다. 진정으로 마음의 상처를 치유
하고자 한다면 삶의 불공평함과 운명의 불평등을 원망해서는 안
된다. 스스로 강자가 되어야만 지나온 실패를 극복하고 여유롭
게 웃을 수 있다.

》 》 》

샤오친小秦은 과감하고 행동력이 뛰어난 사람이었다. 그는 다
니던 국유기업에서 나와 오 년 동안 천신만고의 분투 끝에 마침
내 자신의 회사를 갖게 되었다. 비록 회사의 규모는 크지 않았지
만 그는 모든 업무를 일사불란하게 처리하면서, 열심히 노력하
면 언젠가는 크게 성장할 것이라고 굳게 믿었다.

하지만 모든 일이 원하는 대로 이뤄지지만은 않듯이, 샤오친
의 회사도 금융 위기를 맞아 큰 재난에 직면하게 되었고, 한 고
객의 악성 부채 때문에 파산하고 말았다. 이 소식을 들은 친구들
은 하나같이 애석한 마음을 금치 못했다. 어떤 친구는 그를 찾아

가 위로하면서 이런 제안을 하기도 했다.

"자네 그냥 원래 있던 회사로 돌아가서 출근하는 건 어떻겠나? 그래도 그 회사는 비교적 안정적이고 월급도 괜찮은 편이잖아. 위험 부담도 적고 말이야."

하지만 샤오친은 이런 제안들을 거절했다. 그는 단 한마디도 원망의 말을 꺼내지 않았고 오히려 그동안의 경험을 총동원하여 마카오의 카지노에서 벨보이로 일하면서 버텼다. 삼 년이 지나 샤오친은 그동안 힘들게 모은 20만 위안으로 다시 재기의 발판을 마련했고 마침내 재기에 성공하여 다시 자기 소유의 회사를 세울 수 있었다.

타이완의 젊은 일러스트레이터 지미幾米는 자신의 책에 이렇게 썼다.

"자신의 이야기를 인내심 있게 들어줄 수 있는 사람은 그다지 많지 않다. 모두 자기 이야기를 하고 싶어하기 때문이다. 우리가 삶을 원망할 때 그런 이야기를 즐거운 마음으로 들어줄 사람은 아무도 없다. 모든 사람이 저마다 나름의 고통을 지니고 있기 때문이다. 세상 사람들은 대부분 외로워서 세상이 들어주기를 바란다. 침묵하는 것이 몸에 배어 있는 사람은 찾아보기 어렵다. 그래서 나는 될 수 있으면 남들에게 지난 일들을 꺼내려 하지 않는다. 지나간 일들은 악몽 속에서 발악하는 외로움이자 황폐함이다. 하지만 시간이 지나면 서서히 사라지는 것들이다."

그렇다. 삶은 지극히 고통스러운 것이다. 모든 사람이 날마다 분주하게 자신의 작은 가정을 위해, 장래의 생계를 위해 잠시도 쉬지 않고 일을 한다. 사람마다 입 밖에 낼 수도 없고 어딘가에 발산할 수도 없는 고민과 문제들을 가지고 있다. 때문에 모두들 하소연할 대상을 찾으면서 다른 사람의 하소연을 들어주는 일은 하려 하지 않는다. 이런 상황에서 사람들의 원망은 다른 사람의 귀에 전해지는 순간 귀를 자극하고 불편한 감정을 주게 된다. 일 말의 동정심을 얻을 수 있다면 그건 대단한 행운이다.

사람은 누구나 자신이야말로 가장 동정심을 받을 만한 사람이 라고 여긴다. 때문에 원망이 많아지면 많아질수록 다른 사람으 로부터 받을 수 있는 동정심은 그만큼 줄어든다. 우리는 자신의 시름을 타인에게 털어놓으면서, 타인의 시름이 자기 마음속으로 들어오는 것은 막으려 한다. 서로 한 치의 양보도 없이 이렇게 동정심의 대치 상태를 지속하다 보면 결국 원망이 더 적었던 쪽 이 먼저 입을 닫아버리는 지경에 이른다.

하지만 진정한 강자는 누구도 원망하지 않고 하늘의 불공평함 을 탓하지 않는다. 빠르게 사라져버린 기회를 아쉬워하지도 않 고 남들의 냉담한 태도를 섭섭해하지도 않는다. 진정한 강자는 자신이 실패했던 경험들을 반성하고 종합하여 다시 한 번 역경 을 딛고 일어나 새로운 미래를 준비한다. 진정한 강자란 좌절 속 에서 재기를 준비하면서 항상 자신의 역량을 축적하려 노력하는 사람이다.

우리가 주어진 삶에서 진정한 강자가 되어 성공을 향해 나아가기를 원한다면 원망을 멈추고, 원망하는 데 허비하는 시간을 과거의 경험을 반성하고 종합하는 데 활용할 수 있어야 한다. 원망에 허비되는 에너지를 성공의 가도를 향해 달리는 데 쓸 수 있어야 한다. 그러면 성공으로 향하는 길은 더 멀리 뻗어나갈 것이고 엄청난 보화가 묻혀 있는 희망의 바다에서 우리의 꿈을 발견하게 될 것이다.

소중한 하루의 행복찾기

삶이 있는 한 불만이 없을 수 없고
불만이 있는 한 원망이 없을 수 없다.
그러나 어째서 어떤 사람은
원망하고 하소연을 할 때 친구들로부터
이해와 위로를 얻지만,
또 어떤 사람은 오히려 남들의 냉대와
혐오감을 유발하는 것일까?
전자는 원망이 삶에 가끔 사용되는
조미료인 데 반해, 후자는 원망이
인생의 주요 단골이기 때문이다.

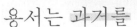

용서는 과거를
바꿀 수 없지만
미래는 바꿀 수 있다

한 번쯤 이런 말을 들어본 적이 있을 것이다.

"화를 내는 것은 남의 잘못으로 자신을 징벌하는 것이다."

화를 내는 것 이상의 강력한 원한을 품었다면 이는 훨씬 더 크게 자신을 망치는 셈이 된다. 누군가에게 원한을 품으면 본인은 잠도 잘 오지 않고 입맛도 없어지며 혈압도 올라가 건강에 아주 나쁜 영향을 미친다. 원한은 미움을 받는 대상에게는 아무런 상해를 입히지 못한다. 반대로 원한을 품은 사람만 제 발로 지옥으로 걸어 들어가 고통에 시달리는 꼴이다.

예전에 해외 신문에 난 작은 기사를 읽은 적이 있다. 한 커피숍 주인이 주방장과 의견이 충돌하자 화가 난 나머지 권총을 들고 주방장을 쫓아갔지만 결국 주방장을 따라잡지는 못하고 오히려 갑자기 격렬한 운동 탓에 심근경색으로 쓰러져 다시는 일어나지 못했다는 이야기이다.

주인의 가족들은 주방장을 법원에 고소했지만 법원은 이들의 고소를 기각했다. 검시관이 커피숍 주인은 분노 때문에 심장병으로 사망했으므로 주방장과는 아무런 관련이 없다는 소견을 내놓았기 때문이다. 커피숍 주인이 조금이나마 관용을 베푸는 마음을 가졌더라면 일찌감치 황천길에 오르는 일은 없었을 것이라는 생각이 든다.

불가에는 아주 유명한 대련對聯이 내려오고 있다.

"큰 배는 채울 수 있지만 천하를 채우는 것은 힘든 일이다. 흉금을 털어놓고 한번 웃으면 세상 모든 사람을 웃게 할 수 있다."

옛사람들은 또 이런 말도 남겼다.

"장군의 이마에서는 말을 달릴 수 있고 재상의 뱃속에서는 배를 저을 수 있다."

둘 다 인격을 수양하여 도량을 넓히고 사람들에게 넉넉한 관용을 베풀어야 한다는 점을 강조하는 문구다. 관용을 베푸는 사람들의 마음속에서 세상은 영원히 봄날이다.

어떤 사람은 관용이 연약함의 표현이라고 말하지만 실상은 그렇지 않다. 관용이란 신상에서 불공평한 일이 일어났거나 친구나 동료 사이에서 유쾌하지 못한 일이 일어났을 때 선량한 마음으로 사건과 사람들을 대하는 태도를 말한다. 한 사람의 관용이 인성의 찬란한 빛을 발산할 때 그는 필연적으로 모든 사람의 존중과 인정을 받게 될 것이다.

누군가에게 상해를 입거나 속임수에 당했을 때 사람들은 흔히 이렇게 말한다.

"절대로 그를 용서하지 않을 거야."

"죽어도 그를 용서할 수 없어."

하지만 다른 사람에게 원한을 갖는 것은 동시에 자기 자신을 확실하게 속박하는 것이 된다. 오랫동안 마음속에 원한을 새기는 것은 기만당하고 상처받았던 과정을 마음속으로 되풀이하는 것과 다름없다. 결국 또다시 자신을 고통스럽게 하는 상처의 되새김이 되는 것이다.

》 》 》

성격이 아주 호쾌하고 대범한 판강樊綱이라는 사람이 있었다. 하지만 그에게도 한 가지 결점이 있었다. 친구들과 함께 있을 때 가장 즐겁고 행복하다고 느끼면서도 누군가 자신을 속이는 것을 극도로 싫어했다. 그다지 의심이 많은 성격이 아니었음에도 그는 항상 사람들에게 자신의 명언을 반복해서 들려주곤 했다.

"한 번은 널 믿어줄 수 있어. 하지만 만일 네가 나를 속인다면 두 번 다시 널 믿지 않을 거야."

이런 성격 덕분인지 판강은 아주 많은 친구와 교우 관계를 유지했다. 한번은 어느 모임에서 산시山西 출신 사람을 알게 되었다. 그는 자신이 석탄 사업을 하는 사람으로 돈을 제법 잘 버는

편이라고 소개했다. 산시는 예로부터 탄광이 많은 곳으로 산시 탄광 업자들의 명성은 오래 전부터 중국 전역에 두루 알려져 있었다. 산시 사람과 몇 마디 얘기를 나눈 뒤로 판강은 그가 무척 부러웠다. 그는 어떻게 해서든지 이 사람과 친해져 나중에 함께 사업을 해야겠다고 결심했다.

몇 번의 왕래가 있고 나서 판강은 마침내 산시 사람과 친구가 되었다. 그러던 어느 날 밤, 산시 사람에게서 전화가 왔다. 급히 자금 문제가 생겨 판강에게 돈을 빌리고 싶다는 것이었다. 이번 일만 잘 마무리되면 20퍼센트의 이윤을 주겠다는 약속도 잊지 않았다. 판강은 잠시 생각에 잠겼다. 이리저리 생각해본 결과 이미 친구 사이인 데다 모든 서류에 대한 검토와 파악이 끝난 상태이니 돈을 빌려준다 해도 큰 문제는 없을 것 같았다. 게다가 20퍼센트의 이윤이 판강의 속마음을 간질이고 있었다.

이리하여 판강은 자신이 모아놓은 전 재산에 친척들에게서 빌린 돈을 합쳐 산시 사람이 요구하는 액수를 마련했다. 산시 사람이 돈을 빌리자마자 곧장 증발하여 깜깜무소식이 되리라고는 상상도 하지 못했다. 판강은 그가 보여주었던 각종 증명서를 세밀히 조사해보고 나서야 그 모든 증명서가 처음부터 치밀하게 위조된 것임을 알았다.

그 뒤로 판강은 친구의 명분을 이용하여 자신을 속인 그 산시 사람을 절대로 용서하지 않겠다고 맹세했다. 그를 찾기 위해 판강은 직장에 사직서를 내고 전국을 돌아다니기 시작했다. 무엇보다도 애석한 것은 그토록 호쾌하고 시원시원한 판강의 모습을 찾아볼 수 없게 되었다는 것이다. 그는 의심이 많아졌고 몹시 인색해졌으며 심지어 그 누구도 믿지 않게 되었다.

어쩌면 판강의 이런 변화는 잘못된 것이 아닌지도 모른다. 사기꾼을 찾아 자신의 재산을 도로 회수하는 것은 평범한 시민이 자신을 보호하는 행위로서 당연한 태도이다. 하지만 그는 이 일로 인해 다른 친구들을 믿지 못하게 되었고, 심지어 마음을 닫아 버렸으며 성격마저 바뀌었다.

사람들에게 관용을 베풀지 못하고 남의 잘못만을 기억하면 결국 자신에게 상처가 되어 돌아온다. 남의 잘못을 잊지 못하는 것은 자기 자신을 고통 속에서 해방하지 못했다는 것이다. 산시 사람의 기만을 용서할 수 없었던 판강은 나중에 다른 친구들을 사귈 때에도 자신의 속마음을 털어놓지 못했다. 항상 과거에 당했던 일이 생각났기 때문이다. 심지어 전부터 알고 지내던 친한 친구까지 의심하기 시작했다. 이때부터 그는 더욱 마음이 답답하고 울적해졌다.

화를 낼 때 상대방이 아무런 반응도 보이지 않으면 자기 기분만 불쾌해진다. 상대방이 이미 자신의 잘못을 알고 있는데도 여전히 그를 용서하지 못하고 그의 잘못을 추궁한다면 모두의 기분을 망쳐버리는 꼴이다. 지나간 일을 다시 회복할 수도 없고 남에게 손해를 끼칠뿐더러, 자신에게도 아무런 유익을 가져오지 못한다. 관용을 베푸는 마음으로 다른 사람의 잘못을 용서하면 우리의 삶은 훨씬 더 아름다워질 것이고, 즐거움으로 채워질 것이다.

샤오치小琪는 무척 활발하고 명랑한 아가씨였다. 그녀는 다른 사람들의 실수나 잘못에 대해 항상 관용을 베푸는 마음을 가졌다. "이게 무슨 큰일이라고요"라는 말을 입에 달고 다녔고 하루하루의 생활이 즐거움으로 가득했다. 버스에서 누군가 그녀의 새 신발을 밟아 더러워졌을 때에도 그녀는 웃으면서 이렇게 말했다.

"이까짓 게 뭐 그리 큰일이라고요. 집에 가서 물로 닦으면 되는 걸요, 뭘."

그녀가 가장 아끼는 책을 친구가 빌려갔다가 잃어버렸을 때에도 웃는 낯으로 너그럽게 말했다.

"그게 뭐 그리 큰일이라고. 내가 서점에 가서 한 권 더 사면 그만이지 뭐."

길을 가다가 부주의하게 자전거를 몰던 사람에 의해서 넘어졌을 때에도 여전히 웃으면서 이렇게 말했다.

"무슨 큰일이라고요. 팔도 멀쩡하고 다리도 안 부러졌는데요."

그녀에게 그처럼 넉넉한 마음으로 사람들을 대할 수 있는 비결을 물어보았다. 그녀의 대답은 아주 간단했다.

"다른 사람이 제게 잘못을 했을 때 그는 이미 마음속으로 충분히 가책을 느꼈을 테니까요. 그 사람이 이미 자신을 징벌했는데 제가 또 화를 낸다고 해서 무슨 소용이 있겠어요? 자신이 잘못해놓고도 양심의 가책을 못 느끼는 사람이라면 그런 사람에게 화를 내는 건 더더욱 가치가 없는 일이지요. 굳이 그런 사람 때문에 제 기분을 망칠 필요가 있을까요?"

너무나 간단한 이치이다. 사실 다른 사람들에게 관용을 베푸는 것은 자신의 기분을 좋게 하기 위해서다. 남의 잘못에 넉넉하지 못한 사람은 결국 끊임없이 자기 자신을 괴롭힐 뿐이다. 자기 감정은 자신이 통제하고 관리해야 하는데 굳이 남의 잘못으로 자신의 좋은 감정을 망가뜨릴 이유가 있겠는가? 따라서 누군가를 영원히 용서할 수 없을 것 같아도 다시 한 번 넉넉한 마음으로 용서를 시도해보는 것이 바람직하다. 일단 너그럽게 용서한 뒤에는 불쾌했던 경험 또한 우리의 기억 속에서 점차 사라질 것이고, 언젠가 완전히 잊어버리게 되면 남이 만들어놓은 고통의 굴레에서 해방될 것이다. 결국 다른 사람들에게 관용을 베푸는 것은 실제로는 우리 자신을 해방하는 길이다.

사람들 사이의 관계는 항상 상호 관계이기 때문에 다른 사람을 선하게 대하는 것은 곧 자신을 선하게 대하는 것이 된다. 내가 사랑스러운 눈빛으로 다른 사람들을 바라볼 때 다른 사람들도 나를 호감 가득한 눈빛으로 바라볼 것이다. 하지만 내가 경멸과 무시의 시선으로 쳐다보면 다른 사람도 내게 경멸의 시선을 보낼 것이다. 활짝 핀 꽃들은 꿀벌과 다양한 빛깔의 나비들을 끌어들이지만 악취를 풍기는 과일과 채소에는 파리나 모기만 꼬일 뿐이다.

소중한 하루의 행복찾기

인생의 따스함과 차가움은 마음 온도에 달려 있다.
관용을 베푸는 것은 다른 사람에게
자신을 이해하고 자신을 좋아할 기회를
주는 것이다. 생활 속에서 관용을 베풀지 않으면
다른 사람의 관용도 얻지 못하게 된다.
용서는 과거를 바꾸지는 못해도 미래는
바꿀 수 있다. 다른 사람의 잘못을 참아주는 방법을
배워야 한다. 누구나 관용을 받아야 하는
수많은 결점을 안고 있기 때문이다.

오직 자신에게

의지하고
자신을 믿어라

아이돌 스타들이 나오는 드라마에서는 여주인공이 어려운 일을 당할 때마다 막강한 실력을 갖춘 남자가 나타나 도와준다. 무협 드라마에 나오는 남자 주인공은 곤경에 처할 때마다 속세를 벗어난 고수를 만나 도움을 받는다. 동화 속의 공주는 반드시 왕자에 의해 구출되고 선녀는 왕자를 도와 무당과의 싸움을 승리로 이끈다.

사람들의 환상 속에서는 주인공이기만 하면 반드시 수많은 사람이 달려와 도와주는 것처럼 보인다. 하지만 이 세상에 살기 위해 밤낮을 가리지 않고 노력하는 사람이 얼마나 많고, 생사의 갈림길에 서 있으면서도 자신을 구해줄 구원의 손길을 기대하지 못하는 사람이 얼마나 많은가? 이 세상에서 행운의 주인공이 될 수 있는 사람은 과연 몇이나 있을까? 있기는 한 것일까?

우리는 동화 속 주인공이 아니므로 구원의 힘에 기대어 사람들이 부러워할 만한 인생을 영위할 수 없다. 어려움에 닥쳤을 때 이러한 곤경은 오직 자신의 힘으로 하나씩 돌파하고 뛰어넘어야 한다. 프랑스 철학자 라 브뤼에르_La Bryyeree_는 이렇게 말한다.

"성공으로 향하는 길에는 두 갈래가 있다. 자신의 노력에 의지하거나 아니면 다른 사람의 미련함에 의지하는 것이다."

오랫동안 남에게 의존하는 습관을 지닌 사람은 무슨 일을 하든지 항상 누군가 와서 도와줄 것을 기대한다. 그리고 아무런 도움을 받지 못하게 되면 의리 없는 친구들과 풍족하지 않은 집안을 원망하기 시작한다. 심지어 자신의 서글픈 처지와 기구한 운명을 원망하기도 한다. 다른 사람에게 도움을 청했다가 거절당하고 도움을 받지 못하게 되면 원망은 더욱 심해진다. 자신에게 기회가 주어지지 않는 것과 다른 사람들의 성의가 부족한 것을 원망하는 것이다.

이런 일이 있을 때는 다른 사람도 자신과 마찬가지로 먹고살기 위해 항상 동분서주하고 있다는 것을 기억해야 한다. 자신의 시간과 금전을 희생하여 남을 돕는 것을 당연한 일로 여기고 도움이 필요한 순간에 언제든지 나타날 수 있도록 만반의 준비를 하는 사람은 없다. 언제든지 나를, 우리를 도울 수 있는 사람은 오직 자신뿐이다.

한 여인이 있었다. 남편은 병으로 세상을 떠나고 먹을 것을 달라고 울어대는 어린 딸만 남았다. 그다지 넉넉하지 않은 살림마저 오랫동안 남편의 병을 치료하느라 거의 탕진한 상태였다. 남편이 죽은 뒤로 여인의 생활은 더욱 궁핍해졌다. 집안의 유일한 수입원이 남편이었기 때문이다.

처음에는 이 모녀도 친척과 친구들의 도움을 기대했다. 하지만 잠깐은 도움을 받을 수 있어도 평생 도움에 의지하여 살 수는 없었다. 그다지 부유하지 않은 그녀의 친척들은 평상시에도 거의 왕래가 없었다. 그러던 터에 집안에 변고가 생겼으니 그녀가 가난에 내몰리면 자신들을 귀찮게 굴지도 모른다는 생각에 그녀를 더 멀리했다.

비교적 가까운 친척들은 이 젊은 엄마에게 재가할 것을 권했다. 하지만 그녀는 어린아이를 바라보면서 자신의 처지가 남편이 살아 있을 때와는 크게 달라졌다는 것을 의식하고는 친척들의 제안을 거부했다. 그녀는 누구에게도 의지하지 않고 자신만의 힘으로 살아가기로 마음먹었다.

여인은 남편에게서 돈을 빌려간 뒤 갚지 않고 있는 친구를 찾아갔다. 그리고 여러 번 갚아줄 것을 재촉했지만 아무 성과가 없자, 그를 법원에 고소하여 마침내 적지 않은 돈을 돌려받았다. 그녀는 이렇게 마련한 돈으로 작은 가게를 운영하면서 딸아이를 훌륭하게 키웠다. 이제는 대학생이 된 딸아이의 모습을 보며 그녀는 더할 수 없는 기쁨과 위로를 받고 있다.

어려서부터 부모의 보호 아래 편안하게 성장한 행운아들은 어떤 비바람이 불어도 부모가 항상 우산을 받쳐준다. 하지만 삶은 처음부터 끝까지 자기 자신의 것이기 때문에 부모가 일평생 보호해줄 수는 없다. 결국 자신의 능력에 의지하여 분투하며 이 세상을 살아갈 수밖에 없다. 게다가 적지 않은 사람들은 태어나는 순간부터 삶 자체와 모든 어려움을 스스로 해결하고 극복하여 기적을 만들며 살아가는 방법을 배우지 않으면 안 된다. 누구나 살아가는 여정을 스스로 걸어서 완성하는 것이 바람직하다. 그것이 바로 주체적이고 독립적인 삶이다. 아무도 자신을 대신해 살아줄 수는 없다.

삶은 항상 우리에게 적지 않은 재난을 가져다준다. 만일 이 여인이 다른 사람들의 도움에만 의존하면서 삶의 불운과 맞서 싸우기 위해 자신을 변화시키는 노력을 하지 않았다면 어떻게 되었을까? 사실 우리가 평생 의지할 수 있는 것은 자신뿐이다. 자신만이 자신을 포기하지 않고 더 강하게 변화시킬 수 있으며 운명을 장악할 수 있게 한다. 생활을 남에게 전적으로 의지하는 것은 남의 손에 자신의 운명을 맡겨 자신의 삶 전체를 좌지우지하게 내버려두는 꼴이다. 하지만 운명은 누가 뭐래도 자신이 만들어가야 한다. 하늘은 우리에게 삶을 살아가는 데 필요한 갖가지 능력을 주었다. 이를 잘 활용하지 않고 무력하게 남에게 의지하는 것은 천의를 거스르고 인성에 역행하는 짓이다.

❯❯❯

옛날에 한 젊은이가 현자에게 물었다.

"선생님, 모두 선생님을 현자라고 하기에 여쭙는 것입니다만, 이 세상에 정말로 흔들면 돈이 떨어지는 나무가 있습니까?"

현자는 잠시 아무런 말이 없다가 마침내 입을 열었다.

"있지."

젊은이는 신이 나서 물었다.

"그 나무는 어떻게 생겼나요?"

현자가 말했다.

"한 그루에 다섯 개의 갈퀴가 달려 있는데 이걸 흔들면 황금 꽃이 피어나지."

현자의 말을 듣고 흥분한 젊은이는 이 수수께끼 같은 말을 굳게 믿고는 돈나무를 찾으러 떠났다. 과연 그 젊은이는 돈나무를 찾았을까? 똑똑한 독자들은 이미 눈치챘을 것이다. 젊은이는 한 농부가 일하는 들판에서 그 해답을 찾았다. 한 그루의 나무에 다섯 개의 갈퀴가 있고 흔들면 황금 꽃이 피어나는 것은 바로 사람의 손이었다. 손이 바로 우리 생명 속의 돈나무이다.

삶은 자신의 두 손으로 일궈나가는 것이다. 오로지 자신을 의지해야만 자신만의 세계를 만들어갈 수 있다. 그러면 어떤 어려움이 닥쳐도 두렵지 않다. 세상의 모든 법보가 우리 손에 쥐어져 있기 때문이다. 남들에게 애걸복걸하며 확실치 않은 인정과 은혜가 떨어지기를 기대하기보다는 자신의 두 손으로 모든 난관을 해결하고 빛나는 미래를 만들어가는 것이 더 바람직하다. 노력하고 포기하지만 않으면 결국에는 모든 난관을 극복할 수 있다. 인간의 힘으로 얼마든지 운명을 극복할 수 있다는 말은 절대로 과장된 말이 아니다. 인간 만사 3할은 하늘이 정하지만 7할은 필사적인 노력으로 얼마든지 바꿀 수 있다. 우리의 손에 자신의 운명을 결정할 수 있는 7할의 요소가 쥐어져 있다. 그러니 자신의 삶과 운명을 더 좋게 바꾸기 위해 노력하지 않을 이유가 어디 있단 말인가?

운명의 끈이 자신의 손에 쥐어진 것을 알았다면 그때부터는 자신을 믿어야 한다. 자신이 충분히 강해지기만 하면 어떤 난관을 만나도 넘어지지 않고 우뚝 설 수 있기 때문이다.

자기 자신만이 유일하고 복제할 수 없으며 절대로 무너지지 않는다는 사실을 믿어야 한다. 그래야 스스로 자신을 조종하고 자신을 구할 수 있다. 자신의 안전을 보장해줄 수 있는 사람은 오로지 자기뿐이다. 생명은 질기고 강인하지만 한편으로는 무척 가냘프기도 하다. 그래서 가끔은 자신의 강인함에 격려의 갈채를 보내야만 한다. 우리의 연약한 눈물을 받아줄 사람은 아무도 없다. 자신을 믿고 모든 것을 스스로 판단하고 결정하고 책임

지다 보면 어느덧 자신의 결정권자는 영원히 자신뿐이라는 것을 깨닫게 될 것이다.

아무리 큰 슬픔이 온다 해도 혼자서 감당해야 한다. 남들의 위로가 슬픔 자체를 해결해줄 수는 없다. 자신에게 힘을 주고 의지가 되어주며 안전을 보장해주고 기쁨을 주는 것은 오로지 자신뿐이다. 삶이란 자신을 더욱 멋있게 만들어가는 과정이다. 만능 해결사가 나오는 동화를 믿지 말라. 그것은 동화가 아니라 악몽이다.

우리는 삶에서 어떤 일이 일어나든지 간에 자기 자신만이 유일하고 영원한 신앙이라고 큰 소리로 외쳐야 한다. 미래의 희망을 다른 사람들에게 맡기지 말고 자기 자신에게 걸어라. 불쾌함을 다른 사람에게 털어놓지 말라. 푸념은 헛수고일 뿐, 남들에게서 일말의 동정이나 이해도 구하지 못한다. 그저 남들을 번거롭게 하면서 조롱만 당할 뿐이다.

영원히 자신만을 의지하라. 그러다 보면 미천한 생각들을 내던질 수 있다. 자신을 강하게 만들라. 자신이 강해지면 아무리 거센 인생의 비바람도 두렵지 않고 거친 인생의 역정에서 뒤로 물러서는 일도 없을 것이다. 자신을 믿고 강하게 단련시키는 사람만이 자신을 세상에서 가장 유능한 후원자로 만들 수 있다.

소중한 하루의 행복찾기

사람이 한평생 살아가다 보면
남의 도움이 필요할 때도 있다. 하지만 전적으로
남들의 도움에 의존하는 것은 대단히
위험한 일이다. 난관에 봉착했을 때,
가장 먼저 생각해야 할 것은 스스로 문제를
해결하려는 의지와 노력, 구체적 방법이다.
도움의 손길이 아니다.
제자리에 가만히 앉아서 태연한 모습으로
남들의 도움을 기다리는 것은
그저 조용히 파멸과 죽음을 기다리는 것과 같다.
이는 또한 스스로 구할 기회를 없애버리는
무모하면서도 어리석은 행동이다.

특별한 인생은

특별한 경험과 고뇌가 만든다

인생의 발자취를 더듬어보면, 걸어온 모든 길마다 격정의 소리가 들릴 듯하다. 그 길 위에는 좋은 기억으로 남은 경험도 있고 지워버리고 싶은 경험도 있다. 그중에서 특별한 경험은 우리의 삶을 특별하게 만들어준다.

특별한 인생은 모든 사람이 바라는 것이다. 대부분의 사람은 남들과 똑같이 살아가기를 원치 않는다. 누구나 멋지고 힘 있고 웅장한 인생을 성취하고 싶어한다.

주변에서 사내아이들이 시끄럽게 몰려다니며 무협 영화에 나오는 인물들을 흉내 내며 절세의 무공으로 화산 결전의 일인자가 되고 싶어하는 모습을 종종 볼 수 있다. 또 아이들은 탄알이 빗발치는 전쟁터에서 초능력으로 영웅이 되거나 탁월한 경영 능력으로 비즈니스계의 거물이 되는 꿈을 꾸기도 한다.

유년 시절에 연극놀이를 위해 역할을 배분하면서 서로 주인공이 되려고 다툰 기억이 있을 것이다. 주인공의 인생은 항상 전설적이고 비범하며 남보다 뛰어난 특징을 지니기 때문이다. 하지만 자라서 어른이 된 뒤에는 삶의 무게에 짓눌려 살다가 결국에는 자신의 상태를 일종의 운명이라고 단념해버린다. 그리고 이런 생각이 점점 굳어져서 우리의 삶을 지배하게 된다. 하지만 한 가지 부인할 수 없는 사실은 그러면서도 틈만 나면 우리는 다른 삶을 사는 환상을 품는다는 것이다.

인생은 우리가 경험한 일련의 발자취들로 채워진다. 따라서 특별한 경험만이 특별한 인생을 구성하게 된다. 특별함의 주체는 결코 평온하고 평범한 것들이 아니다. 대니얼 디포의 소설 속 주인공인 로빈슨 크루소의 표류는 하나의 전설이라 할 만하다. 우리가 보기에는 무척 재미있지만, 실제로 그가 겪은 경험들은 항상 삶과 죽음의 경계를 배회하는 것이었다. 로빈슨의 이야기는 엄청난 고난을 겪고 이겨내야만 인생이 위대해질 수 있다는 것을 증명한다.

》 》 》

학창 시절에 허창賀強과 관린關林은 둘도 없는 단짝이었다. 학교를 졸업한 뒤에 허창은 의사가 되었고 관린은 국제 의료지원 기구에 들어갔다. 십 년이 지나 두 사람은 동창회에서 다시 만났다. 관린은 여러 동창생에 둘러싸여 지난 십 년 동안 자신이 겪은 이야기를 늘어놓고 있었다. 관린이 각국을 돌아다니며 경험했던 다양한 사건들을 듣고 있자니 마치 로빈슨이 책 속에서 뛰쳐나온 것만 같았다.

모임이 끝나고 허창과 관린 두 사람은 함께 작은 선술집으로 갔다. 허창이 감개무량한 목소리로 입을 열었다.

"나는 인생을 잘못 산 것 같군. 어떻게 그처럼 흥미진진하게 지낼 수 있었던 거야? 나는 졸업한 뒤에 곧장 병원에 들어가 십 년 동안 정해진 자리를 떠난 적이 없네. 매일 출근과 퇴근을 반복하면서 살았지……."

그러자 관린은 자신의 바지 가랑이를 걷어 올려 허창에게 보여주었다. 다리에는 온통 크고 작은 상처들이 가득했다.

"자네, 이것 보게나. 이건 내가 아프리카에 막 도착해 숲에서 독충들에게 물려서 생긴 거라네. 당시에 하마터면 죽을 뻔했지. 이것도 보게. 산 위에서 굴러떨어져 다리가 부러져서 이렇게 상처가 남아 있다네……."

그러면서 고개를 들어 먼 곳을 쳐다보며 말했다.

"자네가 집에서 편안하게 지낼 때 나는 낯선 외국 마을에서 지독한 고독과 싸우고 있었을 걸세. 이상을 위해 나는 너무나 많은 대가를 지급했지."

우리는 인생의 단계마다 무수한 선택의 순간을 마주하게 된다. 그리고 그 모든 선택에 상응하는 대가를 지급해야만 한다.

평탄하면서 안전한 길을 선택할 수도 있고, 허창처럼 중간 정도의 길을 선택해 병원에 들어가 의사로 일할 수도 있다. 또는 자신의 이상에 따라 힘든 노력과 분투가 요구되는 가시밭길을 선택하여 관린처럼 세계 각지를 돌아다니며 봉사활동으로 일생을 보낼 수도 있을 것이다. 어떤 선택을 했건 그 선택에 따른 경험이 우리의 인생을 만들어나간다. 특별한 인생에는 늘 특별한 고난이 따르기 마련이다.

선택할 수 있다는 것은 좋은 것이다. 하지만 일상생활이 우리에게 주는 고난은 우리의 흥정을 받아들이지 않는다. 우리가 유일하게 선택할 수 있는 것이 고난을 마주하는 것이라면 이를 인생의 특별한 경험으로 바꿔나가든지, 아니면 고난에 굴복하여 스스로 쫓겨나는 길밖에 없다. 특별한 인생을 살아갈지, 아니면 평생 끝없는 고통과 고뇌 속에서 살게 될지는 우리의 선택에 달려 있다.

》 》 》

안둥安東과 안양安陽 형제는 어려서 부모님을 잃었다. 친척들이 형제를 맡아 기르기를 거부하는 바람에 두 사람은 보육원으로 보내졌다. 얼마 지나지 않아 한 부부가 나타나 아이들을 입양했지만 뜻밖에도 이들은 입양을 빙자한 인신매매 브로커였다. 작고 궁벽한 산촌으로 팔려간 형 안둥은 동생 안양과 헤어지게 되었다. 안둥의 새로운 양부모가 된 사람들은 몹시 가난했지만 안둥에게 무척 잘 대해 주었다. 고생스러운 생활이 계속되는 속에서도 안둥은 기필코 동생 안양을 찾고야 말겠다고 맹세했다. 동생을 찾는 것이 그의 일생 목표가 되었다.

팔려온 신세임에도 안둥은 양부모들을 친부모로 여기며 공경과 효도를 다했다. 그렇게 몇 년이 지나 큰 지진이 발생하여 양부모도 잃었다. 또다시 혼자가 된 안둥은 유일한 재산인 침구와 샤오빙燒餅: 중국식 과자의 일종 몇 개를 챙겨 산촌을 떠났다. 구걸 행각부터 건설 현장에서의 막노동까지 온갖 고생을 다하면서 돈을 모아 장사를 시작한 안둥은 마침내 자신의 회사를 차렸고 전설적인 기업가로 이름을 날리게 되었다. 그가 궁벽한 산간 마을에서 마침내 동생을 찾았을 때, 허름한 집에서 살고 있던 동생 안양은 이미 정신병 환자가 되어 처량한 삶을 이어가고 있었다.

삶의 고난에 마주쳤을 때 우리는 다른 선택의 여지가 없다. 고난이 연이어 닥쳐올 때, 우리가 할 수 있는 것은 고난과 싸워 이기든지 아니면 고난에 패해 쓰러지는 것뿐이다. 운명은 모든 사람에게 같은 것을 주지 않지만 삶이 우리에게 주는 기회는 똑같다. 운명은 우리에게 더 많은 불행과 고통을 던져줄지도 모른다. 하지만 다른 각도에서 보면 삶이 우리에게 열어주는 드라마틱한 역전의 기회 또한 많아지는 것이다.

특별한 경험은 특별한 인생의 성취를 약속한다. 하지만 특별한 경험에는 반드시 특별한 고난이 뒤따른다. 운명이 우리를 강하게 옥죄어 아무런 저항도 할 수 없을 때, 또는 우리가 희망을 던져버리고 운명에 저항하지 않을 때, 결국 우리는 불행과 원망 속에서 살 수밖에 없다. 반면에 우리가 굳세게 고난에 맞서고 끝까지 분투하며 자신의 신념을 유지한다면 이러한 불행을 인생의 특별한 경험으로 바꿔 특별한 인생을 성취할 수 있을 것이다.

자신만의 경험이 없는 사람은 이리저리 휘청거리며 살게 된다. 경험을 가진 사람만이 삶의 깊고 투철한 체험을 바탕으로 하여 생활의 진정한 의미와 맛을 깨닫게 될 것이다. 우리의 경험 가운데는 익숙하고 평탄한 것들도 있지만, 진정으로 마음에 깊이 새겨야 할 것은 고난의 경험이다. 고난을 마주하는 것은 삶의 압박으로 느껴질 수밖에 없다. 하지만 고난이 가져다주는 온갖 압박은 인생을 풍부하게 해주고 우리를 굳세게 만들어주며 예지의 능력을 갖추게 해준다. 몸과 마음이 고통 때문에 완전히 지쳐갈 때, 우리는 동시에 세상과 삶을 새롭게 이해하게 되고 생명의 무게를 절실하게 깨닫게 된다.

인간이 얻는 어떤 깨달음도 사무치는 고통의 경험으로 얻은 결과가 아닌 것이 없고, 어떤 성취도 천신만고의 고통 끝에 얻은 대가가 아닌 것이 없다. 경험은 생명의 필수 요소이고 이는 젊을수록 더 필요한 것이다. 한 번의 경험은 한 번의 체험이고 고난인 동시에 소중한 재산이다. 따라서 고난을 지향하지는 못할지

언정 고난을 두려워해서는 안 된다. 경험은 두려워할 대상이 아니라 우리 삶을 채워주는 일종의 재산이다. "거센 비바람을 만나지 않고서 어떻게 찬란한 무지개를 볼 수 있으랴"라는 속담도 이런 의미에서 나온 말이고 "편하게 성공한 사람은 없다"는 말도 같은 맥락의 교훈이다.

예부터 위대한 인물들은 의도적으로 고난을 만들어 체험하기도 했다. 이는 성품과 인격을 연마하려는 방법이었다. 이런 의미에서 맹자의 한마디는 우리의 귀에 메아리가 되기에 충분하다.

"하늘이 사람에게 중요한 일을 내릴 때에는 먼저 그 사람의 의지를 괴롭히고 몸을 힘들게 하며 배를 주리게 하고 빈곤하게 만든다. 또 그가 하는 일을 어그러뜨리고 마음을 흔들어놓으며 그가 할 수 없는 것들이 많아지게 한다."

인간은 우환 속에서는 살 수 있어도 안일함 속에서는 활기를 잃고 마침내 죽음에 이른다.

♡

소중한 하루의 행복찾기

이 세상에 잘못된 경험은 없다.
단지 사람들에게 아무것도 시사하지
못하는 경험이 있을 뿐이다. 우리가
겪는 모든 일에는 사유하고 깨달아야
할 것들이 담겨 있다. 그렇지 않다면
하던 일을 과감하게 바로 멈춰야 한다.
아무 의미도 없는 일이기 때문이다.
비범한 인생은 이런 경험들이
가져다주는 것이다.

세상은 상대적으로는 잔혹하지만 절대적으로는 공평하다.

하지만 공평한가 아닌가를 확실한 기준을 가지고 가늠할 수 없다.

우리의 눈에 비친 세상이 공평해 보이면 그 공평함에 의지하여

인생의 더 높은 단계로 나아갈 수 있을 것이다.

하지만 공평함을 보지 못하는 사람은 남들의

성공만 바라보면서 분노로 평정심을 잃은 채

악담만 퍼부으면서 살아가게 될 것이다.

세상
살이는,
생각보다
재미있다

세상의 공평은

생각하기 나름이다

우리 주위에서는 늘 분노를 쏟아내는 소리가 들린다. 관료와 기업인들 사이에 눈에 보이지 않는 검은 거래가 너무 많다느니, 누구는 회사나 국가기관에 뒷문으로 쉽게 들어가 많은 것을 얻어내는 반면 실력만 믿고 경쟁한 사람은 아무것도 얻지 못하고 낙오자가 된다느니, 누구는 인맥과 재력을 이용하여 일류대학에 들어가는 반면 누구는 높은 학비 때문에 대학 문턱에서 좌절하고 만다느니 등과 같은 온갖 불평불만이 차고 넘친다. 심지어 어떤 사람은 태어날 때부터 아름다운 용모와 날씬한 몸매를 가진데 비해 자신은 보기 흉한 용모 때문에 되는 일이 없다고 투덜대는 사람도 있다. 사람들은 조금도 지치지 않고 거칠고 험악한 말과 사례를 들며 이 세상이 불공평함을 증명하려 한다.

하지만 이 세상은 확실히 공평하다. 누군가 어떤 물건을 가졌다면 이는 그가 반드시 그 물건에 대한 대가를 지급한 결과이다.

사람들이 말하는 공평과 불공평은 전적으로 인생을 대하는 우리의 태도에 달려 있다.

또 우리는 자신과 비슷한 사람이 사회적으로 이미 커다란 성공을 거둔 것에 감탄할 때 한편으로는 여전히 평범하기만 한 자신과 비교한다. 그리고 이때부터 자신의 처지와 사회의 불공평함에 대한 비난과 불평이 입에서 떠나지 않는다. 하지만 그들이 자기 계발을 위해 노력할 때 자신은 무엇을 하고 있었는지를 생각하지는 않는다. 동료가 큰 목표를 세우고 일에 몰두하는 동안 자신은 그만큼 노력을 했는가?

한편, 자신은 열심히 공부하고 일했는데도 사회적으로 실패했다고 느끼면서 이는 세상이 불공평한 탓이라고 비난하는 사람도 있다. 그렇다면 자신이 그렇게 열심히 일하고 공부할 때 다른 사람들은 아무런 노력도 하지 않았단 말인가? 어쩌면 그들은 우리보다 훨씬 더 먼저 노력을 시작했는지도 모른다. 그리고 그들이 열심히 뭔가를 하고 있을 때 우리는 자신도 모르는 사이에 게을렀던 것은 아닐까? 남들이 일을 효율적으로 진행하는 것을 보고 그들은 똑똑한 데 비해 자신은 멍청하다는 탄식이 터져 나올 때, 이런 차이가 자신은 처음부터 나태했고 그들은 끝까지 성실함을 건지했기 때문에 생긴 것은 아닐까 생각해볼 필요가 있다. 세상은 공평하기 때문이다.

한 소년이 있었다. 소년은 어려서부터 자신이 무척 어리석고 둔하다고 생각했다. 보통 아이들이 당연히 알고 있는 것들을 자신은 알지 못했기 때문이다. 소년은 어려서부터 공사 현장을 따라다니며 일을 해야 할 만큼 집안 형편이 어려웠다. 하지만 소년은 이런 환경 때문에 자신의 부모를 원망한 적이 없었다. 소년은 보통 아이들과의 차이를 극복하기 위해 부지런히 책을 읽으면서 남들보다 더 열심히 공부했다.

6학년이 되면서 소년은 모든 선생님으로부터 칭찬받는 학생이 되었다. 그러나 중학교에 입학하면서 갑자기 성적이 중하위권으로 처지기 시작했다. 이를 극복하기 위해 계속 열심히 공부하면서 한순간도 노력을 게을리하지 않았지만 반년이 넘도록 소년의 성적에는 아무런 진전이 없었다. 많은 사람이 그가 머리가 좋지 않기 때문이라고 생각했다. 어떤 아이는 자신이 그 소년처럼 열심히 공부하면 전교 일등을 하고도 남았을 것이라고 말하기도 했다. 심지어는 공개적으로 소년에게 "너는 아무리 노력해도 나를 따라잡지 못할 거야"라고 비아냥거리는 아이도 있었다.

하지만 소년은 실망하지 않았으며 신념을 굽히지 않고 공부를 계속했다. 얼마 지나지 않아 소년의 성적은 또다시 급속도로 올라갔고 자신이 소년보다 똑똑하다고 자만했던 아이들은 결국 자신의 패배를 인정할 수밖에 없었다.

소년은 치열한 노력을 기울여 마침내 중국에서 가장 좋은 대학에 합격했다. 어쩌면 그는 대단히 총명한 학생은 아니었는지도 모른다. 하지만 한 번도 성실한 노력을 중단한 적이 없었다. 소년이 좋은 대학을 나와 삶을 충실하게 살아가는 동안 친구들은 불평만을 토해냈다. 그들은 세상살이가 본디 불공평하므로 아무리 공부하고 노력해도 소용이 없다고 여겼다. 그래서 그들은 포기했다. 지금 그들은 자신들의 생각과 결정을 후회하고 있다.

이 모든 것은 아주 간단한 생각의 차이에서 비롯되었다. 꾸준히 노력한 소년은 세상은 언제나 공평하다고 믿었던 것이다.

공평함은 외부의 사물에 있는 것이 아니라 오로지 우리의 마음속에 있다. 동료가 승진을 했거나 경제적으로 성공했을 때 질투와 시기로 가득한 마음을 억누르고 곰곰이 생각해볼 필요가 있다. 오늘날 동료의 성공이 어디에서 비롯되었는지, 그의 미친 듯한 노력이 가져온 결과는 아니었는지 생각해봐야 한다.

어떤 사람은 부모가 확보한 인맥 덕분에 쉽게 대학에 들어가기도 한다. 이는 그들의 부모가 인맥을 통한 교류에 부단히 노력한 덕분이다. 그동안 그의 부모는 많은 사람을 기꺼이 도와주었을 것이고 그래서 도움의 손길이 필요하게 되었을 때 보답을 받을 수 있었던 것은 아닐까?

예쁜 자녀를 둔 잘생긴 부모가 있다. 이는 그 부모들이 결혼 전에 예쁜 아내를, 잘생긴 남편을 구하고자 서로 노력한 결과이다.

어떤 집의 자녀는 아무런 일도 하지 않고 가만히 있으면서도 모든 혜택을 누리기만 한다. 이 집의 자녀는 태어나면서부터 황금 열쇠를 입에 물었고, 성장해서는 노력하지 않아도 아버지의 인맥에 의지해 쉽게 직장을 찾는다. 또 별 걱정 없이 생활하면서 온갖 넘치는 총애를 한몸에 받는다. 이 또한 그의 부모가 젊었을 때부터 열심히 노력하고 모든 기회를 놓치지 않고 성취한 덕분이니 공평한 일이다. 지독한 노력의 결과가 자식들에게 '가만히 앉아서 거저 얻는 것' 같은 혜택을 주는 것이다.

누구나 자신이 기울인 노력만큼 대가를 얻는다. 이는 세상이 공평하기 때문이다. 어떤 사람이 오랜 세월 죽도록 노력했는데도 아무것도 이루지 못했다면 그 결과가 과연 공평하다고 할 수 있을까? 아무런 노력도 하지 않고 애써 노력한 사람과 똑같은 성과를 거두었다면 그것이야말로 세상에서 가장 불공평한 일일 것이다.

따라서 우리는 불공평하다고 느낄 때 먼저 마음을 다스리는 방법부터 배워야 한다. 매일 일정한 시간을 들여 자기 안에 쌓여 있는 먼지를 비워내고 정화하는 법을 배워야 한다. 자기 마음을 온통 부정적인 감정의 쓰레기통으로 만들어선 안 되기 때문이다. 또한 자신의 고통을 무시하지 말고 이를 정면으로 마주쳐 해결하는 습관을 키워야 한다. 그리고 주위 사람들을 넉넉한 마음

으로 대해야 한다. 이미 지나가버린 비바람에 연연하며 고집을
피워선 안 된다. 이렇게 우리의 태도를 조정해야만 우리의 삶은
더 좋은 방향으로 나아갈 수 있다.

》 》 》

유럽에 한 유명한 소프라노 가수가 있었다. 겨우 서른 살밖에
안 되었는데도 이미 전 세계에 명망을 떨치고 있었다. 게다가 모
두가 바라는 이상적인 남편과 행복한 가정까지 이루고 있었다.

어느 날 그녀는 성공적으로 음악회를 마치고 남편과 아이와
함께 열렬한 관중에 둘러싸였다. 사람들은 앞다투어 소프라노
가수에게 칭찬과 부러움이 담긴 말들을 쏟아놓았다.

어떤 사람은 소프라노 가수가 대학을 졸업하자마자 국립 오
페라단에 들어가 주역 가수가 된 것을 칭찬했고, 또 어떤 사람은
그녀가 스물다섯이라는 젊은 나이에 이미 세계에서 유망한 소프
라노 가수로 손꼽힌 재원이라고 치켜세웠다. 그녀에게 능력 있
는 남편과 귀엽고 발랄한 아들이 있는 것을 부러워하는 사람도
있었다.

하지만 사람들이 온갖 칭찬과 찬사를 쏟아내는 가운데서도 소
프라노 가수는 조용히 듣고만 있을 뿐 아무런 내색도 하지 않았
다. 모두 말을 마치고 나서야 그녀는 천천히 입을 열었다.

"먼저 저와 제 가족들에게 아낌없는 칭찬을 보내주신 여러분

께 감사 말씀을 드립니다. 하지만 여러분은 한 면만 보셨을 뿐입니다. 아직 여러분이 보지 못한 다른 면들도 많지요. 여러분이 칭찬한 활발하고 귀여운 얼굴에 늘 미소가 가득한 제 아들은 불행히도 영원히 말을 못 하는 벙어리입니다. 게다가 이 아이에게는 매일 집안에만 틀어박혀 정신분열증을 앓고 있는 누나가 있다는 사실도 모르실 겁니다."

사람들은 깜짝 놀라 서로 얼굴만 쳐다보면서 이 사실을 쉽게 받아들이지 못했다. 바로 이때, 소프라노 가수가 여전히 온화한 말투로 사람들에게 말했다.

"이 모든 것들이 무엇을 설명하는 걸까요? 아마 한 가지 이치일 겁니다. 다름 아니라 하늘은 공평해서 누구에게도 너무 많은 것을 주지 않는다는 이치입니다."

완벽한 삶은 모든 사람이 바라는 것이지만 우리가 사는 공간은 불완전한 세계이다. 이 세상에는 착한 천사가 있는가 하면 무서운 유령도 있고, 성공의 희열이 있는가 하면 실패의 고통도 있다. 꽃다발과 박수갈채가 있는가 하면 실패와 좌절도 있다. 하지만 우리가 자신의 지혜와 땀으로 하늘이 내려준 것들을 받아들이고, 굳센 의지와 끈기를 가지고 좌절에 대응한다면 성공의 문은 언젠가 우리를 향해 활짝 열릴 것이다.

소중한 하루의 행복찾기

세상은 상대적으로는 잔혹하지만
절대적으로는 공평하다. 하지만 공평한가 아닌가를
확실한 기준을 가지고 가늠할 수는 없다.
우리의 눈에 세상이 공평해 보이면 그 공평함에
의지하여 인생의 더 높은 단계로 나아갈 수
있을 것이다. 하지만 공평함을 보지 못하는
사람은 남들의 성공만 바라보면서 분노로
평정심을 잃은 채 악담만 퍼부으면서
살아가게 될 것이다.

즐거움은

마음 머무는
곳에 있다

즐거움이란 무엇인가? 즐거움은 어머니가 부엌에서 사랑하는 자녀를 위해 분주히 움직이는 소리를 듣는 것이요, 오랜 시간 일을 하다가 대자연의 품으로 나와 신선한 공기를 만끽하는 순간이다. 이렇듯 즐거움은 우리 마음 깊숙한 곳에 있는 가장 진실한 느낌이다. 즐거움을 원하든 원하지 않든 모든 판단은 우리 스스로 내린다.

즐거움이란 무엇인가? 즐거움은 일종의 심리적인 느낌이요, 건강을 지키는 황금 열쇠이다. 사람이라면 누구나 즐거움을 추구할 것이다. 즐거움을 알고 잘 다루는 것이 바로 지혜이고 용기이며 정신이다.

즐거운 마음만 있으면 무슨 일이든지 즐거울 수 있다. 즐거움은 눈송이처럼 하늘에서 끊임없이 흩날리듯 내려와 우리 각자의 마음속에 떨어진다. 즐거움은 사람들의 마음속에 있는 울퉁불퉁

하고 평평하지 않은 곳을 메워주기도 하고, 퐁퐁 샘물이 솟아나게 해주기도 한다. 즐거움은 이렇게 우리의 마음을 따뜻하게 해준다. 진정으로 즐거운 마음을 가지려면 먼저 즐거움이 이토록 아름답고 따스한 것임을 알아야 한다. 즐거움은 하늘을 날고 있는 연과 같아서 눈에 잘 보이지 않을 때도 있지만, 우리의 손에 연줄이 있는 한 멀리 날아가지 못하고 우리가 원하기만 하면 언제든 우리에게로 올 것이다. 즐거움은 항상 우리 주위를 맴돌고 있는 영원한 따스함이다.

송宋나라 때 유명한 문인 소식蘇軾이 한번은 불인佛印선사와 함께 좌선하게 되었다. 소식이 불인선사에게 농담조로 말했다.

"좌선하면서 제 천안天眼으로 보았더니 선사님은 원래 소똥덩어리였더군요."

불인선사가 말을 받았다.

"제가 좌선을 하면서 법안法眼으로 바라보니 보살님은 여래如來 본체이더군요."

집으로 돌아온 소식은 득의양양하여 여동생에게 이 이야기를 들려주었다. 그러자 소식의 여동생이 말했다.

"오라버니, 오라버니가 참패하신 거예요. 수행하는 동안에는 밖에 있는 사물의 모든 것이 다 마음속에 투사된다는 사실을 모르셨나요? 오라버니의 속마음이 바로 소똥덩어리인 까닭에 다른 사람도 소똥덩어리로 보인 것이고, 법사님은 본심이 여래인 까닭에 오라버니도 여래로 보인 거랍니다."

이처럼 누구나 마음속에 즐거움이 가득하면 모든 것이 즐겁게 느껴질 수 있다.

》 》 》

옛 우화에 이런 내용이 있다.

한 소년이 현자를 찾아가 물었다.

"어떻게 하면 스스로 즐겁고 다른 사람도 즐겁게 하는 사람이 될 수 있을까요?"

현자가 대답했다.

"네 구절만 명심하면 될 것이다. 자신을 타인으로 여기고, 타인을 자신으로 생각하라. 남을 남으로 여기고, 자신을 자신으로 여겨라."

대단한 철학적 이치가 담긴 이야기인 동시에 속세를 철저하게 벗어난 이야기이다. 그렇다. 사실 이 세상의 무수한 사물이 가진 본체에는 좋고 나쁨의 구별이 없다. 우리가 그것을 어떻게 보고 사용하느냐에 따라 그 가치가 달라지는 것뿐이다. 따라서 우리가 어떤 사물이나 사건에 부딪혔을 때, 무엇보다도 낙관적이고 유쾌한 기분을 유지하면서 스스로 걱정거리를 피하는 방법을 터득하는 것이 가장 중요하다. 19세기 독일 철학자 쇼펜하우어는 이렇게 말한 바 있다.

"사람은 사물의 영향을 받는 것이 아니라 오히려 사물을 바라보는 시각의 영향을 받는다."

즐거워하는 마음만 가지고 있으면 즐거움이 없는 곳이 없다는 것을 알게 될 것이다. 우리가 막 세상에 태어났을 때는 즐거움을 포함하여 이 세상의 모든 것을 유감없이 누린다. 그리고 조금씩 성장해가면서 또 다른 즐거움을 누린다. 다름 아닌 유년의 즐거움이다. 그러다가 나이가 들면서 많은 고뇌와 아픔을 경험하게 되고 중년에 이르면 어쩔 수 없이 수많은 문제와 마주하게 된다. 우리가 자신이 걸어가는 여정에서 즐거움을 이해한다면 당면했던 문제가 해결된 후에는 이 또한 일종의 즐거움이 되지 않을까?

어떤 사람은 고통이 인생에서 가장 견디기 어려운 정서라고 말한다. 하지만 고통과 즐거움은 원래 쌍둥이 형제다. 다른 점은 그저 우리의 선택에 있다. 겨울과 여름 중 여름을 선택했다고 해서 여름은 우리에게 즐거움만 가져다주고 겨울은 불행과 고통만을 가져다주는 것은 아니다. 단지 우리가 여름만 좋아하고 겨울을 싫어하기 때문에 불행과 고통이 생겨나는 것이다.

실제로 여름이든 겨울이든 우리에게는 아무런 관계가 없다. 달라지는 것은 우리의 느낌일 뿐이다. 둘 가운데 하나를 고집하지 않는다면 우리는 두 가지를 모두 누리면서 영원히 즐거울 수 있을 것이다.

▽

사실 즐거움은 매우 간단하다. 우리는 생명의 길이를 결정할 수는 없지만 생명의 폭은 조정할 수 있다. 날씨를 좌우하지는 못해도 집 안에 머무르거나 집 밖으로 나서는 것을 선택할 수는 있고, 자신의 용모는 마음대로 바꾸지 못해도 사람들에게 웃는 낯을 보일 수는 있다. 타인을 통제할 수는 없지만 적어도 자신은 장악할 수 있고, 내일을 예측할 수는 없지만 오늘은 마음껏 이용할 수 있다.

소중한 하루의 행복찾기

삶은 위대한 예술이다.

즐거운 마음을 가지고

세속의 먼지로 눈을 가리지 않으면,

지나친 공리로 영혼에 무거운 멍에를

지우지만 않으면

우리는 주변의 모든 구석에

좀좀히 박혀 있는 즐거움을 찾아내

손에 넣을 수 있을 것이다.

돈으로 책은

살 수 있지만
지식은 살 수 없다

돈을 신봉하는 사람들이 있다. 그들의 눈에는 돈이면 뭐든지 다 할 수 있는 것처럼 보인다. 그들은 물질적인 향락을 추구하기 위해 혈육의 정과 모든 유형의 사랑까지 희생한다. 심지어 자신이 가장 아름답게 여기는 것마저 돈을 위해 저버린다.

또한 이러한 사람은 남녀를 불문하고 돈이 있는 상대를 찾기 위해 사회와 양심의 비난을 두려워하지 않는다. 기혼자에게 접근해 다른 사람의 가정을 파괴하기도 한다. 하지만 그들은 오히려 득의양양하면서 자신들이 생활에 통달해 있고 향락을 이해하고 있다고 여긴다. 스스로가 총명한 사람이라고 착각하기도 한다. 그들은 인간사에서 가장 아름다운 순진함과 양지良知를 잃었다는 것을 깨닫지 못한다. 그들의 감성적인 생활 속에 남아 있는 것은 오로지 돈뿐이다.

돈이 정말 중요한 것일까?

돈은 매우 중요하다. 돈이 없으면 우리는 많은 일을 할 수 없게 되고 심지어 생존 자체에도 문제가 생긴다. 하지만 그렇다고 해서 돈이 만능인 것은 아니다. 이 세상에는 가치 있고 소중한 것들이 너무나 많다. 이들 가운데 상당 부분은 돈으로 살 수 없다.

그렇다면 돈은 과연 무엇일까? 개인적인 부의 상징일까? 대부분의 사람이 그렇다고 대답한다. 하지만 이는 잘못된 생각이다. 돈은 절대로 개인적 부의 상징이 아니라 사회적인 부의 상징이다. 경제학의 정의에 따르면 돈은 일반적인 가치물이다. 돈과 같은 가치를 지니는 것은 어떤 것일까? 문명사회에서 합법적인 소득을 통해 얻어진 돈의 가치는 능력이다. 즉, 사회에 대한 공헌과 인품, 도덕, 지식, 지혜, 문명 등이 그것이다.

문명사회에서 돈은 사회적인 부를 대표한다. 돈은 어떤 사람이 사회에 한 공헌에 따라 그 사회가 개인에게 주는 일종의 보답인 셈이다. 능력이 있는 사람이나 더 많이 수고한 사람이 이 사회적 부를 더 많이 누리게 되는 것이다. 돈을 운용하는 방법이 곧 학문이다. 또 사회적인 부는 합리적인 분배를 필요로 한다. 그러므로 가장 적절히 운용하는 방법을 아는 사람에게 돈을 맡겨 사회에 더 많은 공헌을 하게 하는 것은 바로 자원의 최적화를 실현하는 일이다. 그리고 이런 합리적인 부의 운용을 통해 사회 전체의 이익을 실현해나가는 것이다.

부인할 수 없는 사실은 우리 모두 돈이 지배하는 세상에서 살고 있기 때문에 누구나 돈이 필요하다는 것이다. 사람은 돈을 위해 살 수도 있고 돈 때문에 모든 것을 팔 수도 있다. 자신의 몸과 영혼까지도 말이다. 사실 이는 절대 이해하지 못할 일은 아니다. 사람이 어쩔 수 없는 지경에 이르면 무슨 일인들 못 하겠는가?

하지만 돈이 영혼까지 지배하는 것은 절대로 바람직하지 않다. 그저 가끔 어쩔 수 없을 때에만 돈을 향해 머리를 숙일 수 있을 뿐이다. 그 누구도 돈을 떠나서 살 수 없다. 돈을 떠나서 산다는 것은 세상과 담을 쌓고 산다는 것과 같다. 하지만 이 세상에는 그렇게 살 수 있는 곳이 없다. 누구나 돈이 필요하다. 대부분은 물질적인 수요가 정신적인 욕구보다 더 실질적이기 때문에 우리는 항상 정신적인 만족에 앞서 물질적인 욕망의 만족에 치중한다. "먼저 배가 부르고 따뜻해야 음욕이 생긴다溫飽思淫慾"는 속담도 이런 이치를 반영하는 말이다. 하루 세 끼 식사마저도 해결하지 못하는 사람이 어떻게 음욕을 채우려는 생각을 할 수 있겠는가?

하지만 돈은 결코 만능이 아니다. 돈만 있으면 무엇이든 다 살 수 있다는 말은 황당한 말이 아닐 수 없다. 예컨대 문맹인 사람이 돈으로 대학 졸업장을 사서 높은 자리에 올랐다고 가정해보자. 졸업장만 가지고는 어떤 문제도 해결하지 못할 뿐만 아니라 자신이 맡은 고위직의 업무조차 제대로 수행하지 못할 것이다.

돈만 있으면 뭐든지 다 할 수 있는 것은 아니지만 생활하면서

돈이 없으면 절대로 아무것도 할 수 없다. 그런 의미에서 춘절만
회春節晚會: 중국 CCTV에서 음력설 전날에 방영하는 대규모 특집 방송으로 최고 수준의
연예인들이 다양한 유형의 공연예술을 선보임-옮긴이에 나왔던 샤오선양小沈陽
의 말은 무척이나 의미심장하다.

"돈은 태어날 때 가져오는 것도 아니고 죽어서 가지고 가는
것도 아니지요."

돈은 좋은 점과 나쁜 점을 동시에 가지고 있다. 돈이 있으면
집은 살 수 있어도 집안의 따스한 온기는 살 수 없다. 돈이 있으
면 시계는 살 수 있어도 시간은 살 수는 없다. 돈이 있으면 책은
살 수 있어도 지식은 살 수 없다. 돈을 위해서 스스럼없이 법을
어기고 사회 기강을 어지럽히는 사람도 있지만 이들은 종종 자
신들의 삶 전체로 대가를 지급하곤 한다.

돈은 과연 무엇일까? 철인들은 이렇게 말한다.

"돈은 채권자이다. 우리에게 잠깐의 환락을 빌려주고 평생의
불행을 받아 간다."

오늘날 시대에 돈은 단지 물질적인 필요일 뿐이다. 적지 않은
사람들이 돈을 일종의 물질적 향락으로 간주한다. 보통 사람들
은 돈은 밥이고 옷이며 자동차이고 집이라고 말한다. 물질적으
로 행복한 생활을 누릴 수 있지만 이것 역시 사람들이 '돈'에 대
해서 오해하고 있는 부분이다. 돈의 겉모습만 보았을 뿐, 돈의
진정한 의미는 이해하지 못한 것이다. 돈은 결코 사람들이 살아

가는 목적이 될 수 없다. 돈은 그저 생활에 필요한 교역의 도구일 뿐이다. 우리가 진정으로 추구해야 하는 '돈'은 정신적이고 사상적이어야 한다. 명明나라 때 문학가인 풍몽룡馮夢龍은 "돈은 썩어질 흙에 지나지 않지만 인의仁義는 천금의 가치를 지니고 있다"고 말했다.

》 》 》

어느 외로운 부자가 유머 책만 전문으로 파는 서점에 들어갔다. 이리저리 구경하던 그는 잠시 걸음을 멈추고 값이 비싼 유머 책 한 권을 샀다. 하지만 집으로 돌아온 뒤에 오랫동안 책을 읽어보아도 그의 마음은 조금도 즐거워지지 않았고 여전히 음울하기만 했다.

이 부자의 이웃집에는 노인부터 어린아이까지 삼 대가 사는 가족이 살고 있었다. 청빈한 생활을 하는 이 가족은 닭을 키웠고 매일 달걀을 팔아 번 돈으로 생계를 유지하고 있었다. 곧 설이 다가오고 있었다. 부자는 여전히 외로웠지만 가난한 이웃은 온 가족이 화기애애한 분위기 속에서 즐겁게 설을 맞을 준비를 하고 있었다.

설날이 되자 부자는 가난한 이웃집을 찾아가 물었다.

"이 댁은 형편이 넉넉지 않은데도 어떻게 매일 즐거운 웃음소리가 떠나지 않는가요?"

그 가족이 말했다.

"우리는 돈은 없지만 식구들이 의좋게 살면서 집 안에 온기가 가득합니다. 하지만 선생은 큰집에서 혼자 지내니까 우리처럼 온기 넘치는 생활을 경험하지 못했을 겁니다."

그날 부자는 이 가난한 이웃집에서 설을 보냈다. 정말 오랜만에 부자의 얼굴이 환해지면서 웃음이 넘쳤다. 그날 이후로 그는 자신의 재산 절반을 자선 단체에 기부하고 가난한 이웃들과 함께 생활하면서 즐거운 나날을 보냈다.

현실 생활에는 돈보다 훨씬 더 중요한 것들이 아주 많다. 집안에 많은 돈이 있다고 해도 따사로운 사람의 향기와 온기가 없다면 아무 소용이 없을 것이다. 생활에 즐거움이 없다면 아무리 많은 돈이 있다 한들 무슨 의미가 있겠는가?

돈은 모든 것을 할 수 있는 도구가 아니다. 돈으로 대학 졸업장은 살 수는 있지만 깊이 있는 지식은 살 수 없고, 친구는 살 수 있지만 우정은 살 수 없다. 또 아내는 살 수 있지만 지조 있는 사랑은 살 수 없다. 중요한 것은 사람들에게 버림을 받거나 점점 나이가 들어갈 때, 손발을 더는 마음대로 움직일 수 없게 되었을 때, 먹지도 못하는 돈 무더기를 끌어안고 살아갈 수는 없다는 것이다. 돈을 사용할 힘을 잃어버리기 전에 자신을 도와 돈을 제대로 쓸 사람을 찾는 것이 훨씬 지혜로운 일이다.

예전에 이런 글을 읽은 적이 있다.

어느 유럽 관광단이 아프리카에 있는 원시 촌락을 찾아갔다. 이 촌락에는 한 노인이 보리수 아래 조용히 책상다리를 하고 앉아 밀짚모자를 만들고 있었다. 한 프랑스 상인이 물었다.

"그 밀짚모자가 한 개에 얼마나 합니까?"

그 노인이 웃으면서 대답했다.

"10달러입니다."

"그럼 제가 백만 달러를 드릴 테니까 제게 밀짚모자를 십만 개를 만들어주실 수 있겠습니까?"

"죄송합니다. 도저히 그렇게 할 수 없을 것 같습니다."

자신의 귀를 믿을 수 없었던 상인은 고함을 치듯이 노인에게 따져 물었다.

"이유가 뭔가요?"

노인이 대답했다.

"당신에게 누군가 똑같은 밀짚모자를 십만 개 만들라면 기분이 어떻겠소? 어떻게 그렇게 재미없는 노동을 할 수 있단 말이오? 그리고 아무런 낙도 없는데 돈만 많으면 무슨 소용이 있습니까?"

부를 쫓는 과정에서 사람들은 쉽게 돈 이외의 것들을 잊어버리고 만다. 이 노인은 이런 인생의 진리를 알고 있었다. 누군가 내게 벤츠를 타고 올 것인지 아니면 자전거를 타고 웃을 것인지 선택하라고 하면 나는 추호의 망설임도 없이 후자를 선택할 것이다. 돈 자체가 즐거움을 주지도 않고 돈이 만능도 아니기 때문이다.

오늘날에는 돈이 사회적 지위의 상징이고 곧 행복한 삶의 동의어인 것처럼 인식되고 있다. 우리는 여전히 돈에 대해 주인이 될 것인가 노예가 될 것인가 하는 선택의 갈림길에 서 있다. 프랑스의 사상가 루소는 이렇게 말했다.

"인간은 태어날 때는 자유로웠으나 생존의 굴레 속에서 살면서 모든 것의 주인이 되려다가 오히려 노예로 전락하고 만다."

소중한 하루의 행복찾기

우리가 돈 앞에 엎드려 절하고 돈을 좇아가며
돈을 만능으로 여길 때, 심지어 돈을 위해서라면
자신의 영혼도 팔아버리고 자신의 즐거움과
건강 그리고 모든 아름다운 감정들을 포기할 때,
우리는 이런 욕망의 발걸음에 제동을 걸
필요가 있다. 고개를 숙여 자신의 마음을
들여다보면 이미 만신창이가 되어 있는 영혼이
보일지도 모른다. 돈은 절대로 만능이 아니다.
돈으로는 우리가 잃어버린 세월과 그 시절 속의
아름다운 시간을 살 수 없다.

누구에게나

행복만 있지 않다
불행도 있다

많은 사람이 세상이 매우 불평등하다고 여긴다. 돈이 많은 사람이 있는가 하면 없는 사람도 있고 행복한 사람이 있는가 하면 불행한 사람도 있는 것이 평등하지 못하다는 것이다. 그런데 겉으로 행복해 보이는 사람에게 그가 진정 행복한지 물어본 적이 있는가?

고무 회사에서 일하는 리첸李全은 최근 들어 주문량이 늘어나면서 야근을 해야 했다. 그는 한 끼 식사도 여유 있게 할 수 없는 상황에 큰 불만이 생겼다. 하지만 리첸은 계속 무리하게 일을 했다. 사장이 후한 보수를 약속했기 때문이다. 넉넉한 보수만 있으면 리첸의 가족은 따뜻하게 입고 배불리 먹을 수 있었다.

리첸은 일을 하면서도 입은 쉬지 않았다. 계속해서 불평을 늘어놓거나 동료를 상대로 잡다한 수다를 떨었기 때문이다. 그는 동료 직원에게 말했다.

"생각 좀 해봐. 사람과 사람을 비교해서는 안 되겠지. 하지만 우리 사장을 좀 봐. 온종일 공장에 얼굴도 비치지 않잖아. 우리처럼 작업장에서 죽도록 일하지 않아도 큰돈을 벌 수 있으니까 말이야. 결국 우리 같은 노동자들만 죽도록 고생하는 거지."

그러자 뜻밖에도 다른 동료 하나가 긴 한숨을 내쉬며 리췐이 생각지 못한 이야기를 들려주었다.

"그건 자네가 몰라서 하는 말일세. 이 공장은 사장님 부친의 유산이었네. 그 당시에 사장님 부친은 이 공장에 큰 일거리를 받아오려다가 뜻밖에도 접대 술자리에서 과음으로 세상을 떠나고 말았지. 사장님 부친이 돌아가셨을 때, 이 공장의 생산 능력은 현재의 4분의 1 정도였네. 사장님이 이만큼 사업을 키우기는 그리 쉽지만은 않았을 걸세."

때때로 우리는 눈에 보이는 대로 남의 행복을 바라본다. 그리고 자신과 남을 가시적으로 비교한 것만을 가지고 결론을 내린다. 하지만 우리가 선망하는 그 사람이 정말로 행복하다고 느끼는지는 아무도 모른다. 그 자신만이 알 수 있을 것이다.

우리가 세상을 살면서 얕은 지식으로 알아낸 것들은 실제로 가소로울 때가 많다. 항상 자신만의 기준을 가지고 남을 평가하기 때문이다. 자신이 돈이 없어 고기를 먹지 못할 때는 고기를 먹는 사람을 가장 행복한 사람이라고 여기고, 새 옷을 사 입지 못할 때는 새 옷을 입은 사람을 가장 행복한 사람이라고 여긴다.

자신이 집이 없을 때는 어렵사리 대출금을 갚고 있는 '하우스푸어'들이 더 행복하게 보일 때가 있다.

사실 이 세상에서는 누구나 자신만의 독특한 행복을 누리고 있고 동시에 모든 사람이 저마다 각자의 불행을 안고 있다. 고기를 자주 먹는 사람은 콜레스테롤 수치가 높아지는 것을 걱정할 수도 있고, 새 옷을 사는 사람은 사실 중요한 회의에 참가하기 위해 마음에도 들지 않는 옷을 사는지도 모른다. 어엿한 새 아파트에 사는 사람들은 고생스럽게 과도한 대출금을 갚느라 골머리를 썩이고 있는지도 모른다.

우리는 살아가면서 체면을 중시하기 때문에 좀처럼 자신의 불행을 사람들 앞에서 드러내려 하지 않는다. 우리가 겉으로 드러내려 하는 것은 주로 행복한 모습이고 그렇기 때문에 과장된 몸짓도 서슴지 않는다. 남들에게 자신의 행복을 드러내기 위해 과장하는 법을 배우고, 좋지 않은 것은 감추고 빛나는 것만 보여주는 방법을 배운다. 우리가 남들을 향해 행복한 미소를 지어 보일 때, 그 얼굴은 진정한 우리의 얼굴이 아닐 때가 많다.

우리가 배우자의 손을 잡고 다정한 모습으로 친구나 동료 앞에 나타날 때 마음속으로는 지금 진행되는 모임만 끝나면 곧장 손을 놓아버리고 재빨리 냉전 상태로 되돌아갈 것을 생각하고 있는지도 모른다. 우리가 멋진 양복 차림에 가죽구두를 신고 만면에 홍조를 띠면서 부하 직원들 앞에 나설 때 속으로는 오늘 상사에게 업무 보고를 어떻게 해야 좋을지 몰라 안절부절못하고 있을지도 모른다. 옛 동창을 만나 함께 저녁을 먹은 후 호기롭게 계산을 하면서 마음속으로는 이 한 끼 식사로 한 달 치 담뱃값을 날렸다면서 친구를 욕하고 있을지도 모른다.

우리의 행복은 너무나 쉽게 타인 앞에 모습을 드러내지만 그 위장과 가식의 배후에서 우리는 피곤하고 힘들고 불편한 생활을 견디고 있다.

하지만 사소한 불행들은 사실 큰 문제가 되지 않는다. 훨씬 더 중요한 것은 우리 주변에 아무리 행복해 보이는 사람이라 하더라도 하나같이 불행의 기억이 있다는 사실이다. 눈앞에 닥친 불행은 서둘러 메우거나 보완할 수 있다. 하지만 불행이 이미 기억 깊숙이 뿌리를 내리고 있다면 가슴에 깊은 흉터로 남아 평생 우리를 따라다닐 것이다.

》 》 》

영화 〈위기의 주부들〉 여주인공 테리 해처는 《배니티 페어 Vanity Fair》라는 잡지에 유년 시절 이모부에게 성추행을 당했던 경험을 털어놓았다. 그 후로 그녀는 마침내 이모부를 경찰에 고발했고 이 때문에 이모부는 징역 14년형을 선고받았다.

테리 해처는 인터뷰에서 자신이 어렸을 때 이모부 스톤이 의도적으로 차 안에 단둘이 있는 기회를 만들어 당시 다섯 살밖에

되지 않았던 자신을 성추행했으며, 아홉 살이 되어서야 그런 더러운 악행을 멈췄다고 진술했다. 그 뒤로 30여 년이 흐르는 동안 테리는 당시의 끔찍했던 상황을 잊을 수 없었고 이 일은 그녀의 생활에 지독한 스트레스로 작용했다. 차마 부모님에게도 사실을 털어놓을 수 없었던 그녀는 자살 충동까지 느꼈다고 했다. 그러다가 4년 전에 신문 기사를 통해 스톤이 여전히 악습을 고치지 못하고 열네 살짜리 소녀를 성추행하여 자살에 이르게 했다는 사실을 알게 되었다. 이에 그녀는 용기를 내어 경찰에 고발하고 법원에서 모든 사실을 상세하게 증언함으로써 결국 파렴치한 범죄자를 감옥에 보냈다.

평생을 부족함 없이 살아간 타이완 전 총통 장제스의 부인 쑹메이링宋美齡은 권력과 돈, 명예, 그리고 최고의 칭호까지 누렸지만 한 번의 유산으로 그 뒤로는 아이를 가질 수 없었다. 쑹메이링은 장제스와 결혼한 뒤 아이를 낳지 않으려고 한 것은 아니라고 한다. 이미 공개된 장제스의 일기에는 "아내가 유산해서 병이 점점 더 깊어지고 있다"는 구절이 있다. 이는 쑹메이링이 유산했던 사실을 밝히는 중요한 기록으로 남아 있다. 장제스는 일기에서 하늘이 아내를 보살펴 자식을 점지함으로써 일생의 부족한 부분을 채워주었으면 좋겠다는 소망도 밝힌 바 있다.

이 세상에 평생을 순탄하게만 사는 사람은 없다. 제왕이라는 존귀한 신분을 가졌다 할지라도 이런저런 걱정과 근심을 피하지 못한다. 사실은 걱정이 그치지 않는다. 황제 자리에 올랐던 인물들 가운데 적지 않은 사람이 종국에 커다란 비극을 맞이했다. 겉으로 보기에는 막강한 권력과 비할 바 없는 영예를 누린 것 같지만, 사실 그들은 중국의 역사에서 가장 불행한 사람이었는지도 모른다.

중국 사회에서 황제의 평균 수명은 보통 사람의 수명보다 짧았고 건강 상태도 좋지 않았다. 통계 자료를 보면 중국의 역대 황제 가운데 생몰일이 정확하게 고증되는 사람은 모두 합해 209명이고, 이들의 평균 수명은 39세였다고 한다.

사망 원인이 비정상적인 경우를 제외하면 황제의 열악한 건강 수준이 전반적으로 단명의 주요 요인으로 작용했던 것 같다. 송宋과 명明 두 왕조 시기에는 정치 질서가 비교적 안정되었던 덕분에 대다수 황제들이 천수를 누렸지만 평균 수명은 여전히 일반 평민 사회의 수준을 밑돌았다. 송나라 때 제위에 오른 황제 열여덟 명의 평균 수명은 44세 남짓이었고, 명나라 때 제위에 오른 열여섯 명의 황제들의 평균 연령은 42세 남짓이었다. 명나라의 황제 열여섯 명 가운데 겨우 다섯 명만이 평균 수명에 미쳤고 나머지 열한 명은 모두 평균에 못 미치는 수명을 누렸다.

황제들의 세월이 이러한데 우리가 어찌 자신의 사소한 불행을 하나하나 따질 수 있겠는가? 비명에 간 저 불운한 황제들에 비하면 우리는 그나마 행복하지 않은가?

소중한 하루의 행복찾기

불행과 행복은 서로 뒤바뀔 수 있다.
불행과 행복은 모두 일종의 사상이나 의식의
느낌이라고 할 수 있다. 반드시 해야
하는 것들을 갈구하는 상황에서
어떤 사람은 만족을 느끼고 그 결과
행복감을 누린다. 반면에 어떤 사람들은
여전히 불만족스러워하면서 자신의 높은 뜻과
의지를 고집한다. 그래서 지속해서
불행하다고 느끼는 것이다.

자만은 버리고

자신감을
가져라

언젠가 책에서 다음 이야기를 읽게 되었다.

한 아이가 열심히 그림을 그리고 있었다. 곁에서 보고 있던 선생이 아이에게 물었다.

"정말 재미있는 그림이로구나. 무얼 그리고 있는지 선생님에게 말해줄 수 있겠니?"

"저는 하느님을 그리고 있어요."

아이가 대답했다.

"그래? 하지만 아무도 하느님이 어떻게 생겼는지 모르는걸?"

선생이 의아해하자 아이는 초롱초롱한 눈망울을 깜빡이며 대답했다.

"제가 그림을 다 그리고 나면 모두가 알게 될 거예요."

이 이야기를 읽고 나서 머릿속에서 맨 처음 떠오른 것은 자신감이 넘치는 아이의 얼굴에 피어난 환한 웃음이었다. 나는 이 아이의 순수한 마음 깊은 곳에 인간의 가장 원시적인 원동력인 자신감이 자리한다고 생각했다.

인생에서 자신감을 갖는 것이 중요하다는 사실은 누구나 알고 있다. 하지만 그 필요성을 안다고 해서 반드시 자신감이 생기는 것은 아니다. 실제로 자신감 부족은 사람들을 곤혹스럽게 만드는 큰 문제 가운데 하나이다. 한 대학에서 심리학을 선택 과목으로 수강한 학생들을 대상으로 설문 조사를 한 적이 있다. 조사 문항 가운데 하나는 자신에게 가장 곤혹스러운 일이 무엇이냐는 것이었다. 조사 결과 자신감 결여라고 답한 사람이 무려 75퍼센트나 되었다.

일상생활에서 우유부단하고 주눅이 들어 있으며 심한 불안감에 빠져 있는 사람을 종종 볼 수 있다. 심지어 자신의 능력을 의심하는 사람들도 적지 않다. 이들은 자신에게 유리한 기회가 오지 않을 거라고 생각한다. 그래서 모든 일이 순조롭게 흘러가도 불안해한다. 그들은 또 갖고 싶어했던 물건들을 가지게 될 것이라는 믿음도 부족하다. 욕망에 대한 포기와 절제가 과도하기 때문이다. 그들은 항상 모든 것으로부터 뒷걸음질치고 본질적인 것을 포기하며 부차적인 것을 추구한다. 그리고 어렵게 작은 성취를 얻고서야 비로소 작은 만족감을 누린다.

반면에 자신을 믿는 사람들은 씩씩하고 용기 있게 갖가지 도전을 받아들이고 이를 통해 자신이 얻고자 하는 것을 가질 기회를 만들어낸다.

하지만 인생이 항상 뜻대로 되거나 모든 일이 순조롭게 풀리는 것은 아니다. 어떤 일에 실패했다고 좌절하면서 자신의 모든 능력을 부정해버린다면 성공은 영원히 피안의 꽃이 되어 우리 곁에서 멀리 떠나버릴 것이다.

》 》 》

뉴욕의 어느 상인이 길을 가다가 남루한 옷차림의 젊은 노점상이 자를 팔고 있는 것을 보았다. 그는 노점상의 돈통에 1달러를 던져주고는 가던 길을 갔다. 잠시 생각에 잠긴 그는 노점상에게 되돌아가 상자 안에서 자 한 개를 꺼내 들고는 말했다.

"자네와 나는 둘 다 상인이야. 단지 취급하는 물건이 다를 뿐이지. 자네는 자를 팔고 있으니까 말일세."

그 후로 몇 년이 흘렀다. 뉴욕의 상인이 어느 사교 모임에 참석하고 있는데 점잖게 차려입은 사업가 한 분이 다가왔다. 그는 정중한 태도로 말했다.

"저는 선생님을 잊을 수 없었습니다. 선생님께서 제게 자신감을 되찾아주셨기 때문입니다. 예전에 저는 자신을 길거리에서 자나 파는 거지나 다를 바 없는 사람이라고 여겼습니다. 그렇게 살아가던 어느 날 선생께서는 자를 사가시면서 저도 상인이라고 말씀해주셨지요."

자를 팔던 젊은이는 훗날 자신감을 바탕으로 자신의 사업을 벌여 큰 성공을 거두었다. 스스로 비천하다고 여기지 않게 된 그는 마침내 자기 일에 놀라운 능력을 발휘한 것이다. 거지의 마인드에서 사업가의 마인드로 전환하는 것은 한순간의 일이었다. 자신감과 자만은 완전히 별개의 것이다. 자신감이란 자기 능력에 대한 일종의 긍정이자 앞을 향해 나아가는 인생의 진취적 태도이다.

사회적으로 존경과 부러움을 받는 사람들의 성공은 대부분 자신감에서 온 것이다. 그들은 반드시 고등교육의 정상에 올랐던 사람들이 아니고, 심지어 어린 시절에는 작은 골목의 누추한 집에서 성장했을 수도 있다. 하지만 그들의 자신감은 이 모든 핸디캡을 뛰어넘었다. 그들의 얼굴에서는 어색하거나 부적절한 표정을 찾아볼 수 없다. 그들의 눈에서는 지난날 겪었던 가난의 흔적이 나타나지 않는다.

자신감은 강인한 마음에서 우러나온다. 자신감은 출신이나 생김새와는 전혀 무관하다. 자신감의 전제 조건은 자신의 모습을 그대로 만족스럽게 받아들이는 것이다.

누군가 하느님에게 이런 질문을 던졌다.

"여자에게 세상에서 가장 심한 형벌은 무엇일까요?"

잠시 생각에 잠긴 하느님은 빙긋이 웃으며 입을 열었다.

"세상의 모든 거울을 깨뜨린다면 모든 여자가 자신감을 잃게 될 것이다. 이것이 바로 여자들에게 내릴 수 있는 가장 가혹한 형벌이다."

이 우스갯소리의 내용이 다소 극단적이기는 하지만 실제로 이 세상의 많은 여자에게 거울은 자신감의 산실이다. 아침에 일어나 저녁에 잠자리에 들 때까지 여성이 거울 앞에서 보내는 시간은 남자들의 세 배에 달한다. 거울에 비친 자신의 모습이 아름다워 보일 때, 여자들은 온종일 모든 일이 신나서 걸음걸이마저 가볍다. 반대로 거울에 비친 모습이 초췌하고 팅팅 부은 얼굴일 경우에는 온종일 맥이 빠지고 우울할 것이다.

물론 작은 거울 하나가 우리의 기분을 좌지우지해서는 안 될 것이다. 사실 우리의 기분을 변화시키는 것은 거울 속에 비친 사랑 혹은 증오의 모습이다.

우리는 자신감이 부족하여 마땅히 성취할 수 있는 것들을 그냥 흘려보낼 때가 많다. 어쩌면 이는 생활 속의 수많은 디테일과 관련이 있을 것이다. 예컨대 학력이나 출신 성분, 빈부 등이 자신감에 커다란 영향을 미치지만 외모 역시 이 부분에서 큰 비중을 차지한다. 설문 조사에 따르면, 외모가 비교적 양호한 사람은 업무에서든 일상생활에서든 자신감의 지수가 보통의 외모를 가진 사람보다 상당히 높은 것으로 나타났다. 몸매가 날씬한 여성은 뚱뚱한 여성에 비해 사람들과 이야기를 나눌 때에도 훨씬 당당하고 자유로운 것으로 나타났다.

하지만 한 가지 흥미로운 현상을 찾아볼 수 있다. 어떤 사람은 이목구비가 뚜렷하고 외모가 괜찮은 편인데도 자신을 후줄근하게 꾸미고 행동거지도 평범한 수준을 밑도는 반면, 또 어떤 사람은 천성적으로 결코 미인의 유형이라고 할 수 없는데도 보면 볼수록 사람들을 빨아들이는 매력을 발산한다. 이런 현상에는 대체 어떤 신비한 비밀이 담겨 있는 것일까?

》 》 》

밍밍茗明은 까맣고 또렷한 눈과 오뚝한 콧날에 작고 귀여운 입술을 가졌다. 통통하게 살찐 둥근 얼굴과 몸매만 아니었다면 어느 모로 보나 미인이었을 것이다. 하지만 밍밍은 그런 생각을 하지 못했다. 그녀는 일 년 내내 검은색 옷만 입었고 조금도 변함이 없는 똑같은 헤어스타일을 고집했다. 조금이라도 몸매가 드러나는 옷을 입으면 제발 다른 사람이 자신의 '굵고 튼실한' 허리를 보지 못하기를 바라며 초조해했다.

그러다가 언니가 외국에서 연수를 마치고 돌아온 뒤로 사정이 바뀌기 시작했다.

어느 날 언니는 밍밍을 데리고 나가 유행하는 옷 한 벌을 사준 다음, 미용실로 가서 그녀의 헤어스타일을 완전히 바꿔버렸다. 그리고 자신의 화장품을 꺼내 자연스러우면서도 세밀하게 화장을 해주었다. 그런 다음에 언니는 동생을 자기 친구들의 모임 장소에 데리고 갔다.

맨 처음에 밍밍은 다른 사람과 이야기도 나누지 못하면서 자신의 모습이 남들의 비웃음을 사지나 않을까 걱정했다. 하지만 모임에서 적지 않은 남자들이 그녀에게 다가와 말을 걸고 함께 춤을 추자고 청했다. 그 가운데 한 남자는 언니에게 다가와 밍밍의 용모를 칭찬하며 소개해달라고 조르기도 했다. 시간이 지나면서 밍밍도 남자들의 요구와 제안을 거부하지 않게 되었다. 그녀는 여러 사람과 자연스럽게 담소를 나누기 시작했고 남자들의 요청을 대범하게 받아들여 춤도 추었다.

실제로 우리의 현실에는 드라마 같은 반전이 늘 이루어지고 있다. 사람들은 매일 거울을 보긴 하지만 외모에 대한 자신감은 사실 거울에서 나오는 것이 아니라 다른 사람들의 평가에서 나온다. 원래는 외모가 훌륭하지 못한 사람들도 다른 사람들과의 교류를 통해 얻는 칭찬 속에서 자신의 모습을 좋아하고 자신의 마음에 드는 방법을 배우는 것이다. 그렇게 자신을 단장하고 아름답게 꾸밈으로써 행동거지의 수준을 높이고 마침내 사람들에게 긍정적인 인상을 주려고 노력한다.

이처럼 사람들이 자신을 긍정적으로 볼 수 있는가는 실제로 상당 부분 외부 요인에 달려 있지 않다. 우수한 사람들일수록 더더욱 그렇다.

미인 선발 대회에서 관중이 보기에는 모든 참가자가 상당한 미인이다. 그녀들의 하드웨어에는 아무런 문제가 없다. 하지만 결국 입상자의 대열에 드는 사람들은 몇 명에 지나지 않는다. 이들은 대부분 학식이나 경력 같은 갖가지 외부 요인들을 벗어던지고 오로지 자신에 대한 사랑과 믿음 즉, 자신감으로만 경쟁하여 수백 명의 경쟁자를 누르고 최후의 순간에 웃는 사람이 되는 것이다.

이제 우리도 시작할 수 있다. 거울 속에 비친 모습이 마음에 들지 않으면 간단하게 그것을 내버리면 된다. 주위의 빛나는 사람들을 봐도 걱정할 필요가 없다. 개인의 자신감은 광학적으로 투영된 이미지에서 오는 것이 아니고, 타인의 평가에서 오는 것은 더더욱 아니기 때문이다.

우리는 자신을 대할 때 즐겁게 바라보고 긍정적으로 평가하고 믿음을 갖는 것이 좋다. 자신감에 가득 찬 눈빛으로 스스로를 바라볼 때 자신의 모습에도 변화가 나타나며 삶 자체가 건강한 궤적을 따라 빠른 속도로 전진하는 것을 체감하게 될 것이다.

소중한 하루의 행복찾기

자신감은 겉모습이나 신분, 집안의 배경과
무관하다. 자신감은 마음에서
우러나오는 자신에 대한 긍정이다.
설사 몸이 병들어 불구가 되었다 해도
돌이킬 수 없이 어두운 과거가 있다 해도,
눈부신 성공을 거둔 적이 단 한 번도 없다 해도
자신을 긍정적으로 평가할 이유는 얼마든지 있다.
세상은 자신을 비하하는 자에게는 절대로
기회를 주지 않는다. 자신감이 없으면 타인과
공평하게 경쟁할 기회가 사라진다는
사실을 명심하자.

우정을 얻지 못한 사람은 평생을 고독하게 지낸다.

우정이 없는 인생은 모래만 나뒹구는 사막에 불과하다.

친구는 황금이나 일보다 더 중요하다.

물건을 잃으면 다시 살 수 있지만

친구를 잃으면 천금을 주고도 다시 얻기 어렵다.

친구는,
또 다른
자신이다

친구는 인생의
가장 소중한
재산이다

홍콩의 유명 가수 뤼팡呂方, *David Lui*이 부른 노래에 이런 가사가 있다.

"덧없는 속세의 삶에서 수많은 사람이 무지한 망상에 시달린 채 달려가고 있다네. 너의 고통을 나도 느낄 수 있었지. 나는 언제나 너의 영혼 깊은 곳에서 너와 함께 있기 때문에 외롭지 않았어. 수많은 사람들 틈에서 진정한 친구 몇 명 만나기 정말 어렵네. 내 우정을 너무 어려워하지 말기를……."

삶의 긴 여정에서 친구가 단 한 명도 없는 사람은 없을 것이다. 친구란 내 인생 여정을 함께하면서 나를 잘 알고 이해해주는 사람이다. 내 삶의 뜨락을 망가뜨리지 않고 나에게 편안함과 즐거움을 주는 사람이다. 우리의 일생에서는 남녀 간의 사랑도 중요하지만 우정 역시 매우 중요하다. 우정은 위험과 재난이 닥쳤을 때 우리의 마음을 평안하게 안정시켜주고, 삶이 단조롭고 지루할 때에는 즐거움을 가져다주며, 유쾌한 나머지 마음이 들뜰 때에는 맑은 정신을 유지하게 해준다. 누군가에게 평생 운명 같은 사랑이 찾아오지 못했다면 이는 매우 불쌍한 일일 것이다. 마찬가지로 진정한 우정을 만나지 못했다면 이 또한 더없이 서글픈 일일 것이다.

도대체 친구란 무엇일까? 친구란 마음이 괴로울 때 속마음을 털어놓을 수 있는 대상이고, 함께 즐거움을 나누고 싶은 동료이며, 화가 났을 때 함께 분노하는 사람이다. 친구란 영원히 떨쳐버리고 싶지 않은 그런 사람이다. 또한 친구는 거울이다. 자신의 모습을 가장 진실하게 비춰줄 수 있는 존재이기 때문이다. 친구란 물에 빠진 사람이 잡는 지푸라기처럼 절박한 위기의 순간마다 나타나는 사람이고 인생 여정에 편안한 휴식과 안전을 제공해주는 플랫폼이다. 친구란 항해에 지친 배가 정박할 수 있는 항구여서 지친 나를 자연스레 받아준다. 친구는 우리 모두가 갖고 있는 재산이다. 하지만 어떤 의미에서 보면 친구는 재생 불가능한 자원이라 할 수 있다.

유명한 무협소설가 구룽古龍은 자신의 소설에서 이렇게 말한 적이 있다.

"좋은 술은 구하기 어렵지만 좋은 친구를 구하기는 더더욱 어렵다. 친구는 친구일 뿐, 어떤 일로도 대체할 수 없고 어떤 물건으로도 장식할 수 없다. 친구는 세상에 있는 모든 아름다운 장미와 세상에 있는 모든 꽃봉오리로도 그 향기로움과 아름다움을 견줄 수 없다."

친구가 하나도 없는 세상을 상상해보라. 친구가 없다면 우리는 속마음을 털어놓을 데도 없을 것이고 상처와 고통을 위로받을 데도 없을 것이며 한가로울 때는 외롭고 무료해질 것이다. 친구는 우리의 일생에서 가장 고귀한 재산이다. 황금이나 일, 그리고 우리가 얻을 수 있는 어떠한 명예나 이익보다도 훨씬 더 중요하다.

》 》 》

춘추전국 시대 음악가 유백아俞伯牙는 어려서부터 음악을 매우 좋아했다. 그의 스승인 청련成連은 일찍이 그를 동해의 봉래산으로 데리고 가서 대자연의 웅장함과 아름다움, 신비롭고 기이한 모습을 보여주면서 그 안에서 음악의 진정한 본질과 핵심을 깨닫게 해주었다. 그가 거문고를 타면 그 소리가 몹시 아름답고 감동적이어서 마치 높은 산에서 흘러내리는 물줄기 같았다. 수많은 사람이 그의 거문고 솜씨를 칭찬했지만 그는 언제나 자신의 거문고 소리를 진정으로 이해해주는 사람을 만난 적이 없다고 생각했다. 그리하여 그는 계속해서 자신의 음악을 알아주는 지음知音을 찾아다녔다.

몇 년 후 유백아는 진晉 왕의 명령을 받들어 외교 사절로 초楚

나라에 가게 되었다. 마침 음력 8월 15일이라 배를 타고 한양漢陽 강어귀에 도착한 그는 거센 풍랑을 만나 하는 수 없이 작은 산기슭 마을에 정박하게 되었다. 밤이 되자 풍랑이 점점 잦아들기 시작하더니 구름이 걷히고 달이 모습을 드러냈다. 순간, 무척이나 아름다운 경치가 눈앞에 펼쳐졌다. 하늘에 뜬 밝고 둥근 달을 바라보던 유백아는 악흥樂興이 일어서 가지고 다니던 거문고를 꺼내 열정적으로 거문고를 타기 시작했다. 한 곡 또 한 곡 쉬지 않고 연주하면서 아름다운 거문고 소리에 심취해 있었다. 그러다가 그는 누군가 강가에서 꼼짝하지 않고 서 있는 모습을 발견했다. 깜짝 놀란 유백아의 손에 힘이 들어가는 순간, 핑 하는 소리와 함께 거문고 줄 한 가닥이 끊어졌다. 유백아가 강가에 있던 사람이 무슨 연유로 그곳까지 왔는지 궁금해하고 있는데, 마침 그 사람이 큰소리로 유백아에게 말했다.

"선생님, 긴장하지 마십시오. 저는 그저 길을 가던 나무꾼일 뿐입니다. 늦게 집으로 돌아가는 길에 이곳을 지나치다 선생께서 연주하는 거문고 소리를 듣게 되었지요. 훌륭한 연주에 저도 모르게 걸음을 멈추고 이렇게 마냥 듣고 있었던 겁니다."

유백아가 달빛 아래 남자를 자세히 살펴보니 바로 옆에 땔감이 한 단 놓여 있었다. 유백아는 속으로 땔감을 하러 나온 일개 나무꾼이 어떻게 자신의 거문고 소리를 이해한단 말인가 하는 생각이 들어 그에게 물었다.

"거문고 소리에 대해 잘 아신다면 내가 연주한 곡이 무슨 곡인지 어디 한번 말씀해보시게."

유백아의 질문을 받은 나무꾼이 웃으면서 대답했다.

"선생님이 방금 연주한 곡은 공자 어른께서 칭찬하신 제자 안회顔回의 악보인 것 같습니다만, 안타깝게도 네 번째 마디를 연주하실 때 거문고 줄이 끊어졌지요."

나무꾼의 대답은 조금도 틀리지 않았다. 유백아는 기쁨을 감추지 못하면서 서둘러 그를 배에 오르게 한 다음 천천히 이야기를 나눌 것을 청했다. 나무꾼은 유백아가 탔던 거문고를 바라보며 말했다.

"이것은 요금瑤琴이로군요. 복희씨伏羲氏가 만든 악기라고 전해지지요."

나무꾼은 요금의 내력에 관해 설명하기 시작했다. 이야기를 다 듣고 난 유백아는 감탄을 금할 수 없었다. 이어서 유백아는 나무꾼을 위해 몇 곡 더 연주하면서 그 악곡에 담긴 뜻과 정을 판단해 달라고 했다. 웅장하고 우렁찬 거문고 연주를 듣고 난 나무꾼이 말했다.

"거문고 소리가 마치 높은 산의 웅장한 기세를 표현한 것 같았습니다."

거문고 소리가 맑고 부드럽게 변하자 나무꾼은 말을 이었다.

"뒷부분을 들으니 끝없이 흘러가는 물줄기를 표현하고 있는 것 같군요."

유백아는 나무꾼의 말에 놀라움을 감추지 못했다. 지금까지는 자신이 거문고 소리로 표현하는 속뜻을 제대로 이해하는 사람이 하나도 없었다. 그런데 지금 눈앞에 서 있는 이 나무꾼은 정확하게 자기 음악의 맛과 깊이를 파악하는 것이었다. 그는 이렇게 험준한 산골에서 자신이 그토록 오래 찾아 헤매던 지음을 만나리라고는 생각지도 못했다. 이날 그는 종자기鍾子期라는 이름의 이 나무꾼과 함께 술에 흠뻑 취했다. 두 사람은 이야기를 나눌수록 서로 의기투합하여 좀 더 일찍 만나지 못한 것을 한탄하면서 그 자리에서 의형제를 맺었다. 그러고는 이듬해 중추절에 다시 그 자리에서 만날 것을 약속했다.

종자기와 눈물의 이별을 한 이듬해 중추절에 유백아는 약속했던 한양 강어귀에 도착했다. 하지만 아무리 기다려도 어찌 된 일인지 종자기의 모습이 보이지 않았다. 이에 그는 거문고를 타서 지음을 불러보려 했지만 한참이 지나도 그의 모습은 나타나지 않았다.

이튿날 유백아는 인근에 사는 한 노인에게 종자기의 행방을 물었다. 노인은 종자기가 불행하게도 병으로 세상을 떠났다는 소식을 전해주었다. 종자기는 죽기 직전에 유언을 남겼다고 했다. 자신을 강변에 묻어 달라고. 중추절에 유백아의 거문고 소리를 꼭 다시 듣게 해달라고 부탁했다는 것이다.

노인의 말을 들은 유백아는 비통해하면서 종자기의 무덤을 찾아가 고전 악곡 〈고산유수高山流水〉를 처량하게 연주했다. 연주를 마친 그는 거문고 줄을 모조리 끊어버리고 긴 탄식과 함께 애지중지하던 요금을 비석 위에 던져 산산조각 내버렸다. 그러고는 매우 상심한 표정으로 말했다.

"나의 유일한 지음이 이미 이 세상에 없는데 누구를 위해 이 거문고를 연주한단 말인가?"

두 '지음'의 우정은 후세 사람들에게 널리 전해졌고, 사람들은 두 사람이 만났던 장소에 고금대古琴臺를 세워주었다. 오늘날까지 사람들은 '지음'을 친구간의 우정을 형용하는 말로 자주 사용한다. 유백아에게 종자기와 같은 친구가 없었다면 거문고 실력은 탁월했을지 몰라도 그가 연주한 악장으로 그토록 많은 사람의 심금을 울리지는 못했을 것이다.

》 》 》

친구와의 동행이 없다면 우리는 쓸쓸하고 적막하게 늙어갈 수밖에 없다. 우리는 서로 이해해주고 함께 생각을 나눌 사람도 없이 자신을 연민하며 살아가게 될 것이다. 긴 인생의 여정에서 함께할 친구가 있어야 우리의 삶이 다채로워지고, 견디기 어려운 적막 속에 던져지는 일이 없을 것이다.

우정의 힘은 남녀 간의 사랑으로도 대체될 수 없다. 연인을 찾을 때는 잠시 친구를 안중에 두지 않고 친구의 자리를 비워놓아도 된다고 여기는 사람들이 있다. 이는 살면서 범하는 중대한 오해이자 친구에 대한 불공평이기도 하다. 우정은 축적되는 것이지만 남녀 간의 사랑은 갑작스럽게 찾아오는 것이기 때문이다. 우정은 오랜 기간의 숙성과 축적을 거쳐야 하지만 사랑은 종종 순간적인 열정으로 발생한다. 사랑이라는 감정은 매우 달콤하다. 사랑이 달콤함이라면 우정은 따스한 향기라고 정의할 수 있다.

특별히 가정이 있는 친구들에게 한마디 권고하고 싶다. 친구의 지위는 어떤 이유에서든 배우자로 대체할 수 없다. 배우자는 자신과 가장 가깝게 살아가고 있고 배우자의 이익은 자신과 공존한다. 자신과 배우자는 이미 혼연일체가 되어 있기 때문에 때로는 상대방을 제대로 볼 수 없고 상대방의 영혼 깊숙한 곳까지 진정으로 위로해줄 수 없다.

친구의 힘을 소홀히 여기다가는 언젠가 크게 후회할 날이 올 것이다. 과거에 자신이 지독한 무력감과 고독에 처해 있었을 때, 절망에 사로잡혀 앞길을 제대로 살필 수 없었을 때, 그런 극한의 곤경에서 헤어 나오게 해준 사람이 누구였는지 생각해보라. 그가 부모도 아니고 배우자도 아니고 자신을 가장 잘 알고 이해해주며 기꺼이 고통을 함께 나눈 친구였다면, 친구의 고마움을 새삼 깨달을 수 있을 것이다.

인생에서 어떤 유형의 이별이 가장 큰 충격과 상처를 남길까?

연인들의 이별일까? 아니면 가족과의 이별일까? 둘 다 아니다. 일생 우리를 가장 괴롭게 하는 것은 일찍이 무릎을 마주하고 이야기를 나누면서 조금의 격의도 없이 가깝게 지내던 친구가 어느 날 갑자기 어떤 이유로든 자기 곁을 떠나는 것이다. 그가 어떤 방식으로 떠났든 슬픔은 똑같다. 이념이 맞지 않아 서로 다른 길을 걷게 되었든, 아니면 뜻밖의 사고로 다른 세계로 가게 되었든 우리의 삶에서 친구를 잃는 것만큼 아프고 괴로운 일은 없다.

친구와의 이별은 우리를 무척 의기소침하게 한다. 친구와의 이별은 가을비처럼 싸늘하고 눅눅하다. 그와 함께한 사소한 기억들 때문에 마음이 아프면서도 그런 아픔을 말로 설명할 수 없어 더 아프다. 물론 이 세상에서 이성과의 진정한 사랑을 찾는 것도 대단히 어려운 일이다. 하지만 진정한 친구를 찾는 것이 그보다 간단한 일이라고 할 수 있을까?

수많은 세월이 지나 우리가 친구와 함께했던 아름다운 시절을 천천히 회상할 때, 친구는 우리의 과거를 지탱해주었고 우리의 기억을 견뎌주었으며 우리의 청춘을 지켜주었다는 사실을 깨닫게 될 것이다. 친구와 함께 보낸 시절은 우리의 일생에서 가장 아름답고 소중한 시절이다. 우리가 이러한 세월을 소중히 여기지 않고 친구를 소중히 여기지 않는다면, 이는 우리가 일찍이 알고 지내던 사람을 잃는 것뿐만 아니라 무엇으로도 대체할 수 없는 기억을 잃는 것이나 같다.

친구는 잃고 난 뒤에 생각하는 존재가 되어서도 안 되고 사용 가치가 있을 때에만 찾는 대상이 되어서도 안 된다. 친구는 물건이 아니고 돈을 베팅할 때 쓰는 칩도 아니며 높은 산봉우리를 오르기 위한 발판도 아니다. 한번 잃어버린 친구는 천금을 주고도 다시 살 수 없다. 우정을 잃는 것은 세상에서 가장 값비싼 다이아몬드를 잃는 것보다 더 애석한 일이다.

"세월이 빠르게 지나 갑자기 사라져버린다 해도 마음을 알아주는 친구 하나 얻었다면 죽어도 여한이 없으리. 태어남이 어찌 기쁘지 않고 죽음이 어찌 두렵지 않겠느냐마는 지기知己를 하나 얻었다면 죽음에도 의미가 있으리."

자신의 친구를 하나밖에 없는 보물을 대하듯 소중하게 여겨라. 내면으로부터 우러나오는 진실한 정으로 친구를 대할 때, 이 세상과 우리가 가진 모든 것이 소중한 것이 될 것이다.

소중한 하루의 행복찾기

우정을 얻지 못한 사람은 평생을
고독하게 지낸다. 우정이 없는 인생은
모래만 나뒹구는 사막에 불과하다.
친구는 황금이나 일보다 더 중요하다.
물건을 잃으면 다시 살 수 있지만
친구를 잃으면 천금을 주고도
다시 얻기 어렵다.

세상은

베푸는 관용만큼 편안해진다

하늘은 아름다움이나 추함을 따지지 않고 모든 구름을 수용한다. 그래서 하늘이 더없이 광활한 것이다. 높은 산은 크기를 가리지 않고 모든 바위를 받아들인다. 그래서 높은 산이 웅대한 장관을 이룰 수 있다. 넓은 바다는 양을 따지지 않고 모든 물을 다 끌어들인다. 그래서 바다가 끝없이 넓은 것이다.

미국인은 아이들을 양육하는 과정에서 수시로 이런 충고를 한다고 한다.

"네가 두 손가락으로 다른 사람을 가리켜 질책할 때 나머지 세 손가락은 바로 너 자신을 가리키고 있단다."

언제나 넉넉한 마음을 가지고 다른 사람들의 결점에 관용寬容을 베풀 줄 알아야 한다. 결점은 누구에게나 있기 때문이다. 특히 남들이 아무 생각 없이 무심코 저지른 실수는 아무 조건 없이 용서를 베풀어야 한다. 어쩔 수 없이 일어난 일이 대부분이기 때문이다. 관용은 다른 사람들의 색다른 모습을 감상할 기회를 준다. 남에게 관용을 베푸는 것은 자신에 대한 특별 대우를 기다리는 것과 같다. 관용은 우리의 삶을 자유롭고 즐겁게 만든다. 비바람이 지나고 나서야 인생의 고락과 애증을 깨닫게 되고 인생의 진정한 의미를 알게 되는 것과 마찬가지다. 가장 잊어버려야 할 것은 과거에 자신이 도와준 사람이고, 가장 용서해야 할 것은 예전에 자신에게 상해를 입힌 사람이다. 가장 버려야 할 것은 공적과 과실, 명예와 이익, 시비와 득실이고, 가장 배워야 할 것은 남에게 관용을 베푸는 것이다.

관용과 사랑의 관계는 따스한 봄날과 부드러운 바람의 관계, 엄동설한과 따스한 햇살의 관계와도 같다. 이는 인간의 영혼이 누릴 수 있는 가장 아름다운 풍경이다. 넉넉한 도량과 모든 것을 관용하는 마음만 가지고 있으면 자연스럽게 인간의 진한 향기를 발산할 수 있을 것이다.

옛사람들은 "모든 강줄기를 받아들이는 바다는 무한한 관용을 보여주고, 높게 우뚝 서 있는 절벽은 아무런 욕심도 없이 의연하기만 하다"고 했다.

사실 사람은 계산적이지 않고 따지지 않을수록 남들로부터 더 많은 존경을 받는다. 관용은 사람들의 삶을 더욱 자유롭고 여유있게 해주고 생활을 경쾌하고 즐겁게 해준다.

남에게 관용을 베푸는 것은 일종의 교양이자 높은 경지이며 중요한 미덕이다. 자신에게 관용을 베푸는 것 또한 일종의 자신 감이자 너그러움이며 지혜이다.

프랑스의 문호 빅토르 위고는 이런 말을 한 바 있다.

"세상에서 가장 넓은 것은 바다이고 바다보다 더 넓은 것은 하늘이며 하늘보다 더 넓은 것은 사람의 마음이다. 관용은 행복한 생활의 원천이다. 솔직하고 성실한 태도와 함께 관용을 베푸는 넉넉한 마음을 가지고 있다면 오늘날처럼 복잡하고 다변화하는 사회에서도 현실을 편안한 마음으로 대할 수 있을 것이다. 그러면 인생 또한 눈부시게 아름답고 다채로워질 것이다."

남북전쟁 당시 미국 대통령이었던 링컨의 정적을 대하는 태도와 관련하여 누군가 그를 비난한 적이 있다.

"당신은 어째서 그들을 친구로 바꾸려 애쓰는 겁니까? 차라리 그들을 공격하여 제거하는 방법을 찾아야 하는 게 아닐까요?"

이에 대해 링컨이 아주 따스하고 부드러운 어투로 대답했다.

"제가 지금 적들을 없애지 않고 있다고 생각하시는 건가요? 저들과 친구가 되면 정적은 저절로 없어질 겁니다."

이것이 바로 링컨이 정적을 없애는 방법이었다. 결국 그의 정적들은 모두 친구가 되었다.

링컨은 두 차례나 미국 대통령에 당선되었다. 오늘날 그의 업적을 기리기 위해 건립된 기념관 벽에는 이런 문구가 새겨져 있다.

"누구에게도 악의를 품지 말라. 모든 사람에게 관대하고 어질게 대하라. 정의를 고수하라. 하느님은 우리에게 정의를 깨닫게 해주셨다. 끊임없이 자신이 하는 일에 충실하도록 노력하라. 국가의 상처를 싸매라."

》 》 》

관용은 가장 아름다운 감정이다. 남에게 관용을 베푸는 사람은 사심이 없고 도량이 넓으며 다른 사람의 처지에서 문제를 볼 줄 아는 사람이다.

관용은 일종의 도량이며 교양이다. 관용을 베푸는 사람은 늘 여유롭고 자유롭게 산다.

관용을 베푸는 사람은 항상 다른 사람들을 의좋은 친구로 대하며 자질구레하고 번잡한 일상 속에서도 풍족하고 넉넉한 마음을 갖는다. 그래서 평범한 일상을 풍요롭고 다채로운 삶으로 바꿀 줄 안다. 스스로 생활을 흥미진진하게 이끌어 나가는 것이다. 관용을 베푸는 사람들은 늘 생명에 대해 가슴 깊은 곳에서 우러나오는 감사가 있고 스쳐 지나간 사람들에 대한 그리움이 있다. 그들은 난관에 부딪혔을 때에도 잠시 멈추거나 돌아가는 방법에 능숙하다.

정신적인 측면에서 볼 때 관용은 모든 사물과 현상에 대한 순간적인 통찰이자 깨달음이고, 행동적인 측면에서 볼 때는 내려놓는 지혜라고 할 수 있다. 따라서 관용을 나약함이나 타협 혹은 타인에 대한 용인으로 간주하는 것은 잘못된 시각이다. 실제로 분수를 지킬 줄 아는 사람은 절대로 무조건 타협하거나 용인하지 않는다. 모든 사람은 자기만의 판단 척도를 가지고 있고 진정한 관용은 내면의 역량에서 나오는 것이기 때문이다.

춘추전국 시대에 초楚나라 장왕莊王이 어느 날 저녁 큰 연회를 베풀어 군신들을 격려했다. 장황은 이 자리에서 자신의 애첩에게 여러 대신과 장군들에게 일일이 술을 따라주라고 분부했다. 애첩이 한 젊은 장군 곁에 다가갔을 때 갑자기 바람이 불어 촛불이 꺼지자 젊은 장군은 그녀의 미모에 반해 그 틈을 놓치지 않고 그녀의 몸을 더듬었다. 애첩은 화가 났지만 아무 말도 하지 않고 장군이 머리에 쓰고 있던 갓끈을 잡아당겨 뜯어낸 다음 장왕 곁으로 돌아갔다. 왕의 애첩에게 무례를 범한 장군은 자신에게 큰 화가 닥칠 것을 직감하고는 마음속으로 몹시 초조했다.

"난 이제 끝이겠군! 분명히 저 여인이 내 모자의 턱 끈을 가져갔으니 대왕에게 가서 내가 술에 취해 무례를 범한 사실을 일러바칠 것이 분명해. 사리분별 없이 대왕이 아끼는 애첩에게 무례한 짓을 범했으니 정말로 큰 화가 닥칠 거야!"

과연 장왕의 애첩은 분을 삭이지 못하고 장왕에게 아뢰었다.

"대왕, 대왕께서 제게 공덕을 베풀라 하셔서 방금 장내를 돌면서 술을 따르는데, 촛불이 꺼지는 순간 누군가 제게 무례를 범했습니다. 이는 대왕을 안중에 두지 않는다는 뜻이지요! 이렇게 대역무도한 자를 대왕께서는 절대 용서하시면 안 됩니다. 그자가 누구인지 찾고 싶으시다면 당장 촛불을 밝히라 명하십시오. 모자의 턱 끈이 없는 자가 나타나면 그가 바로 감히 저를 희롱한 자입니다."

장왕은 애첩의 말을 다 듣고 나서 오히려 군신들을 향해 큰 소리로 선포했다.

"내가 지금 큰 주연을 베푸는 것은 경들이 오늘밤 실컷 술에 취하고 즐기라는 뜻이오. 오늘은 누구도 취하지 않고는 집에 돌아갈 수 없을 것이오. 그러니 모두 예절에 구속되지 말고 갓끈을 풀어버리고 신나게 마십시다!"

군신들은 일제히 소리를 높여 "대왕 만세!"를 외쳤다. 그 환호성 속에서 가장 즐거웠던 사람은 큰 화를 당할 뻔했던 젊은 장군이었다. 그는 장왕의 이런 행동이 자신에게 기회를 준 것임을 알았다. 그는 속으로 장왕에게 감격해 마지않았다.

얼마 후 초나라와 진(晉)나라 사이에 전쟁이 벌어졌고 초군은 패퇴를 거듭하고 있었다. 초나라 군사들이 성을 포기하려던 순간, 갑자기 한 젊은 장군이 나서더니 죽기를 각오하고 군대를 이끌고 적진 깊숙이 돌격해 들어갔다. 목숨을 내걸고 용감하게 싸운 장수는 진나라 군대를 물리치고 전세를 완전히 역전시켰다.

전쟁이 끝나자 장왕은 큰 공을 세운 젊은 장군을 불렀다.

"장군은 우리 군이 계속 패퇴하여 숨을 사람은 숨고 도망갈 사람은 죄다 도망가는 상황에서도 어떻게 그처럼 용맹하게 죽기 살기로 싸울 수 있었던 것이오?"

젊은 장군이 대답했다.

"전에 대왕께서 주연을 열어 군신들을 초청하셨을 때, 잠시 술에 취했던 저는 감히 대왕의 애첩을 희롱한 적이 있었습니다. 그때 대왕께서는 그 자리에서 저를 붙잡을 수 있었음에도 제게 기회를 주시고 모든 사람에게 이런 사실을 알리지 않으셨습니다. 저는 제 목숨을 살려주신 대왕의 은혜에 감복하여 그날 이후로 대왕을 위해 목숨을 바칠 것을 맹세했습니다. 은혜를 입은 대장부로서 절대 은혜를 갚지 않으면 안 되는 법이니까요."

초나라 장왕은 넉넉한 마음으로 자신의 애첩을 희롱한 장군의 체면을 고려하여 그를 현장에서 적발하지 않았다. 그때의 그런 관용이 없었다면 훗날 전쟁이 일어났을 때 한순간에 황천길에 올랐을지도 모를 일이다.

》 》 》

이처럼 관용에는 인생의 인도적인 진리가 담겨 있다. 관용이 없는 삶은 마치 칼날 위를 걷는 것과 같다. 관용은 깊은 사랑을 바탕으로 한 이해이자 지혜이며 힘이고 복이다.

관용은 또한 일종의 아량이고 문명이며 도량이다. 한 걸음 더 나아가 인생의 높은 경지라고도 할 수 있다. 타인에게 관용을 베푸는 것은 자신에게 관용을 베푸는 것과 같다. 관용을 베푸는 것은 동시에 생명의 아름다움을 창조하는 것이다. 관용은 자애의 빛이고 모든 사람에 대한 사랑이며 자신에 대한 대접이다.

이처럼 다양한 의미와 내포를 지닌 관용은 비범한 기개로서 영혼의 풍요로움과 사상의 성숙함을 나타내준다. 관용이 일종의 미덕인 만큼 이를 체득하려면 일정한 수양이 필요하다. 모든 사람이 관용을 배울 때 세상은 훨씬 더 광활해질 것이다. 관용은 세상을 아름답게 유지해주는 진심이자 박애이다. 관용을 이해하는 사람들만이 웃는 얼굴로 새로운 내일을 맞이할 수 있다.

관용을 배우면 다른 사람들의 가치를 알게 되고 그들의 존재에 만족하게 되고, 동시에 스스로 학식이 자라고 인품이 성숙해지는 융통성을 깨닫게 된다. 그리고 이 모든 것은 행복한 조화를 이루게 된다. 이것이야말로 개인의 삶이 풍부하고 다채로워지기 위해 반드시 필요한 특징이기도 하다.

관용을 배우면 넉넉한 정신력을 갖추고 인생의 모든 순간을 안정된 걸음으로 걸어갈 수 있게 된다. 인생의 여정에서 곤란과 좌절을 겪지 않는 사람이 어디 있으며 굴욕과 자기비하를 맛보지 않는 사람이 어디 있겠는가? 그럴 때에도 관용의 마음만 있다면 이 모든 부정적인 요소들이 우리의 인생 역정에서 하나하나 즐거움으로 바뀔 것이다. 심지어 매우 훌륭한 경험으로 전환

될 수도 있다. 요컨대 관용은 인간으로서 세상을 살아가는 데 반드시 필요한 중요한 덕목이다.

속담에 "약간의 관용을 가지고도 인생은 훨씬 더 아름답고 훌륭해진다"는 말이 있다. 관용의 위력이 어느 정도인지 가늠할 수 있는 말이다. 약간의 관용이라도 삶을 바꾸기에 충분하다. 우리는 때때로 일이 뜻대로 되지 않는 경우를 만난다. 그럴 때는 마음이 답답하고 울적해지며 심할 때는 화병이 나기도 한다. 하지만 좀 더 깊이 생각해 보면 왜 눈을 더 크게 뜨지 못했는지, 왜 마음을 더 넓게 가지지 못하고 작은 것에 집착했는지 반성하게 된다. 그러고 나면 자연스럽게 마음에 평정이 오고, '평온해지면 저절로 마음의 열기가 식는다'는 말처럼 훨씬 더 자유로워진 영혼을 느낄 수 있을 것이다. 이 또한 자신을 관대하게 받아들인 결과이다. 따라서 관용을 배우면 자신의 근심과 번민을 덜 수 있을 뿐만 아니라 좋지 않은 감정을 즐거움과 유쾌함으로 바꿀 수 있다. 관용이란 이처럼 중요하고 좋은 것이다!

관용은 인간 관계에서 가장 좋은 윤활제이다. 친구와의 관계에서 갈등이 생기면 서로 보려고 하지 않으면서 원망만 하게 된다. 이럴 때 조금만 마음을 가라앉히고 관용을 베풀면 친구의 입장을 얼마든지 이해할 수 있고 서로에게 깊은 상처를 주는 일을 피할 수 있다. 이리하여 우정은 하늘과 땅처럼 영원할 것이고 바닷물이 마르고 바위가 썩을 때까지 변치 않을 것이다. 친구에게 정말로 이런 태도를 보이면 자신에 대한 친구의 판단과 평가도 달라질 것이다. 친구는 나를 정말로 대범하게 행동하는 사람, 정말로 남을 이해할 줄 아는 사람으로 여기고 나를 더욱 소중하게 아낄 것이다. 때로는 관용을 베푸는 마음 때문에 인간 관계가 훨씬 더 순조로워지고 훨씬 더 고상해질 수도 있다. 이 또한 우리가 바라는 행복의 요건이 아닐까?

관용은 이처럼 중요하고 필수적이다. 관용을 배워야 자신에게도 더욱 관대해질 수 있다. 관용이 있어야 모든 일에 지나치게 까다롭지 않고 멀리 내다보는 안목을 가질 수 있다. 관용은 사소한 분노를 마음에 담아두지 않는 태도이고, 지나친 사리사욕을 추구하지 않는 여유이며, 필요할 때 대범하게 행동할 줄 아는 용기이자, 공공의 공간에서 기여와 나눔을 즐기는 미덕이다.

그러니 관용은 인간에게 반드시 필요한 마음이자 태도이다.

소중한 하루의 행복찾기

세상을 살면서 실수나 잘못을 저지르지 않는
사람은 없다. 세상은 크고 넓은 만큼 온갖 유형의
사람과 사물, 사건들로 가득하다. 그리고 이 모든
것들을 두루 살필 수 있는 사람은 없다.
때문에 이런 세상을 사는 우리는 반드시
관용을 배워야 한다. 지나치게 꼬치꼬치
따지지 말아야 하고, 불공평하다고 과도하게
원망하지도 말아야 한다.
모든 일에는 상응하는 이유가 있다는
생각을 하고 관용을 베풀어야 한다.
관용의 진정한 목적은
남을 용서하는 데 있는 것이 아니라
자기 마음을 옥죄지 않는 데 있다.

비난보다

칭찬을
즐겨라

　인생은 본질적으로는 공평하지만 실제로는 항상 절반의 사람들이 다른 절반의 사람들을 비웃으면서 자신의 위대함과 총명함을 드러내려 한다. 하지만 그들이 위대함과 총명함이라고 생각하는 것은 사실 비굴함에 지나지 않는다. 비굴한 사람들은 다른 사람들을 조롱함으로써 자신의 속됨과 무지함을 덮을 수 있다고 착각한다.

　어느 작은 산골 마을에 바보가 살고 있었다. 마을 사람들은 늘 바보를 놀리고 괴롭혔다. 남들에게서 비웃음과 업신여김을 당하는 사람들조차 그 바보에게 몇 마디 욕을 하면서 위안을 얻곤 했다. 하지만 바보는 순박하게 웃으면서 아무런 반박도 하지 않았다. 몇십 년이 지난 지금 그 바보는 여든 살이 넘은 나이에도 여전히 건강하고 즐겁게 살아가고 있다. 과거에 그를 비웃고 조롱했던 사람들보다 훨씬 더 오래 즐겁게 사는 것이다. 병마와 싸우는 늙은이가 된 마을 사람들은 한때 자신들이 바보라고 놀렸던 그를 이제는 부러움의 눈길로 바라보고 있다.

비웃음과 조롱은 순간의 재미와 만족을 가져다준다. 하지만 타인의 고통을 바탕으로 한 재미와 만족이 과연 우리에게 진정한 즐거움을 안겨줄 수 있을까? 남에 대한 비웃음은 자신에게도 인격의 모욕과 유린을 가져다줄 뿐이다. 남을 비웃는 것은 실제로는 자신의 도덕성 상실을 비웃는 것이고 자신의 저열하고 저속한 심리 상태를 비웃는 것이다. 이런 신문 기사가 있었다.

2008년 11월 18일 저녁, 궁촨하이宮傳海가 혼자서 어느 디스코텍에 가려고 그 건물의 엘리베이터에 탔다가 위兪 모씨와 마주쳤다. 위 모씨는 그의 휴대전화가 촌스럽다고 비웃었고 이 때문에 두 사람 사이에 말다툼이 벌어졌다. 생각할수록 화가 난 궁촨하이는 술김에 친구인 천궈쥔陳國軍과 판둥성潘東昇에게 전화를 걸어 당장 흉기를 가져오라고 했다.

세 사람은 디스코텍에서 술을 마시다가 위 모씨가 자리를 뜨는 것을 보고는 건물 밖으로 나와 택시를 타고 가는 위 모씨를 추적했다. 그들은 후이저우徽州대로의 고압개폐기 공장 앞에 이르러 위 모씨가 탄 택시를 강제로 세웠다. 차에서 내린 세 사람은 위 모씨가 도망갈지도 모른다는 생각에 위 모씨를 강제로 차에 태운 다음 주변에 있는 곡식더미 쪽으로 갔다. 가는 도중에 용의자 궁촨하이는 칼로 피해자 위 모씨의 다리를 연달아 세 번

찔렀고, 천궈쥔은 피해자 위 모씨의 좌측 관자놀이에 총을 쏘았다. 위 모씨는 총에 맞고 그 자리에서 즉사했다. 이후 세 사람은 차를 버리고 현장을 벗어났다.

그저 입을 단속하지 못하고 제멋대로 남을 비웃은 것뿐인데, 그 대가로 생명을 내놓아야 했다. 이는 남을 비웃기 좋아하는 사람에게 삶이 던지는 가장 심각한 비웃음이었다.

성정이 경박한 사람들은 다른 사람이 한때 상황이 좋지 않을 때 이를 놓치지 않고 온갖 비웃음을 퍼붓는다. 하지만 비웃음의 대상이 되고 있는 사람에게 나중에 더 밝고 빛나는 미래가 오지 않으리라고 누가 장담할 수 있겠는가? 오늘 비웃음의 대상이 된 사람이 내일 갑자기 대단한 인물이 되어 나타난다면 그를 비웃은 사람은 어떤 모습으로 그를 대할 수 있을까? 결국 다른 사람이 불리하거나 불쌍한 처지에 놓여 있을 때, 그를 비웃고 조롱하는 일처럼 어리석은 일은 없을 것이다. 우리가 남몰래 누군가를 비웃을 때 우리 역시 누군가에게서 비웃음을 받고 있을지 알 수 없는 일이다.

정상적인 사람이라면 한때 열세에 처했다 해도 정정당당한 태도를 잃지 말아야 하고, 우세한 지위에 있다 하더라도 겸손함과 신중함을 잃지 말아야 한다. 지금 가지고 있는 것이 꼭 영원한 것은 아니기 때문이다. 우리가 가진 재물과 지위는 언제든지 이슬처럼 흔적도 없이 사라질 수 있다. 지고지상至高至上의 권력과 거대한 재산을 가졌다 할지라도 모두 한순간 피어난 무지개일 수 있다.

우리가 다른 사람을 비웃을 때 우리가 보는 세상은 너무나 비좁고 그런 우리의 속마음 역시 극도로 편협하다. 사후에 잘잘못을 따져 질책하든, 한창 진행 중인 일에 대해 등 뒤에서 비난하든, 비난하는 쪽에서는 순간적인 쾌감을 느낄 수 있겠지만 비난을 당하는 쪽에서는 깊은 상처를 입을 수 있다. 어쩌면 상처를 받아들이지 못하고 마음에 원한을 품어 복수의 기회를 노릴지도 모른다. 결국 비난한 사람 역시 비난의 대상이 되어 마찬가지로 영원한 상처를 입을 수도 있다.

달이 흐릴 때가 있고 맑을 때가 있으며 찰 때가 있고 기울 때가 있는 것처럼 우리의 인생에도 수시로 재난과 행운이 번갈아 나타난다. 오늘의 행운이 내일의 재난으로 바뀔 수도 있고 오늘의 재난이 내일의 행복으로 바뀔 수도 있다. 따라서 타인의 불리한 상황을 비웃거나 자신의 안정과 성취를 뽐내는 것이야말로 어리석기 그지없는 일이다.

우리가 다른 사람을 친구처럼 선하게 대하면 그 사람도 우리를 선하게 대할 것이고, 다른 사람을 한 뼘만큼 공경하면 그 사람은 우리를 열 뼘만큼 공경할 것이다. 우리가 타인에게서 한 방울의 은혜를 입었다면 우리는 용솟음치는 샘물로 그 은혜에 보답해야 한다. 이것이 선한 응보의 원칙이다. 우리가 남들과 생각이 다르다면 언제 어디서든지 지적과 비난의 대상이 될 수 있다. 하지만 비난이란 나중에 하든 지금 당장 하든 당사자에게 아무런 도움도 되지 못한다. 오히려 비난하는 사람이 스스로를 비웃고 조롱하는 꼴이 되기 십상이다.

》 》 》

미국 역사상 위대한 대통령으로 인정받는 링컨이 대통령에 당선되었을 때 모든 상원의원이 몹시 난처해했다. 링컨이 구두를 만드는 노동자의 아들이었기 때문이다.

대부분 명망 높은 가문 출신으로 상류층의 우월한 지위와 품격을 공인받고 있던 당시 상원의원들은 비천한 제화공의 아들을 대통령으로 맞으리라고는 생각지도 못했던 것이다.

링컨이 상원의원에서 첫 연설을 하기 전에 이들은 링컨을 모욕할 계획을 세웠다. 링컨이 연단에 올라서자 상원의원 하나가 오만한 태도로 일어나서 말했다.

"대통령님, 연설을 시작하시기 전에 본인이 제화공의 아들이라는 사실을 기억해주셨으면 합니다."

이 한마디에 모든 상원의원이 웃기 시작했다. 자신들이 링컨보다 높은 자리에 오르지는 못했지만 그런 상실감을 모욕으로 만회할 수 있어 여간 마음이 후련한 게 아니었다. 사람들의 웃음소리가 잦아들자 링컨이 입을 열었다.

"제 부친을 기억하게 해주셔서 대단히 고맙고 감격스럽습니다. 저의 부친은 이미 세상을 떠났습니다만, 의원님의 충고를 영원히 기억할 것입니다. 저는 영원히 제화공의 아들입니다. 저는 이 대통령직을 제화공이었던 부친께서 구두를 만들던 것처럼 잘해낼 수 있다고 생각지 않습니다."

상원의원들은 일제히 침묵에 빠져들었다. 링컨은 고개를 돌려 오만한 상원의원을 향해 말을 이었다.

"제 부친께서는 예전에 의원님의 가족들을 위해서도 구두를 만들었던 것으로 기억합니다. 그 구두가 낡았다면 제가 수선해 드리지요. 저는 위대한 제화공은 아니지만 어려서부터 부친에게서 구두를 만드는 기술을 배웠거든요."

그리고 나서 상원의원 전부를 향해 말했다.

"상원에 계시는 모든 분도 마찬가지입니다. 신고 있는 구두가 저의 부친께서 만드신 것이라면, 역시 수선이 필요할지 모릅니다. 여러분이 편한 구두를 신을 수 있도록 제가 최대한 도와드리겠습니다. 하지만 한 가지 확실한 사실은 제가 부친처럼 그렇게 위대할 수는 없다는 것입니다. 제 아버지의 제화 기술은 그 누구하고도 비교할 수 없으니까요."

여기까지 말한 링컨의 두 눈에 눈물방울이 맺혔고 그를 비웃던 소리는 칭찬과 감탄의 박수 소리로 변했다.

링컨은 위대한 제화공은 되지 못했지만 위대한 대통령으로 기

억되고 있다. 그가 미국 역사상 위대한 인물들 가운데 하나로 인
정받는 것은 자신이 제화공의 아들이라는 사실을 영원히 잊지
않고 이를 영광으로 생각했기 때문이다.

》 》 》

인생은 평등하다. 모든 사람이 자신만의 독특한 자유를 누리
고 있고 제각기 독특한 생활 방식을 가지고 있다. 남을 비웃을
자격이나 권리는 누구에게도 없다. 비웃음과 조롱의 대상이 되
는 사람은 우리와 본질에서 똑같지 않기 때문이다. 다른 사람을
비웃으면서 우리는 자신이 위대하거나 총명하다고 여기지만 모
든 것이 자신의 주관적인 판단이고 착각일 가능성이 크다.

조소는 열등감을 가진 사람들만의 비열한 행동이다. 열등감
때문에 다른 사람들을 깔보고 비웃음으로써 자신의 무지와 나약
함을 감추려 하는 것이다. 조소는 막혀 있던 영혼의 불순물이 갑
자기 튀어나오는 충동적인 행동이다. 영혼이 막혀 있는 사람의
눈에는 남들의 모습만 선명하게 보일 뿐, 자신은 보이지 않는다.

조소가 일순간의 재미와 만족을 가져다주는 것은 분명하다.
하지만 타인의 고통을 바탕으로 한 재미와 만족이 우리에게 진
정한 즐거움을 가져다줄 수 있을까? 오히려 타인에 대한 조소와
냉대는 자신의 인격을 모욕하고 짓밟는 행위가 될 것이고 자신
의 도덕적 상실을 드러내게 될 것이다. 결국 자신의 저열하고 옹

졸한 심리 상태를 스스로 비웃는 꼴이 되고 만다.

따라서 조소는 자신에게 백해무익하면서 타인의 혐오감만 불러온다. 남들을 조소하는 행위는 자신의 처량한 열등감을 잠시 은폐하게 할 뿐이다. 우리가 망설임 없이 타인을 헐뜯고 비난할 때, 사실은 스스로 자신의 인격을 짓밟고 있는 것이다.

바쁜 일상을 살면서 틈만 나면 타인의 단점을 보려고 애쓰는 것은 졸렬하고 유치한 근성이다. 시간적, 정신적 여유는 자기 성찰과 휴식을 위한 것이지 타인의 행위를 비판하고 질책하기 위한 것이 아니다. 진정으로 이상을 품고 있는 사람이라면 주변의 움직임에 아랑곳하지 않고 자신의 이상을 향해 성실하게 나아갈 수 있어야 한다. 실제로 우리에게는 해야 할 일이 너무나 많고 시간은 항상 부족하다. 다른 사람을 비판하고 비웃을 시간은 더더욱 없다.

자기 일을 잘하기 위해서는 뛰는 가슴을 외부의 혼란스러운 세상으로부터 분리해야 한다. 남을 비웃는 태도와 행위는 쓰레기를 내버리듯이 우리의 인생에서 사정없이 버려야 한다. 타인에 대한 비난과 조소의 마음을 버리고 존중과 칭찬의 마음을 가질 때 우리의 삶과 이 세상은 훨씬 더 따스해질 것이다.

소중한 하루의 행복찾기

비웃음은 약자들의 행위이자 열등한 사람들의
무기이다. 강자들에게는 남을 비웃거나 비난할
시간이 없으며 정력도 없다.
마음과 영혼이 충분히 강한 사람은
비웃음이라는 방법으로 자신을 위로할 필요가 없다.
마음이 공허하고 열등감에 사로잡힌 사람들만이
치열한 인생의 경주에서 쉬지 않고 성실하게
앞을 향해 달려가는 '선수'들을
비웃고 야유할 뿐이다.

야박한 사람에게는

진정한
친구가 없다

　이미 고인이 된 중국의 유명 소설가 장아이링張愛玲이 최고의 인기를 누리던 시절, 그녀의 주변에 있던 한 여자가 "장아이링은 정말 사랑하기 어려운 사람"이라고 말한 적이 있다. 그 여자는 또 "장아이링은 사람들을 바라볼 때 항상 입가에 비웃는 듯한 미소를 머금고 있었고, 경멸의 눈빛으로 속세의 모든 일을 바라보았으며, 나중에는 가장 간단명료하면서도 매정한 어휘로 모든 일을 묘사했다"고 말했다. 야박함이 바로 그 여자가 장아이링을 싫어한 가장 중요한 이유였다.

　곰곰이 생각해보면 충분히 일리가 있는 말이다. 나는 장아이링의 소설 속에서 매정한 인물이 다른 인물을 구체적으로 비난하는 구절을 읽을 때 일종의 쾌감을 느꼈다. 하지만 정말로 매정한 사람이 내 앞에 서서 나의 모든 관점을 비판하고 비웃는다면 이를 순순히 받아들이기는 어려울 것이다. 이럴 때 더 강한 어투로 반발하고 상대방을 비난하는 것이 보통 사람들의 반응일 것이다.

현실 생활에서 매정하고 야박한 사람들은 남들의 호감을 사기가 어렵다. 그들은 이유를 알 수 없는 이상한 태도로 트집을 잡아 다른 사람들의 기분을 망가뜨린다. 여러 사람이 모인 자리에 이런 사람이 나타나면 즐겁고 화기애애했던 분위기가 순식간에 얼어버리고, 유쾌했던 기분은 맑은 하늘에 갑자기 구름이 몰려온 것처럼 어두워진다.

어쩌면 야박하고 매정한 심리와 태도는 무능함이나 옹졸함에서 나오는 것인지도 모른다.

예전에 커피숍에서 이런 광경을 본 적이 있다.

몸집이 뚱뚱한 여자가 행복한 모습으로 남자의 손을 잡고 걸어가자 주위에 있던 두 여자가 제멋대로 그녀를 평가하기 시작했다. 그 중 한 여자가 입을 삐죽거리면서 말했다.

"저 뚱보 좀 봐. 생긴 게 꼭 돼지 같잖아. 저 남자는 저 여자의 돈에 반한 게 분명해."

다른 여자 역시 비꼬는 말로 받아쳤다.

"당연하지. 모르긴 해도 돈으로 꽃미남을 매수한 걸 거야. 그러지 않고서야 누가 저렇게 돼지 같은 여자의 연인이 되려고 하겠어?"

이렇게 제멋대로 떠드는 여자들이 선녀처럼 아름답다고 느껴질 수 있겠는가? 고개를 돌려보니 비난을 퍼붓는 그녀들은 아주 못생겼을 뿐만 아니라 얼굴에 주근깨가 가득했다. 다른 사람에 대해 이토록 매정하게 말하는 그녀들은 자신들의 그런 언행이야 말로 타인의 눈쌀을 찌푸리게 한다는 것을 왜 모르는 걸까?

야박한 사람은 스스로 행복해지기 어렵다. 다른 사람을 칭찬하는 것을 좋아하지·않을 뿐만 아니라 자신과 다른 것들에 대해 이유 없는 반감을 품으며 이런 반감을 무분별하게 쏟아내기 때문이다. 가슴 속 깊은 곳에 쌓여 있는 울분과 불만을 털어놓을 출구를 찾지 못하다 보니 신랄하고 매몰찬 말과 행동으로 다른 사람들을 공격함으로써 일시적인 만족을 얻는 것이다.

사실 야박함은 일종의 유머로서 언어적 표현 방식이라고 말하는 사람도 있다. 하지만 관대하고 후덕함을 잃은 유머는 훌륭한 유머가 될 수 없다. 수많은 문장가나 위대한 재인들이 자신의 독특한 '유머'로 다른 사람을 비난하길 좋아한다. 그러면서 자신의 뛰어난 재치가 많은 사람으로부터 사랑을 받고 있다고 착각하는지도 모른다. 하지만 그처럼 위대한 시인 묵객들도 신랄하고 매몰찬 언사는 주로 책에 쓰거나 가끔 친구들을 놀릴 때, 또는 순수하게 우스갯소리를 할 때만 사용했다. 그들 가운데 누군가가 이러한 야박함을 하나도 빠뜨리지 않고 사람들의 앞에 대고 직접 말했다면 아마도 거센 비바람 같은 비난과 질책을 받았을 것이다.

▽

러시아 시인 마야코프스키는 뛰어난 풍자의 능력을 갖추고 개성과 정의감도 강했다. 그는 모든 부패하고 부정한 것에 추호의 용서도 없이 맹렬한 공격을 가했다. 하지만 바뀌는 것은 하나도 없었다. 그래서 그는 더욱 날카로운 공격으로 풍자와 조롱을 추가했다. 하지만 그가 그럴수록 사람들로부터 더 환영을 받지 못했다. 신랄하고 매몰찬 그의 태도가 풍자를 당하는 사람들에게 더 깊은 상처를 주었기 때문이다. 풍자의 내용이 사실이냐 아니냐에 관계없이 상처를 받는 것은 어쩔 수 없는 일이었다.

야박함은 겉으로는 타인에 대한 매몰찬 공격으로 보일지 모르지만 내면적으로는 자신에 대한 영혼의 자위이기도 하다. 야박한 사람들은 마치 다른 사람들의 '단점'을 공격하고 있는 것 같지만 사실은 상대방의 '장점'에 적응하지 못하고 있는 것이다. 그래서 야박한 사람은 끊임없이 타인을 공격하게 된다. 이를 통해 자신의 나약한 영혼을 보호하려는 것이다. 그러나 온몸에 가시가 가득한 고슴도치처럼 외부에서 공격하는 침입자들을 막아낼 수는 있지만 진정한 친구는 얻을 수 없다.

야박한 언사는 세상에서 가장 듣기 싫은 말 가운데 하나다. 우리는 마음속에 있는 고정관념을 내려놓지 못하기 때문에 언사가 날카로워질 수밖에 없다. 우리가 다른 사람들에게 야박하고 매정한 태도를 보이는 것은 그러한 언어 공격을 통해 자신의 나약하고 가난한 능력을 드러내는 것과 같다. 결국에는 자신을 바라보는 시선이 하나도 없다는 것을 깨닫게 될 뿐이다.

신랄하고 매몰차게 비난하는 사람이나 의도적으로 트집을 잡는 소인배에게 무조건 관대하고 후덕한 반응을 보일 수는 없을 것이다. 하지만 사람들과의 교류에서 의식적으로든 무의식적으로든 상처를 입히는 것을 피하는 것이 바람직하다. 또한 야박한 사람을 만났다고 해서 분노할 필요도 없다. 그들의 저급함 때문에 스스로 인격을 떨어뜨릴 필요는 없기 때문이다.

어떤 사람에 대해 마음속으로 불만족할 때, 어떤 말에 대해 의심이 들었을 때, 어쩔 수 없이 상처가 되는 언사에 직면했을 때, 우리가 선택할 수 있는 대처 방법은 같은 야박함도 아니고 상대방에 대한 비난도 아니다. 온화함으로 강경함을 제압하는 것이 그러한 불쾌감을 떨칠 수 있는 가장 바람직한 방법이다.

야박함은 생활에서 반드시 피해야 하는 독사가 아니다. 그렇다고 소문만 들어도 간담이 서늘해지는 두려움의 대상도 아니다. 야박함이란 나약한 사람이 자기를 지키기 위해 휘두르는 종이칼과 같아서 설사 몸에 맞았다 해도 전혀 아프지 않다. 다른 사람이 야박함을 무기로 우리를 공격한다 해도 우리는 이를 마음에 담아두거나 같은 방식으로 대응하지 않으면 그만이다.

여럿이 모여 이야기하는 자리에 청산유수로 말을 잘하는 사람이 있으면 듣는 사람들은 얼굴에 웃음을 띠면서 빨리 그의 말이 끝나기를 기다린다. 말이 끝나기 무섭게 급소를 찌르듯 일침을 가해 그의 발언을 무색하게 하거나 난처한 처지에 빠뜨리려는 것이다. 또는 유머를 가장하여 타인을 야박하게 공격함으로써 심리적인 불편을 초래하기도 한다. 이런 상황에서는 호의적이고 이치에 맞는 중용의 태도를 보이는 것이 바람직하다. 공연히 악의를 드러낼 필요가 없으며 이는 자기 자신을 위해서도 좋지 않다. 호의적이고 이치에 맞는 적당한 범위 안에서의 야박함은 일종의 재미로 받아들여질 수 있지만, 신랄하고 매몰차기만 한 언사는 어떤 상황에서도 환영받지 못한다.

야박한 상황에 직면했을 때는 유머야말로 가장 좋은 반격 무기가 된다. 유머는 말하는 사람을 보호해주며 다른 사람에게 말로 상처를 입힘으로써 타인과의 적대 관계가 발생하는 것을 막아준다. 또한 유머는 평소에 어떤 사람에게 전하기 곤란했던 생각을 적절하게 전달하는 효과적인 수단이 되기도 한다.

중요한 것은 유머에 담긴 풍자의 효과가 듣는 사람으로 하여금 자신의 말을 경청하게 만들고 자신이 한 말을 잘 기억하게 해준다는 것이다. 이러한 효과가 아니라면 절대로 상대를 비꼬거나 마음에 담아서는 안 될 말을 함부로 던지는 일은 없어야 한다. 더욱이 이런 어투가 언어의 습관으로 굳어지는 것은 더더욱 경계해야 한다.

　야박함은 우리가 인생을 살면서 굳이 갖추지 않아도 되는 잉여적인 습관이다. 야박함은 우리가 알고 있는 진정성이나 소탈함, 정의로움과 당당함을 나타내주지도 못한다. 차라리 야박한 언어 방식을 포기하고 한마디 한마디 선량하고 성실한 말로 주위 사람을 대하는 것이 모두에게 이로운 자세일 것이다. 이는 언어로 상대를 배려하고 대접하는 일이자 궁극적으로 자신을 대접하는 일이다.

소중한 하루의 행복찾기

야박함은 결코 언사의 기교가 될 수 없다.
야박한 말투는 어떤 형태로도 말하는 사람의
재능을 드러내주지 못한다. 누군가 야박한
언사를 일삼는다면 그것은 그가 무능하고
열등감에 사로잡혀 있으며 저력이 없기 때문이다.
그의 야박함은 몸에 난 가시와 같아서
야박한 사람에게는 진정한 친구가 없다.
몸에 난 가시가 주변 사람들을 공격하기 때문이다.

누구에게나 주어진 오직 한 번뿐인 기회이자

절대적인 가치는 생명이다.

세상에서 가장 귀중한 생명은 결코 반복되거나 되돌릴 수 없다.

이처럼 귀한 것을 소중히 여기지 않는 사람은

사랑 역시 소중히 여기지 않는다.

사랑은 생명만큼이나 소중하며 또 우리에게 살아갈 힘을 준다.

그리고 무엇보다 인생을 아름답게 가꿔준다.

사랑은,
인생을
아름답게
한다

사랑을 받고

사랑을 배우고
사랑을 베풀다

사랑이란 참으로 아름다운 말이다. 사람들은 사랑을 통해 일생에 몇 번쯤 바람 속에 피는 꽃과, 눈 내리는 밤의 달빛 같은 아름다움을 드러낸다. 세상의 모든 남녀는 진지하고 간절한 자신만의 사랑을 찾아 헤매고, 진정한 사랑에 빠지기를 원한다. 하지만 사랑에 빠진다는 것은 어떤 면에서는 타락을 의미하기도 한다. 사랑에 미치면 이성적인 판단을 잃어버리고 마치 심장이 멈추듯 정신이 혼미해지기 때문이다.

젊었을 때는 이 같은 사랑의 열병으로 앓아눕기도 하고 가슴앓이로 힘든 시간을 보내기도 한다. 온종일 가슴을 울렁거리게하는 감정은 지난날의 모든 평화와 고요를 한순간에 뒤덮어버린다. 자신만의 사랑을 위해, 단 한 사람을 위해 우리는 가끔 자신이 만든 성에 숨어서 가장 아름다운 사랑과 욕망을 거짓으로 지어내기도 한다.

모든 아름다움의 뒤편에는 무언가 아름답지 못한 것이 따라오듯이, 비록 사랑 그 자체는 아름답지만 때로는 수많은 사람에게 아픈 상처와 슬픔, 고통, 심지어 원한을 주기도 한다. 어떤 사람은 사랑 안에서 침몰하고, 어떤 사람은 사랑 안에서 표류한다. 어떤 사람은 사랑의 힘으로 세상을 속이고, 또 어떤 사람은 사랑을 포기하고 더 이상 믿지 않기도 한다.

그러나 사랑이 우리에게 무엇을 가져다주건 간에 사랑 그 자체는 순수함의 결정체임을 잊지 말자. 사랑 때문에 상처를 받았다는 것은 사랑보다는 사람에게, 감정에 의지했기 때문이다. 사랑으로 상처를 입었다 하여 사랑을 외면해서는 안 된다. 어쩌다 한 번 목구멍에 생선 가시가 걸렸다 하여 생선 가시를 독침이라고 할 수 없듯이 말이다.

》 》 》

인터넷 연애가 유행하던 시절에 아팡阿芳도 인터넷에서 사랑의 상대를 찾았다. 그녀는 불처럼 뜨겁게 사랑을 했다. 자신의 심장을 꺼내 천 리 밖의 컴퓨터 모니터 앞에 앉아 있는 남자에게 보여주지 못하는 것이 한스러울 정도였다. 아팡은 한 번도 그를 본 적은 없지만 자신은 그를 충분히 이해하고 사랑한다고 생각했다.

반 년쯤 지나 얼굴을 마주하게 된 두 사람은 손을 꼭 잡았고 뜨거운 포옹에 이어 동거를 시작했다. 다시 반 년이 지났을 때 남자는 아팡의 재산과 그녀의 마음을 갈기갈기 찢어놓고 떠나가 버렸다. 이때부터 아팡은 더는 사랑을 믿지 않았고 진실한 남자를 만나는 것은 불가능하다고 여겼다. 그러던 어느 날 그녀의 친구 아후이阿慧가 결혼을 한다고 알렸다. 그녀의 신랑 역시 인터넷에서 만난 사람이었다. 아팡은 자신의 귀를 믿을 수 없었다. 그녀는 결혼식 전날 밤에 아후이를 찾아가 물었다.

"인터넷에서 만난 사람을 정말로 믿는 거야? 그리고 결혼까지 하려는 거야?"

이후이가 이상하다는 듯이 되물었다.

"서로 사랑하는데 왜 결혼해선 안 된다는 거야?"

아팡이 머리를 가로저으며 말했다.

"나는 이제 남자를 믿지 않아. 사랑도 믿지 않고."

그러자 아후이가 긴 한숨을 내쉬더니 안타깝다는 표정으로 말했다.

"네가 사랑을 믿지 못하는 것은 너 스스로 마음을 닫았기 때문이야. 남자를 믿지 못하는 것도 네가 과거에 사람을 너무 가볍게 사귀었기 때문이고."

아후이의 말은 틀리지 않았다. 많은 사람이 사랑의 상처가 한 번이라도 생기면 다른 사랑의 존재를 두려워하고 거부한다. 하지만 사랑은 한시도 우리를 떠난 적이 없다. 사랑은 항상 움직이고 또 다른 사람을 전염시키기 때문이다.

또한 인터넷상에서 주고받는 사랑처럼 어떤 실체로 포장되어 있지 않은 사랑을 대다수 사람은 믿지 못한다. 이는 우리가 실재하는 사물만을 중시하고 사람을 알아보는 판단 능력이 부족하기 때문이다. 우리에게 상대가 어떤 사람인지 알아보는 능력이 있다면 가상 세계와 현실 세계 사이에 어떤 차이가 있는가? 현실 세계라 해서 헤어지는 남녀가 없고 사랑의 사기꾼이 없는 건 아니지 않은가?

사랑을 믿지 못하는 이유는 사랑하는 법을 제대로 배우지 못했기 때문이다. 사랑의 진정한 의미를 모르면 사랑을 주는 방법을 잘 모를 수 있다. 어렸을 때 부모의 온 정성으로 보살핌을 받은 아이는 사랑으로 가득한 세상에서 성장한다. 그래서일까? 사랑의 결핍을 경험하지 못한 아이는 받는 것에만 익숙할 수도 있다. 한 번도 굶주린 적이 없기에 양식의 소중함을 모를 수 있듯이, 사랑의 결핍을 경험한 적이 없기에 사랑을 어떻게 줘야 하는지 모르는 것이다.

사람을 믿지 못하는 사람은 결국 타인의 사랑으로부터 점점 멀어진다. 사랑은 밖에 존재하는 것이 아니라 우리의 마음속에 존재한다. 사랑의 존재를 믿을 때 비로소 사랑은 우리의 의지대로 움직여줄 것이고, 우리 곁으로 다가온다. 사랑을 믿지 않으면 사랑은 마음의 방에서 나갈 것이고, 운명이 문을 두드리지 않는

한 아무도 다가오지 않을 것이다. 운명이라 해도 마음의 방문을 계속 닫고 있으면 안으로 들어올 수 없다. 상처받을 것이 두려워 사랑을 거부한다면, 어떻게 일생을 함께할 운명의 사랑을 만날 수 있겠는가? 사랑은 항상 우리 마음의 방문 앞에 서 있다. 문제는 사랑이 들어올 수 있도록 마음의 문을 활짝 열어주느냐 하는 데 있다.

사랑을 믿지 못하는 것은 사랑을 제대로 이해하지 못했기 때문이다. 누구나 한 번쯤은 사랑의 만남과 헤어짐으로 힘든 나날을 보낸다. 사랑할 때는 상대방이 세상에 둘도 없는 좋은 사람으로만 보인다. 그러나 헤어지고 나면 상대방이 아주 형편없는 사람으로 느껴진다. 사랑하는 사람이 감정을 속이고 재물을 빼앗아갔다고 해보자. 이때 우리는 사랑이 잘못한 것도 아닌데 모든 것을 사랑 탓으로 돌린다. 사랑했기 때문에 이런 일이 생긴 거라고 치부해버린다. 하지만 이는 우리가 사랑에 눈이 멀어 사람을 잘못 판단했기 때문이다.

사랑했다가 헤어지면 누구나 자신만의 슬픔 속에 갇혀버린다. 헤어진 원인에 대해 진지하게 생각하는 사람은 그리 많지 않다. 자신을 되돌아보는 사람도 많지 않다. 사랑의 진실을 찾아, 사랑의 진정한 요체를 파악하려는 사람도 드물다. 심지어 지나간 사랑을 무조건 부정하기도 한다. 지나간 사랑이 허위이며 창피하다고 느끼기 때문이다.

하지만 사랑은 우리를 창피하게 하지 않는다. 사랑의 본질은 우리를 행복하게 하는 것이다. 그 사람과 함께 있을 때 아주 작은 즐거움도 느끼지 못했단 말인가? 그 사람과 함께 시간을 보내면서 아주 작은 행복도 느끼지 못했단 말인가? 사랑했다면 왜 그것을 인정하려 하지 않는가?

사랑하면서 얼마나 많은 상처를 입었고 얼마나 힘든 시간을 보냈든지 간에, 앞으로의 행복을 과거의 상처 치료제로 사용해서는 안 된다. 상처를 입은 것은 사람을 잘못 만났기 때문이지, 사랑 자체와는 아무런 상관이 없다.

대담하게 또 다른 사랑을 시작하라. 그러지 않으면 운명의 사람을 영원히 만나지 못하고 진실한 사랑이 찾아와도 알아보지 못할 것이다. 계속 사랑하지 않는다면…….

사랑이란 정말 고귀하고 사랑스러운 감정이다. 부모의 사랑이든 생명 속에 깃든 애정이든 간에 우리는 그것을 믿어야 하고 찾아야 하고 배워야 한다. 사랑은 개인 이익을 추구하는 수단이 되어서는 안 되지만 그렇다고 사랑에 반드시 사심이 없어야 하는 것은 아니다. 사랑은 두 사람이 행복을 누리는 데 꼭 필요한 조건이다. 사랑은 일생에서 가끔은 대담하게 쫓아내기도 하고 소심하게 지키기도 하는 그런 것이다. 사랑이 있기에 사랑하는 인간이 아름답고, 사랑이 있기에 진정한 행복을 느낄 수 있다.

소중한 하루의 행복찾기

사랑이 우리에게 무엇을 가져다주건 간에
사랑 그 자체는 순수함의 결정체임을 잊지 말자.
사랑 때문에 상처를 받았다는 것은 사랑보다는
사람에게, 감정에 의지했기 때문이다.
사랑으로 상처를 입었다 하여 사랑을
외면해서는 안 된다. 어쩌다 한 번 목구멍에
생선 가시가 걸렸다 하여 생선 가시를
독침이라고 할 수 없듯이 말이다.

사랑이 있기에

인생에
무지갯빛이 있다

사랑에 빠진 젊은이가 친구에게 하소연했다.

"어찌 된 일인지 그녀를 만난 후로 세상에 아름다운 빛이 없어졌어. 있는 것이라곤 어두운 잿빛 고통과 슬픔뿐이야. 그녀를 사랑하는데 그녀의 사랑을 얻지 못하면 주체할 수 없는 엄청난 고통이 찾아오지. 만약 그녀를 몰랐다면, 사랑하지 않았더라면 얼마나 좋았을까? 그녀를 위해 내 모든 것을 내주지 않아도 되고 사랑의 대가를 꼭 바랄 필요도 없고 또 아무런 걱정도 고민도 없이 자유롭게 살 수 있으니 좋으련만."

그가 이렇게 말하는 데는 두 가지 이유가 있다는 생각을 한다. 하나는 상대를 너무 깊이 사랑하여 사랑의 포로가 되었다는 것이고, 다른 하나는 그 젊은이가 아직 진정한 사랑에 도달하지 못해 사랑이 인생에 가져다주는 아름다운 빛을 보지 못한다는 것이다.

사랑의 맛은 쓰고 떨떠름하기도 하고 달고 감미롭기도 하다. 누군가를 깊이 사랑했다면 헤어진 뒤에도 그 사람의 모습을 완전히 잊지 못할 것이다. 그 모습은 뜻하지 않은 순간에 우리의 마음을 환하게 만들어줄 수도 있다.

구하려 해도 얻을 수 없는 사랑은 분명 고통스럽다. 하지만 우리를 고통스럽게 하는 것은 사랑 자체가 아니라 그것을 얻을 수 없다는 현실이다. 얻을 수 없다는 것은 원래 인생의 가장 보편적인 고통 가운데 하나로 사랑에만 해당하는 것이 아니다. 대부분 사람은 얻지 못하는 다른 어떤 것에 대해서도 같은 행동을 보인다. 그러므로 사랑 자체는 아무런 잘못도 없다. 한발 물러나 생각해보자. 사랑에 이런저런 결함이 있다 해도 우리의 삶에 사랑이 없어선 안 된다. 인생의 빛깔은 사랑이 있을 때 진정 아름답게 펼쳐지기 때문이다.

흔히 사랑은 인생의 항구라고 말한다. 사랑은 항상 격정을 동반하고 잊기 어려운 소소한 일상을 통해 나타난다고 믿는다. 사실은 우리의 어깨가 바로 사랑이 기대는 자리다. 가볍게 손을 잡는 것이 사랑의 속삭임이다. 생명은 사랑 속에서 따스하게 움직이고 차가운 마음은 사랑 안에서 부드럽게 녹는다. 사랑의 우연한 만남은 무엇으로도 해석하기 어렵다. 일단 사랑을 하면 긴 미련이 남고 오래오래 잊히지 않는 법이다.

그렇다면 사랑이란 도대체 무엇인가? 사랑은 사람을 꽁꽁 얼

어붙은 영혼 속에서 벗어나게 하는 따뜻한 기운이다. 진실한 사
랑이라면 자연스럽게 마음이 흘러가고 온몸과 마음을 다 주게
된다. 우리의 삶은 사랑을 통해 얻은 깊은 깨달음으로 아름답게
가꿔지고 이어진다.

》 》 》

교실 안, 쓰레기통 옆 창가 구석 자리가 사내아이의 자리였다.
사내아이는 그 구석진 자리만큼이나 사람들에게 혐오감을 불러
일으켰다.

아이의 아버지는 일자리를 잃었고 엄마는 다른 남자를 따라
집을 나갔다. 아이의 영혼은 꽁꽁 얼어붙어버렸다. 아이는 자신
이 배구공 같다는 생각을 했다. 부모에게 번갈아가며 버림을 받
은 것이다. 사내아이는 좋아하던 농구를 포기하고 대신 담배를
피우고 술을 마시며 싸움질을 하기 시작했다. 아이는 담임 선생
님이 자신을 이런 자리에 앉히리라는 것을 잘 알고 있었다. 쓰레
기는 쓰레기와 함께 있어야 하니까.

얼마 후 담임 선생님이 바뀌었다. 쓰레기통도 자리가 바뀌었
다. 창밖에는 언제부터인지 모르게 해바라기 한 그루가 더 늘어
나 찬란한 햇빛을 받으며 웃고 있었다. 이 꽃을 바라보는 사내
아이의 마음이 움직이기 시작했다. 어느 날 아이는 책상 서랍 안
에서 노트와 펜, 사과 한 알을 보았다. 담임 선생님이 넣어둔 것

이었다. 그날 오후, 학교 농구팀의 코치가 그를 찾아와 농구팀에 들어올 것을 권했다.

반에서의 자리는 계속 바뀌었다. 하지만 사내아이는 해바라기를 바라볼 수 있는 그 자리를 벗어나지 않았다. 그렇게 시간이 흐르면서 아이의 얼굴에 다시 웃음이 돌아왔다. 사내아이는 이전의 나쁜 행실을 고치고 당당하고 멋진 모습으로 농구 코트에 서게 되었다. 성적도 놀라울 만큼 빠르게 향상되어 선두 대열에 합류했다. 담임 선생님은 성적을 발표할 때마다 사내아이와 함께 의미심장한 웃음을 주고받았다.

선생님이 제자에 대한 뜨거운 열정과 관심으로 아이의 얼어붙은 영혼을 녹여준 것이다. 아이로 하여금 따스한 기운과 사랑을 체감하게 해준 것이다.

사랑은 등잔과 같아서 남을 비출 뿐 아니라 자기 자신을 따뜻하게 하고 즐겁게 해준다. 사랑은 반드시 남녀 간의 애정에만 있는 것이 아니다. 사랑의 범위는 엄청나게 넓어서 사람들에게 따스함을 줄 수 있는 모든 감정이 이에 속한다. 사랑이 없는 세상은 상상조차 할 수 없다. 사랑이 없는 세상은 따스한 영혼이 안식할 수 없어서 차갑게 식고 만다.

아이들은 사랑을 먹고 자란다. 사랑이 없으면 아이들은 건강하고 올바른 어른으로 자라지 못한다. 따라서 우리는 슬프고 우울한 인생만 보거나 부적절한 사랑이 남긴 상처만 바라봐서는 안 된다. 천둥같이 맹렬하고 폭풍처럼 신속한 사람이든, 느릿느릿 천천히 움직이는 사람이든 누구나 실수를 범하기 마련이다. 하지만 그들의 실수는 인생에서 삽입곡일 뿐, 절대 주제곡이 아닌 것처럼 사랑도 그렇다. 누구든지 폭풍처럼 격렬한 사랑이 지나간 뒤에는 마음에 상처를 입게 된다. 그렇다고 그것이 무슨 문제란 말인가? 설마 인생의 마지막에 가서 "사랑해"라고 말하는 상황만이 진정한 사랑이라고 생각하는가? 우리네 인생에서 남녀 간의 애정만이 사랑인 것은 아니다. 모든 사랑 하나하나가 크기와 관계없이 우리의 인생에 빛깔을 더해준다.

영화 〈러브스토리〉의 내용도 이와 다르지 않다.

올리버 베넷은 은행가 집안 출신으로 하버드 대학에서 법학을 공부하고 있다. 가정 환경의 영향으로 그는 어려서부터 모든 일에 일등을 해야 하는 강인한 투지를 보였다. 젊은 패기와 자기 위주의 처세로 아이스하키 경기장에서는 상대 팀 선수들과의 거친 몸싸움도 피하지 않았다. 자신에게 극도의 위엄을 보이는 아버지에게도 항상 순종했다.

제니퍼 카발레리는 가난한 이탈리아 이민자의 후예로 모친은 일찍이 세상을 떠나고 부친은 빵 굽는 일로 생계를 유지했다. 가난하긴 하지만 부녀가 서로 의지하면서 더없이 다정하게 살고 있었다. 검소함이 몸에 밴 제니퍼는 레드클리프 여대(하버드 대학의 일부)에 다니며 틈틈이 도서관에서 아르바이트를 했다. 원대한 이상을 품은 그녀는 성격이 강직하고 순수했으며 모든 일에 진지하고 대단히 낙관적인 아가씨였다.

우연한 기회에 올리버는 제니퍼를 알게 된다. 두 사람은 점차 서로에게 마음을 기울이더니 얼마 지나지 않아 정식으로 결혼하려고 한다. 올리버의 부친은 제니퍼가 가난하고 비천한 집안 출신이라는 사실을 알고는 아들의 혼사를 저지하려고 애쓰다가 뜻대로 되지 않자 경제적으로 압력을 가하겠다고 위협한다. 올리버는 이에 아랑곳하지 않고 의연하게 제니퍼와 결혼한다. 결혼 후 두 사람이 경제적 곤경에 처하자 제니퍼는 자신의 학업을 희생하면서 올리버가 무사히 대학을 졸업하고 대학원 과정에 입학하도록 도와준다. 생활의 어려움이 오히려 두 사람의 지고지순한 사랑을 더욱 깊이 있게 만들어준 것이다.

올리버가 제니퍼를 만나지 않았다면 그의 인생은 또 다른 모습으로 전개되지 않았을까? 제니퍼가 올리버를 만나지 않았다면 그녀의 인생도 다른 방향으로 흘러가지 않았을까? 사랑은 이처럼 신기하다. 사랑은 서로 알지 못하고 혈연 관계도 전혀 없는 사람들을 신비한 힘으로 단단히 묶어준다.

그리스 시대 과학자 아르키메데스는 "나에게 하나의 지지점이 허락된다면 지구 전체를 들어올릴 수 있다"고 말한 바 있다. 우리가 어떤 일을 성공적으로 해낼 수 있는 열쇠는 지지점을 찾는 데 있다. 앞으로 나아가는 힘의 원천이 바로 지지점이다. 이러한 힘의 위력은 우리가 상상할 수 없을 만큼 크다. 또한 이런 힘은 한 번 사용하는 것으로 소멸하지 않고 영원히 우리의 앞길을 지지해준다. 사랑이 바로 이런 지지점이자 동력이다.

사랑은 우리의 운명을 바꿀 수 있고 우리의 생각을 바꿀 수 있다. 심지어 사랑은 우리의 인생 전체의 방향을 완전히 뒤바꿔놓을 수도 있다. 사랑은 잘만 사용하면 위대한 힘이 될 수 있다. 누구나 모든 사람을 쉽게 사랑할 수 있다. 한마디 말, 한 가닥 미소, 한 송이 꽃이면 충분하다. 모든 사람을 사랑한다고 해서 손해 볼 일은 아무것도 없다. 때문에 간혹 곤경에 빠진 누군가를 돕는 것은 자기 인생을 아름답게 하는 일이기도 하다.

사랑은 일종의 특별한 감정으로 말로 표현하기가 쉽지 않다. 사랑하는 연인에게 다가갈 때면 전기에 감전된 듯한 느낌이 들고 심장 박동이 빨라진다. 사랑 때문에 상대방에게 받기보다 주기를 원하게 되고, 사랑 때문에 이기적인 성격을 버리기도 한다.

이처럼 사랑은 위대한 정신의 버팀목이다. 독일의 문호 괴테는 "사랑은 진정으로 인간을 소생시키는 동력이다"고 말했다. 사랑은 사랑하는 사람들로 하여금 생명을 갈망하게 하고 마음과 마음의 교류를 이해하게 해준다. 사랑은 우리의 삶을 아주 다르게 변화시키고 격정으로 가득한 힘을 얻게 해준다.

사랑은 찬란하게 빛나는 구슬이어서 인생의 길을 비춰주고 그 길 양쪽에 아름다운 빛깔을 입혀준다. 다음 노랫말이 말하는 것처럼.

　"사랑은 왼쪽에, 정情은 오른쪽에 있어서 생명으로 나아가는 길 양쪽에 수시로 씨를 뿌리고 수시로 꽃을 피운다. 길은 항상 향기로 가득해 가지와 잎을 뚫고 퍼져 나가고, 걸어가는 행인들은 가시에 찔려도 아프지 않고 눈물이 흘러도 슬프지 않다."

소중한 하루의 행복찾기

사랑은 우리의 운명을 바꿀 수 있고
우리의 생각을 바꿀 수 있다. 심지어 사랑은
우리의 인생 전체의 방향을
완전히 바꾸어 놓을 수도 있다.
사랑은 잘만 사용하면 위대한 힘이 된다.
이처럼 사랑은 인생의 길을 비추는 등불이자
영원한 버팀목이다.

남을 사랑하기 전에

먼저 자신을 사랑하라

예로부터 오늘날에 이르기까지 우리에게 익숙한 사랑 이야기 중에는 사랑을 위해 목숨을 버리는 내용이 무수히 많다. 이런 이야기들은 읽는 이로 하여금 암암리에 사랑에 충실할 것을 강요한다. 하지만 반대로 생각해 보면, 이런 이야기의 주인공들이 진정으로 사랑을 이해하지 못했다는 느낌도 든다. 설마 사랑에 충실한 것이 자기 생명을 대가로 바치는 것을 의미한단 말인가? 사랑에 충실하다는 것이 자기를 깊이 사랑하는 사람들에게 평생의 슬픔을 남기는 것이란 말인가?

사랑을 제대로 이해하지 못한 채 마음속의 사랑을 위해 기꺼이 목숨을 버리려 할 때, 그로 인해 어떤 사람들의 가슴은 찢어진다. 우리가 사랑하는 사람이 우리가 죽고 난 뒤에도 줄곧 독신으로 우리의 죽음을 지켜줄 수 있을까? 또한 그가 받는 상처와 고통이 내 가족들이 받는 것보다 더 큰 것일까? 우리의 어리석고 맹목적인 사랑은 결국 어떤 사람들을 징벌하고 끝나는 것일까? 자신의 생명마저도 선하게 대하지 못하면서 어떻게 자기가 '사랑'이라고 부르는 사람들을 선하게 대할 수 있다는 말인가?

》 》 》

며칠 전 인터넷에서 우연히 이런 소식을 접했다.

스물세 살의 젊은 아가씨 원원圓圓이 스스로 목숨을 끊었다. 독성이 아주 강한 농약을 마시고 자살한 것이다. 이유는 가족들이 이웃 마을에 사는 건달 청년과의 결혼을 허락하지 않았기 때문이다.

어쩌면 그녀는 자신의 목적을 달성하기 위해 그저 가족들을 놀라게 할 심산이었는지도 모른다. 하지만 그녀가 먹은 제초제는 해독제가 없는 맹독성 농약이었다. 농약을 제조한 회사도 아무런 힘이 되지 못했고 의사들은 더더욱 손을 쓸 수 없었다. 이리하여 젊은 생명 하나가 안타깝게도 지고 말았다.

그녀를 애지중지 키워온 그녀의 어머니는 그녀의 시신 앞에서 목을 놓아 울면서 외쳐댔다.

"원원아, 정신 차려. 장난은 그만 치고 어서 일어나렴. 결혼을 허락해줄 테니 어서 일어나."

하지만 침상에 누운 원원은 입가에 하얀 거품을 조금씩 쏟아낼 뿐, 어머니의 폐부를 찢는 듯한 외침을 들을 수 없었다.

이 아가씨가 죽기 직전에 후회했는지, 죽지 않으려고 몸부림치는 짧은 순간 동안 후회를 했는지는 알 수 없다. 세상에 이런 일은 너무도 많다. 자기 자신을 사랑하지 못하는 사람들의 죽음이 그들 자신의 잘못일까, 아니면 사랑의 잘못일까? 누구도 단언할 수 없다. 한 가지 분명한 것은 그들의 사랑이 진정한 사랑은 아니라는 것이다.

한 사람을 진정으로 사랑할 때 우리는 그를 위해 누구보다도 자신을 잘 보살펴야 한다. 자신의 몸과 자신의 영혼을 다치지 않도록 잘 보호해야 한다. 마음대로 자신에게 상처를 입혀서는 안 된다. 자신에게 상처를 입히는 것은 곧 자신을 사랑하는 사람의 마음에 상처를 주는 것이기 때문이다.

또한 상대가 우리를 사랑하지 않는다 해도 그 때문에 슬프고 괴로워할 이유가 없다. 자신을 사랑하지 않는 사람 때문에 자신과 가족들에게 상처를 줄 이유가 없지 않은가? 우리 스스로 자신을 잘 대하지 못하면서 어떻게 완전한 몸, 완전한 마음으로 남을 사랑할 수 있겠는가?

자신조차 보살필 줄 모르는 사람은 누구의 사랑도 받을 자격이 없다. 자기 생명조차 소중히 여기지 않는데 어찌 남으로부터 사랑받을 수 있겠는가? 모든 사람에게 생명과 몸은 단 하나밖에 없는 일회용품이다. 우리 생명은 이 지구에서 가장 진귀한 한정판으로 절대 반복할 수 없고 되돌릴 수도 없다. 이렇게 중요한 것을 소중히 여기지 않으면서 자신의 사랑을 소중히 여겨 달라고 어떻게 말할 수 있겠는가?

자식은 부모에게 또 다른 중요한 존재이다. 부모는 자식을 낳고 기르며 아침저녁으로 함께한다. 부모와 자식의 혈연은 물보다 진하다. 자식이 배우자를 만나기 전까지 부모는 가장 가까운 사람이고 가장 잘 이해하는 사람이다. 자식을 가장 많이 사랑하는 사람은 바로 부모이다. 그런 부모마저 한순간에 포기할 수 있다면, 어떻게 사랑하는 사람을 소중히 여기고 선하게 대할 수 있겠는가? 또는 시간이 흘러 사랑하는 사람을 버리고 다른 사람을 택하지 않으리라고 보장할 수 있겠는가?

남을 사랑하려면 먼저 자신을 사랑해야 한다. 이것이 사랑을 이해하고 실천하는 첫걸음이다. 이 법칙만큼은 남자든 여자든 반드시 지켜야 한다. 자신을 사랑하는 법을 모르면서, 자신을 소중히 여기지 못하면서 어떻게 남이 자신을 소중히 여기기를 기대할 수 있겠는가?

타인이 흠모의 대상이 되기 때문에 그를 사랑하는 것이 아니다. 이것은 남에게 보여주기 위해 속옷을 입는 것이 아닌 것과 같다. 사랑은, 자신이라는 존재 때문에 차가움과 따스함을 체감할 수 있다. 사랑은 자신을 더욱 살피라고 자기에서 주는 선물이다. 사랑이든 생활이든 간에 우리는 어느 정도의 '사심'을 배울 필요가 있다. 먼저 자기를 사랑한 후에 남을 사랑해야 한다. 인생에는 예측할 수 없는 일들이 너무 많다. 그러니 할 수 있을 때 먼저 자신을 잘 대하는 방법부터 배워야 한다.

》 》 》

빼어난 미모에 직장도 좋은 여자가 있었다. 그녀의 애인은 많은 돈과 온갖 힘을 동원하여 여자의 마음을 사로잡았다. 남자는 매일 퇴근 시간에 맞춰 여자의 사무실로 와서 집에 데려다주고 맛있는 음식을 만들어 바쳤다. 여자가 원하는 것이라면 모두 사주었고 가고 싶은 곳이라면 어디든지 데려갔다. 여자는 남자의 진정과 성의에 감동해 결혼했다. 그와 평생을 같이 할 단꿈에 젖었다.

그러나 결혼한 지 삼 년이 채 지나지 않아 두 사람의 결혼 생활에 문제가 발생했다. 남편은 아내가 이제 아름답지 않다고 느끼기 시작한 것이다. 남자는 여자에게 자신을 열심히 꾸미라고 요구했다. 하지만 여자는 이제 주부가 된 처지에서 화려하기만 하고 실제적이지 못한 것들은 가정 생활에 아무런 쓸모가 없다고 생각했다. 그래서 자신을 아름답게 꾸미려는 노력을 하지 않았으며 남편의 요구를 무시했다. 남자는 점점 집에 있는 것이 싫어졌고 그럴수록 그녀는 목소리를 높이며 남편을 통제하려고 발버둥쳤다. 결국 두 사람의 결혼은 이혼으로 막을 내렸다.

이혼 후 남자는 곧 새 아내를 얻었다. 자신의 삶을 가꿀 줄 아는 여자를 두 번째 아내로 얻은 그는 오래도록 달콤한 나날을 보냈다. 반면에 이혼한 여자는 매일 눈물로 얼굴을 닦았고 심지어 자살까지 시도했다. 여러 해가 지나 남자는 새 아내와 아이를 낳고 행복하게 살았지만 여자는 하루하루 빠르게 늙어가면서 자신의 인연 없는 결혼을 저주했다.

이 여자가 자신을 잘 보살피고 생활의 중심을 자기 자신에 두었다면 남자가 떠날 것을 걱정할 필요도 없었을 것이다. 또한 하늘이 내린 아름다운 얼굴이 속절없이 늙어가는 것을 걱정할 필요도 없었을 것이다. 믿지 못할지도 모르지만 우리가 남들의 사랑을 받지 못하는 것은 대부분 우리가 자초한 결과이다.

사랑하는 사람 앞에서 우리는 때로 모든 취미를 접고 생활의 흥밋거리를 희생할 때가 있다. 상대방을 전부로 여기고 그에게 열광하면서 모든 것을 바치는 것이다. 하지만 이는 결코 바람직하지 않다.

> > >

우리가 누군가를 사랑하게 되었을 때, 그 이유는 어디에서 오는 걸까? 내 마음을 사로잡은 외모일 수도 있고 깨끗한 이미지일 수도 있다. 아니면 풍부한 내면의 사상일 수도 있다. 그러나 자신의 모든 것을 포기하고 상대방의 인생으로 들어가고자 한다면 이는 상대방에게 사랑받을 수 있는 중요한 카드를 버리는 것과 같다.

사랑은 결코 아무런 조건 없는 것이 아니다. 우리가 어떤 사람을 사랑하게 된 것은 그들의 어떤 것이 우리의 눈꺼풀을 완전히 가렸기 때문이다. 그들의 외모와 개성, 사고 방식, 사람들과의 소통 등 모든 것이 우리의 관심을 끌었기 때문이다. 그런데 어느 날 갑자기 이 모든 것이 더는 존재하지 않는다면……? 그래도 그 사람을 계속 사랑할 수 있을까?

사실, 우리가 사랑하던 누군가와 헤어질 때 가장 많이 하게 되는 말은 아마도 "넌 변했어"라는 한 마디일 것이다. 우리가 사랑한 것은 맨 처음의 그 마음이었고 자기에게 잘해주었던 그 사람, 자신의 우량한 기질을 활짝 발산하게 해주었던 그 사람이다.

누군가 스스로를 포기하기 시작할 때, 자기를 돌볼 마음이 사라지기 시작할 때, 모든 우량한 기질들을 상실하기 시작할 때 사랑은 막바지에 이른다. 자신의 가치를 잃어버림으로써 사랑도 잃어버리는 것이다. 그러므로 남들의 사랑을 받고 있을 때에도, 사랑을 받기 전에도, 스스로를 사랑하고 그 가치를 잘 보살펴야 한다. 자기를 사랑하는 법을 배우고 자기를 꾸미며 자기의 생각을 가다듬어서 여러 방면으로 빛을 발할 수 있게 해야 한다.

자신을 잘 대접하는 사람은 반드시 자기 삶을 사랑으로 이끌 것이고, 자기 삶을 사랑하는 사람은 주변에 있는 사람들도 함께 적극적인 삶으로 끌어들일 것이다. 그리고 사랑에 필요한 에너지 또한 대단히 적극적일 것이다. 따라서 남을 사랑하기 전에 먼저 자기 자신을 사랑하고 배려할 줄 알아야 한다. 자신을 사랑하기 시작하면 진정한 사랑이 당신에게 다가올 것이고, 마침내 그 사랑이 꽃필 것이다.

소중한 하루의 행복찾기

모든 사람에게 생명과 몸은 단 하나밖에 없는
일회용품이다. 우리 생명은 이 지구에서
가장 진귀한 한정판으로 절대 반복할 수도 없고
되돌릴 수도 없다. 이렇게 중요한 것을
소중히 여기지 않으면서 자신의 사랑을
소중히 여겨 달라고 어떻게 말할 수 있겠는가?

사랑의 진정한

요체는 '행복을 주는 것'이다

상고시대의 원인猿人은 좋아하는 것만 알았을 뿐 사랑하는 법은 알지 못했다. 본능적인 쾌락에 탐욕만 있었던 그들은 먹을 수 있는 것들은 모두 먹어치우며 생명의 본능적인 욕구를 채울 뿐, 그에 대한 보답이나 대가는 치르지 않았다. 그 결과 시간이 흐르고 생명이 유전되는 사이에 주변에 먹을 수 있는 것들이 계속 줄어들자 하는 수 없이 밖으로 나가 고된 노동을 했다. 그들은 손바닥만 한 땅뙈기에 힘들게 종자를 골라 심고 제때에 물을 대면서 가꾸어 마침내 수확을 했다. 그리고 수확한 작물 가운데서 좋은 종자를 골라 잘 보존했다가 이듬해에 또다시 밭을 갈고 씨를 뿌렸다. 이렇게 농사를 지으면서 대자연에 대한 무분별한 약탈은 많이 줄어들었다.

부지런히 일한 덕분에 사람들은 자신들이 사랑하는 삶의 터전인 대자연의 파괴를 크게 줄일 수 있었고 대자연은 다시금 청춘의 푸른 빛을 발산할 수 있었다. 이렇게 인류는 온 힘을 다해 종자를 선택하고 배양하고 보존한 결과 본질적인 진화를 할 수 있었다. 생존이 보장되자 인간은 시간적 여유를 누리게 되었고, 그 덕분에 단순히 이 세상을 좋아하던 단계에서 나아가 훨씬 더 큰 즐거움을 누릴 수 있는 단계로 발전하게 되었다.

진화한 인간들은 점점 더 큰 대가를 치러야만 더 큰 보답을 받을 수 있다는 사실을 깨달았다. 좋아하기만 할 뿐 대가를 치르지 않거나 마음대로 본능적인 욕망을 따라 쾌락만을 탐하다가는 손해가 발생한다는 걸 알았다. 인간은 이처럼 대가를 치르는 행위를 사랑이라고 정의했고, 이를 바탕으로 맞는 것과 맞지 않는 것, 옳은 것과 그른 것을 판단했다. 그리고 이것이 입에서 입으로 전해지고 퍼지면서 이른바 문명을 형성하게 되었다. 시간적 여유가 생긴 인류는 줄을 엮는 방법으로 이 귀중한 경험을 기록하다가 점차 문자를 발명하게 되었다.

그리하여 무수한 경험이 자세하게 기록되었고 인간은 끊임없이 앞을 향해 나아갔다. 하지만 시간이 흐르면서 인간은 지나치게 생명의 쾌락만을 추구하게 되었고, 인류 경험에 대한 기록을 살펴보려 하지 않았다. 기록은 필요할 때만 보면 그만이라고 생각했다. 기록하는 사람도, 이에 대한 관심도 줄어들자 차츰 문자 자체를 즐기는 재미로 옮겨가다가, 결국 문자 자체의 역할도 잊어버리게 되었다. 이렇게 천만 년이 지나자 '좋아한다'나 '사랑한

315

다'를 비롯한 수많은 문자의 뜻이 마구 뒤섞여 구별하기 어려워졌고 문자의 역할은 오래전에 빛을 잃고 말았다.

》 》 》

인류의 발전사는 사랑의 발전사이기도 하다. 사랑은 일종의 봉헌이고 대가이다. 사랑은 단순히 얻은 것이라고 말할 수 없다. 거저 얻었다면 그것은 사랑이 아니다. 일정한 대가를 치러야만 비로소 사랑을 얻을 수 있다. 이것이 사랑의 본질이다.

사랑은 인간 사유의 산물로서 이성이 형성되는 근원이기도 하다. 또한 사랑은 인류 진화의 초석이다. 사랑은 인간 영혼의 냉철한 사유 과정에서 탄생했다. 냉정함에 열정을 더했기에 사랑은 따스하고 부드러울 수 있었다. 이것이 바로 사랑의 특징이다. 사랑의 가장 좋은 사례는 바로 모성애다. 인류가 자신도 모르는 사이에 만들어낸 모성애는 사심이 없고 끊임없이 희생적이다.

아이를 사랑하는 어머니는 아이를 위해 치른 수고의 대가를 바라지 않는다. 아이가 요람에 누워서 의사 표현을 하지 못할 때 어머니는 아이가 울거나 칭얼대는 소리만 듣고도 그 원인을 찾아낸다. 배가 고픈지, 아니면 오줌을 쌌는지, 혹은 병이 있는지 정확하게 짚어내 적절한 방법으로 아이를 안정시켜준다. 이럴 때 어머니의 모습은 무한한 사랑으로 가득 차 있다. 이처럼 모성애는 사심 없고 희생적이며 온화하고 이성적이기까지 하다.

모성애에는 이기적인 면도 있다. 어머니의 이기적인 모습은 '모母' 자에서 기원한다. 아이를 안고 젖을 먹이는 형상을 문자화한 이 글자는 어머니라는 존재뿐만 아니라 어머니가 지닌 무한한 사랑과 함께 아이에 대한 집착을 상징한다. 어머니는 자신의 아이가 하루하루 성장하면서 천천히 걸음마를 배우는 광경을 지켜보고 또한 아이의 걸음이 조금씩 자기 곁에서 멀어지면서 아이의 생각도 하루하루 자신과 달라져가는 것을 경험한다. 그러면 어머니는 갖가지 다양한 정서로 불만을 표출하면서 아이를 훈계하고 아이가 자기 곁을 떠나지 못하게 하려고 애쓴다. 또한 아이의 생각이 자신과 일치하도록 시도하면서 이를 통해 자신의 생명이 아이에게로 확장된다고 생각한다. 하지만 이런 이기적 성향 역시 본질은 사랑임을 잊어서는 안 된다.

모성은 사랑의 원천이다. 모성애와 마찬가지로 모든 유형의 사랑에는 이기적인 면이 있다. 그것이 이기적인 것은 사랑의 반향을 얻으려는 갈망 때문이고 사랑의 희열을 누리고자 하는 소망 때문이다. 또한 사랑의 대상을 차지하려는 열망 때문이고 이를 통해 스스로 행복해지려는 전략 때문이다. 하지만 진정한 사랑에는 사심이 없어야 한다. 아무런 사심 없이 모든 것을 상대를 위해서만 생각하고 노력해야 한다. 이처럼 오직 상대만을 순수하게 사랑할 때 자신을 잊게 된다.

사랑에 관해 한 번이라도 깊이 사유한 사람이라면 사랑의 본질은 행복을 주는 것이지, 행복을 얻는 것이 아니라는 것을 알 것이다. 아이를 대하는 어머니는 아이에게 평생의 행복을 줄 수 있기를 바란다. 또한 어머니는 아이의 행복을 통해 자신이 행복해지는 것을 체험한다.

》 》 》

사랑은 상대를 소유하는 것이 아니라 상대가 지금보다 더 행복해지고 더 편하게 잘 지내기를 바라는 것이다. 누군가를 사랑하게 되면 동시에 그 사람의 삶이 총체적으로 나아지기를 기대하고, 이를 위해 자발적으로 노력하게 된다. 사랑하는 상대가 아무런 걱정이나 고통 없이 행복하게 잘 지내는 것이 사랑의 궁극적인 실현이다. 하지만 누군가를 사랑하게 되면 그가 자신과 모든 것을 함께하는 것이 이상적인 상태라고 믿는다. 이런 믿음 때문에 상대를 소유하고 지키려는 마음이 생기는 것이다.

그러나 실제로 세상은 그렇게 아름답지 못하다. 우리 주변에는 사랑하는 상대에게 행복을 주기 위해서가 아니라 자신의 행복을 얻기 위한 일종의 정서이자 심리적 전략으로 사랑을 택하고 사랑에 빠져드는 사람들이 훨씬 많다.

사랑을 이해하지 못하고 어떻게 해야 하는지 모르는 상황에서 사람들은 쉽게 정情을 내세우곤 한다. 하지만 정은 사랑과 다르다. 사람들은 만족과 흥분, 기쁨, 쾌락, 행복 등을 갈구하기 때문에, 또는 이런 것들을 마음대로 가질 수 없는 현실에 대한 불만과 실망 때문에 비통해하거나 분노하고 절규한다. 다시 말해서 온갖 욕망 때문에 다양한 정서 속에서 발버둥치고 방황하는 것이다. 그러다 보면 진정한 사랑은 없고 육체만 갈구하는 연인만 남게 된다. 거리에는 온통 본능적인 정욕에 따라 함께 걸어가는 연인들로 가득하다. 그들은 사랑이라는 간판을 아무렇지도 않게 내걸고 아름다움을 표방하는 금전을 미끼로 삼고 본능의 씨앗으로 삼아 장사하고 있다. 그들은 순간적인 쾌락은 얻을 수 있지만 영원한 행복과 즐거움이 주는 안정적인 만족은 얻을 수 없다.

사랑을 제대로 이해하지 못하고 사랑하는 법을 모르는 나라에서는 통치 자체도 정감에 의지하고 온갖 감정적 언어와 문자들이 허공에 춤추듯 날뛰게 된다. 그들은 격정이나 눈물을 조장하여 사람들의 감정을 지배함으로써 통치를 실현하려 시도한다. 하지만 인간은 생명을 가진 정령이고 사유할 줄 아는 생물이며 감정이 끊임없이 변화하는 동물인 까닭에 일시적인 감정의 공명으로는 쉽게 다스려지지 않는다.

사랑을 제대로 이해하지 못하고 사랑하는 방법을 알지 못하는 시대에는 모두가 제멋대로 본능적인 욕망에 따라 상상을 하고 자신들이 좋아하는 대자연에서 미친 듯이 뭔가를 얻어내기만 할 뿐, 사랑의 대가를 치르려 하지 않는다. 그토록 탐욕을 부린 까닭에 사람들은 자신들이 실질적인 진화를 해왔다고 착각한다.

우리는 사랑이라는 이름을 내걸고 뭔가를 얻기만 하면 되는 것으로 생각한다. 하지만 이런저런 욕망이 지나치게 많아지고 머릿속에 가득 차면서 사고하는 능력을 상실하고 말았다. 남은 것이라고는 물질에 대한 탐욕스러운 상상력과 음모, 계략뿐이다. 사랑이 무엇인지 알지 못하는 사람들이 사랑을 얻었다고 떠벌이면서 로맨틱한 이벤트로 이를 감추고 있을 뿐이다.

감정에 사로잡힌 사람이나 감정을 통제하지 못하는 사람은 사랑이 결핍되고 이성을 상실한 사람이다. 이들에게 연애는 연정에 불과하다. 사랑의 노예가 되어 사랑을 위해 광분하는 사람들은 '사랑'을 '정욕'으로 전락시키고 있는 셈이다. 이러한 상황에서 사랑이라는 것은 쉽게 식어버리는 감정의 유희에 불과하다. 이것을 정말로 사랑이라 부를 수 있을까?

사랑이 부족한 사람이나 이성이 모자란 사람은 아무리 정이 들고 마음을 다해 의기투합한다 해도 함께 늙어가며 인생을 보내기는 쉽지 않다. 정욕은 인간의 단순한 본성일 뿐이다. 인간은 살아가는 과정에서 다양한 감정들을 일으키고 이러한 감정은 수시로 변화한다. 감정은 생명의 표지이자 사람과 사람 사이의 소통이며 사람과 사물이 교류하는 촉수이다.

진정한 사랑은 쌍방이 감정을 교류하면서 자발적으로 사랑의 마음을 내주는 것이다. 그럴 때 두 사람 모두 즐겁고 행복하게 평생을 함께할 수 있다. 그리고 이런 사랑으로 통치하는 나라에서는 모든 사람이 즐겁고 평화롭게 지내고 온화한 태도와 우아한 자태를 유지하며 인간과 자연의 조화 속에서 함께 발전해 나아간다.

하지만 감정의 교류가 없이 대가만 요구한다면 사랑하는 두 사람의 세상은 냉담해질 것이고 영혼은 공허해질 것이다. 함께 산다는 것은 정서화의 과정으로서 시끌벅적하게 웃고 떠들며 모두가 즐거워하는 것이다. 한편 감정의 교류도 없고 사랑의 대가도 요구하지 않는 나라에서의 삶은 위선적이고 변태적이며 기형적일 것이다.

감정의 교류만 있거나 권력과 금전으로 제삼자의 역할을 대체하려 한다면 사랑하는 두 사람의 세상은 냉담하고 공허해질 것이고, 심지어 순식간에 사라져버릴 수도 있다. 진정으로 사랑하는 사이에는 결코 제삼자의 존재를 용납하지 않는다.

금전과 권력은 균형 잡힌 생활과 사회를 다스릴 때 사용하는 교역의 도구에 불과하다. 금전은 인간과 자연 사이에서 교환의 조건이 되어서도 안 되고 사람과 사람 사이에서 교류의 수단이 되어서도 안 된다. 금전의 기능을 무한대로 확대하여 모든 것을 상품화한다면 인성을 잃게 될 뿐만 아니라 자연도 잃게 될 것이다. 그리고 이런 상황이 오래가면 인류의 모든 것이 훼멸로 치달을 것이다.

소중한 하루의 행복찾기

누군가를 사랑하게 되어서 상대에게
가장 좋은 것을 줄 수 있다고 생각한다면,
그와 함께해야 지금보다 더 좋아질 것이라고
굳게 믿는다면, 그리고 그보다 더 좋은 것이
없다고 생각된다면, 우리는 그를 소유하고
지키는 쪽을 택해야 한다.
그렇지 않을 경우라도 우리는 늘 곁에서
축복하고 보호해야 한다. 반면에 아쉬움도 없고
상대를 간절히 원하지 않더라도
최대한 좋게 대해주는 것이 올바른 태도이고
반드시 그렇게 해야만 한다.

빼앗긴 애인은

진정한
애인이 아니다

"억울함을 말할 수 있다면 이는 이미 억울한 것이 아니다. 남에게 **빼앗길** 수 있는 애인이라면 이는 이미 애인이 아니다."

대단히 일리 있는 말이다.

애인이란 내가 그를 사랑할 때 그 역시 나를 사랑하는 사람이다. 애인은 나의 행복이 최고조에 이르렀을 때 더우면 더울세라 추우면 추울세라 살뜰하게 보살펴주는 사람이고 항상 내게 관심을 두는 사람이다. 애인은 내가 최악의 상황에 부닥쳐 엄청난 불운을 감내하고 있을 때, 우물에 빠진 사람에게 돌을 던지는 짓 따위는 하지 않을 뿐만 아니라 필사적으로 온 힘을 다해 나를 돕는 사람이다.

애인은 우리의 일생에서 가장 아름다운 이름이다. 애인은 우리가 좌절하여 무기력해졌을 때에도 항상 옆에 있어 품에 안을 수 있고, 생각만 해도 함박웃음을 지을 수 있는 그런 사람이다.

하지만 그런 사람이 어느 날 갑자기 아무런 이유도 없이 또는 받아들이기 어려운 이유를 대면서 내 곁을 떠났다고 가정해보자. 그런 사람을 애인이라고 부를 수 있을까? 이런 '애인'을 위해 상심의 눈물을 흘리거나 참을 수 없는 고통을 느낄 필요가 있을까? 사랑을 파기하고 나를 배신한 사람 때문에 그토록 가슴 아파할 이유와 가치는 없다.

》 》 》

스물두 살의 퉁펀童芬은 한 남자와 깊은 사랑에 **빠졌다**. 네 살 위인 이 남자는 침착하고 신중한 성격에 유머 감각도 있었다. 그를 깊이 사랑한 퉁펀은 대학을 졸업하기도 전에 그와의 아름다운 미래를 설계했다.

일 년 후, 남자는 외지로 전근을 가게 되었고 당분간 그곳에 머물게 되었다. 헤어져야 할 때가 되자 그는 못내 아쉬워하면서 퉁펀에게 말했다.

"졸업하면 곧장 찾아와. 기다리고 있을게."

퉁펀은 눈물을 머금고 고개를 끄덕였다.

헤어져 있는 동안 퉁펀은 날마다 남자에게 전화를 걸었다. 처음에는 다정하고 반가운 목소리로 전화를 받던 남자는 점점 전화를 받는 횟수가 줄어들더니 그럴 때마다 휴대전화를 두고 나갔다고 변명했다. 퉁펀은 바쁘다 보면 그럴 수 있다고 생각하면서 남자의 이러한 태도에 아무런 불만도 품지 않았다.

하지만 퉁펀 주변의 사람들은 그녀를 걱정하기 시작했다. 그녀에게 이렇게 말하는 친구도 있었다.

"그래도 조심해야 해. 전화를 자주 받지 않는 남자는 문제가 있는 게 분명하거든."

또 다른 친구는 이렇게 말하기도 했다.

"남자에게 속지 않으려면 지난 일들을 다시 한 번 꼼꼼히 따져볼 필요가 있어."

친구들의 충고에도 퉁펀은 웃는 얼굴로 고개를 저으면서 자기 애인은 일이 바빠서 그런 것뿐이지 절대로 사랑을 저버릴 사람이 아니라고 말했다.

그러나 결국 친구들이 걱정하던 일이 일어나고 말았다. 퉁펀은 모르는 여자에게서 전화를 한 통 받았다. 여자는 냉담한 어투로 자신이 곧 그 남자와 결혼할 예정이라고 말했다. 퉁펀은 죽을 것처럼 마음이 아팠다. 여자의 말을 도저히 믿을 수 없었던 퉁펀은 진실을 확인하기 위해 직접 남자를 찾아갔다. 여자의 말은 사실로 드러났다.

그러나 퉁펀은 실연을 당하고도 자포자기하지 않고 폐쇄적인 모습도 보이지 않았다. 며칠을 실컷 울고 난 그녀는 라싸로 가는 비행기 표를 한 장 사서 고원으로 여행을 떠났다. 얼마 후 여행에서 돌아온 퉁펀은 다시 마음의 평정을 되찾은 것 같았다. 친구들이 그녀에게 물었다.

"어째서 그 남자를 혼내주지 않는 거야? 네가 그냥 조용히 넘어가면 남자에게만 좋은 일 해주는 꼴이 되잖아."

친구들의 성화에 퉁펀은 고개를 저으며 차분하게 대답했다.

"이제 그는 나와 아무런 관계도 없는 사람이야. 아무런 상관도 없는 사람 때문에 시간과 정력을 낭비할 필요는 없지. 그가 다른 여자에게 갈 수 있었다는 것은 그만큼 우리 인연이 깊지 않았다는 뜻이야."

맞는 말이었다. 사랑한 사람이 일단 다른 사람에게 가버린 뒤에는 그와의 모든 관계는 무의미해진다. 헤어지게 된 가장 본질적이고 유일한 이유는 두 사람의 인연이 너무 가벼웠다는 것이다. 둘 중 하나는 상대를 깊이 사랑하지 않은 것이다.

서로 단단히 묶인 상태가 아니고 함께 살아갈 인연이 아니라면 얼른 손을 놓아버리는 것이 바람직하다. 인연이 아닌 상대 때문에 자신을 버리거나 괴롭히는 것은 어리석은 짓이다. 우리의 삶에서 인연이 없는 상대는 그저 나그네일 뿐이다. 두 사람이 함께 걸어야 할 구간을 다 걸었고 서로의 임무를 다했다면, 남은 것은 각자 가야 할 곳으로 가는 것이다. 서로에게는 다른 인연이 기다리고 있으므로.

》 》 》

♡

옛날에 한 서생이 살았다. 그는 약혼녀와 어느 해 몇 월 며칠에 결혼하기로 약속했다. 그러나 마침 그날이 되자 약혼녀는 다른 사람에게 시집을 가버렸다.

이 일로 커다란 충격을 받은 서생은 몸져누워 일어나지 못했다. 지나가던 탁발승이 이 이야기를 듣고 서생을 찾아가 거울을 꺼내 보여주었다. 서생은 거울 속에서 모래밭에 한 여인이 벌거벗은 채로 쓰러져 죽어 있는 것을 보았다. 사람들이 그 곁을 지나쳐 갔다. 한 사람은 힐끗 쳐다보기만 하고 이내 고개를 저으며 지나갔다. 잠시 후 또 한 사람이 다가와서는 자신의 옷을 벗어 시신에게 덮어주고 지나갔다. 다시 또 한 사람이 다가와서는 구덩이를 파고 조심스럽게 시신을 묻어주었다.

탁발승이 이 광경에 대해 설명해주었다.

"해변에 있는 이 여자는 바로 선생 약혼녀의 전생입니다. 선생은 두 번째 사람으로 그녀에게 옷을 덮어주었지요. 그녀가 이생에서 선생과 사랑을 나누게 된 것은 단지 은혜를 갚기 위해서였습니다. 하지만 그녀가 평생 은혜를 갚아야 할 사람은 마지막에 그녀를 묻어준 행인이었지요. 그 사람이 현재 그녀의 남편이 되어 살고 있습니다."

탁발승의 설명에 큰 깨달음을 얻은 서생은 그 뒤로 그녀의 행복을 빌어주었다.

진정한 인연으로 맺어져 정말로 사랑하는 사람은 전생에 자신의 주검을 묻어주었던 사람이다. 그런 사람만이 평생을 함께 걸어갈 수 있다. 우리가 정말로 사랑해야 할 사람은 비록 외모가 멋지지 않아도, 돈이 많지 않아도, 주변 사람들의 온갖 비난과 악담에도 여전히 자신의 곁을 지켜주는 사람이다.

진정한 사랑은 위험과 시련을 함께 견뎌내고 세월의 고단함을 함께 나눌 수 있다. 진정한 사랑은 밖에서 불어오는 비바람에 개의치 않기 때문에 사랑의 보금자리가 항상 따스하고 견고하다. 이러한 사랑이 아니라면 어떠한 상황에서도 상처받거나 괴로워할 가치가 없다. 이러한 사랑은 생사의 법칙을 제외하고는 그 어떤 것으로도 빼앗을 수 없다. 설사 언젠가 두 사람 중 하나가 먼저 떠난다 해도 기억 속에 남아 있는 사랑은 여전히 달콤하고 아름다울 것이다.

이미 헤어졌다면 슬퍼할 필요가 없다. 사랑은 일단 떠나버리면 사랑하지 않았던 것과 다르지 않기 때문이다. 생각해보라. 자신을 사랑하지 않는 사람이 자신의 일생을 차지하고 있다면 진정으로 자신을 사랑하는 사람이 어떻게 다가올 수 있겠는가?

결국 모든 이별은 하늘의 뜻이다. 모든 이별의 이유는 사랑이 깊지 않기 때문이다. 그런 사랑이 우리 인생의 마지막 사랑이 되어서는 안 된다.

"당신을 이렇게까지 깊이 사랑했는데 당신은 어떻게 나를 떠날 수 있나요?" 이런 원망은 하지 말기로 하자. 사랑하는 것은 상대가 자신을 좌지우지하도록 내버려두는 것이 아니다. 사랑은 결코 낮고 높지 않으며, 그렇다고 대등한 관계도 아니다. 사랑하는 것과 사랑하지 않는 것은 단지 쫓고 쫓기는 관계일 뿐이다.

> > >

비행기 사고로 사망한 중국의 유명 시인 쉬즈모徐志摩는 자신이 사랑하던 여성 작가 루샤오만陸小曼을 두고 이렇게 말했다.

"나는 망망대해에서 내 유일한 영혼의 반려자를 찾았소. 그녀를 얻는다면 더없이 행복하겠지만 얻지 못한다면 그것도 내 운명일 뿐이오."

쉬즈모는 루샤오만을 몹시 사랑했다. 하지만 루샤오만도 쉬즈모를 사랑했을까? 루샤오만의 사치스런 생활을 만족시키려고 쉬즈모는 중국 대륙 전역을 돌아다니며 강의를 했다. 그러던 어느 날 비행기 사고로 푸른 상공에서 서른세 살의 젊은 생을 마감했다. 전생에 자신을 묻어주었던 루샤오만에게 보답하는 것으로 생을 마친 것이다.

쉬즈모의 사랑이 가치 없다고 말할 수 있을까? 그럴 수 없을 것이다. 그는 이미 이 사랑을 통해 행복을 얻었고 기꺼이 이 사랑을 위해 자신을 불태웠다. 루샤오만이 진심으로 그를 사랑했는지 아닌지에 관계없이 쉬즈모의 입장만 따지자면 그는 충분히 열정적인 사랑을 했고 최소한 자신의 사랑을 누렸다.

따라서 사랑을 어떤 이유로 어떤 사람에게 빼앗겼든지 간에 당장 눈물을 거둬야 한다. 누군가에 의해 사랑하는 사람을 빼앗겼다면 그는 진정으로 나를 사랑한 사람이 아니다. 사랑하는 사람이 하늘나라로 간 것이라면 오히려 기뻐해야 할 일이다. 그가 먼저 간 만큼 고독한 기억 속에서 여생을 보내야 하는 사람은 그가 아니기 때문이다. 이는 인생에서 충분히 다행한 일이 아닐까? 물론 함께 사랑하면서 인생의 종착지까지 동행한다면 그것이야말로 더없이 행복한 일일 것이다.

곁에 사랑하는 사람이 없다 하더라도 허둥대거나 불안해할 이유가 없다. 인생은 사랑이 전부가 아니기 때문이다. 사랑하는 사람이 없는 사람은 더 많은 시간과 관심을 자신에게 쏟을 수 있다. 연인 대신 더 많은 친구를 사귈 수 있고 다른 사람들과 더불어 인생의 또 다른 즐거움을 누릴 수 있다. 자기만의 여행 계획을 짜서 배낭을 메고 자유로운 시간을 누릴 수도 있다. 어쩌면 자신을 자유롭게 풀어놓은 사이에 또 다른 사랑이 슬그머니 찾아올지도 모를 일이다.

소중한 하루의 행복찾기

인연이 아닌 상대 때문에 자신을 버리거나
괴롭히는 것은 어리석은 짓이다. 우리의 삶에서
인연이 없는 상대는 그저 나그네일 뿐이다.
두 사람이 함께 걸어야 할 구간을 다 걸었고
서로의 임무를 다 했다면, 남은 것은 각자
가야 할 곳으로 가는 것이다. 각자에게는
다른 인연이 기다리고 있으므로.

사랑했으면,
후회하지
말라

사랑할 때는 누구나 헤어진 다음의 일을 생각하지 못한다. 하지만 사랑하던 사람과 헤어지면 항상 후회가 남는다. 사랑하지 말아야 할 사람을 사랑했다는 후회가 물밀 듯이 밀려온다. 그러나 사랑에는 애당초 잘못이 없는데 어떻게 사랑하지 말아야 할 사람이라는 말이 성립될 수 있을까? 누군가를 잘못 사랑했다고 말할 때, 그는 자기의 사랑을 부정할 뿐만 아니라 자기 자신도 함께 부정하는 것과 같다.

애당초 사랑의 상대는 자신이 선택한 것이고 사랑도 자신이 결정한다. 한때의 사랑을 부정하는 것은 자신의 안목을 부정하는 것이고 자신의 인생관을 부정하는 것이다. 물론, 이러한 부정이 꼭 나쁘기만 한 것은 아니다. 하지만 후회만을 쏟아내거나 심지어 상대방에 대한 악담까지 쏟아내면 깊은 상실감을 피해갈 수 없다.

서로 사랑했던 두 사람 가운데 한 사람이 헤어질 것을 말하면 다른 한 사람은 고통스럽게 이를 받아들여야 한다. 하지만 그 고통이 크다 해도 한때 자신이 사랑했고 자신을 사랑했던 사람에게 악담하는 것은 바람직하지 못하다. 잘 생각해보라. 이 세상에서 나에게 상처를 준 사람은 내가 사랑했던 사람이고 나 때문에 상처를 입은 사람도 나를 사랑했던 사람인 것을.

헤어져야 할 운명이라면 상대에게 악담을 퍼붓는 것은 아무 소용없는 일이다. 뜨거운 사랑에 빠진 사람들은 훗날 결별할 때의 비장한 심정을 상상하지 못한다. 사랑할 때는 상대를 위해 죽는 것도 두렵지 않다고 느끼지만, 일단 사랑이 식어버리면 자신의 그 비장했던 맹세가 얼마나 가소로운 것인지 깨닫게 된다. 매우 슬픈 일이지만 그들의 사랑이 가슴 깊이 상처를 남겼다면 그것은 그만큼 열정적이지 않았다는 뜻이다.

사랑은 현재진행형의 행동이다. 따라서 나중에 서로 소원해지거나 결별할 것을 두려워할 필요가 없다. 사랑하는 동안에는 세상에서 가장 행복한 것처럼 느끼지만 이 감정을 유지하며 평생함께 산다는 것은 매우 어려운 일이다. 오랫동안 함께 지내다 보면 뜨거웠던 열정은 자연히 무미건조해진다. 사랑과 뜨거움과 평범함은 원래 쌍둥이다. 사랑이란 뜨거운 열정이기도 하지만 조용한 일상이기도 하다.

오늘날의 사랑은 모든 자유와 선택이 오직 자신의 손안에 있다. 사랑하는 사람의 손을 처음 잡았을 때 얼마나 행복했던가! 이제 그와 헤어질 것을 말하면서 그 헤어짐이 도대체 무얼 위한 것인지 생각해본 적이 있는가?

사랑은 옳고 그름을 구분하기 어렵다. 아주 지혜롭게 사랑의 시비를 가릴 수 있으려면 먼저 잘못을 잊는 것부터 배워야 한다. 잊는다는 것은 일종의 정신적 신진대사와 같다. 잊어버리는 것을 하지 못하는 두뇌는 마치 바람이 한 번 들어가면 절대 빠지지 않는 풍선과 같아서 조만간 우리를 질식하게 만들 것이다. 실제로 우리는 수많은 사랑의 주인공이 될 수도 없고 수많은 만남에 항상 동행할 수도 없다. 모든 연애가 아주 오래 서로 의지하며 함께 갈 수 있는 것도 아니다. 그래서 애인은 떠날 수 있지만 과거의 감정까지 모조리 떠나보낼 필요는 없다. 돌아서서 등을 보이는 사랑을 향해 "항상 몸조심해"라고 진심에서 우러나온 말을 건넨다면, 모진 악담을 퍼붓는 것보다 훨씬 아름다울 것이다.

》》》

사랑의 부정은 증오이지만 증오의 긍정은 사랑이다. 인연이라는 단어는 이처럼 신기하게 긍정과 부정의 위치를 오고 간다. 사랑은 초콜릿 같아서 너무 빨리 먹으면 달콤한 맛을 음미할 수 있는 시간이 짧아지고, 너무 천천히 먹으면 남은 부분이 녹아버린다. 사랑은 술과 같아서 너무 급히 마시면 쉽게 취할 뿐 아니라 위장을 상하게 하고, 너무 천천히 마시면 그 짜릿한 맛을 느끼지 못한다. 제때에 적절하게 사랑을 먹고 마시지 못하면 시기적절하게 증오를 먹어치울 수도 없을 것이다. 그대로 버려둔 사랑은 술지게미처럼 급속히 변해서 역한 냄새와 함께 독성을 품을 것이고, 이는 사람의 마음과 몸에 치명적인 상처를 준다.

사랑이 막바지에 이르렀을 때 우리는 상대를 향해 무정하게 침을 뱉음으로써 자신이 버림받았다는 고통과 무고함을 증명하려고 한다. 그러나 그렇게 한다 해서 사랑의 상처가 더 빨리 아무는 것도 아니고 마음의 평정을 찾을 수 있는 것도 아니다. 끝나버린 사랑 때문에 증오를 밖으로 표출한다면 이는 자신에게 애당초 사랑이 없었다는 사실을 스스로 설명하는 꼴이다. 그저 습관적으로 자신이 사랑한다고 생각하는 상대의 주변을 맴돌았을 뿐이다. 어차피 진정한 사랑이 아니라면 그만두는 것 말고 또 어떤 방법이 있겠는가?

상처는 사랑의 기록으로 우리는 그 안에 적힌 수많은 내용을 평생 지우며 살아야 한다. 그리고 어차피 일생을 함께할 감정이라면 소중하게 다루어야 한다. 비록 고통스럽다 해도 인생에서 매우 중요한 재산이므로 짓밟아서는 안 된다. 과거에 나를 사랑했던 사람은 전생에 반드시 나와 인연이 있었던 사람이므로, 언어로 학대하는 일이 없어야 한다. 상대가 이생에서 나를 저버렸다면 이는 내가 전생에서 그를 저버렸기 때문일 것이다. 전생의 인연이 이생으로 윤회한 것을 두고 따질 필요가 없지 않은가!

그러고 보면 사랑의 부정은 증오가 아니다. 아무렇지도 않게 잊어주는 것이 바로 사랑의 부정이다. 그런데도 어떤 사람에게 사랑은 망각이 되지 못하고 증오로 변질되고 만다. 이는 그들의 지나간 사랑 속에 자신감이 없었기 때문이다.

누군가를 사랑한다고 해서 반드시 그를 차지할 필요는 없다. 하지만 누군가를 차지했다면 반드시 그를 계속 사랑해야 한다. 누군가를 사랑한 적이 있거나 누군가로부터 사랑을 받은 적이 있어서 사랑하는 법을 배웠다면, 사랑을 위해 진정 필요한 것이 무엇인지 알게 될 것이고, 자신에게 가장 잘 어울리고 평생을 함께할 수 있는 사람을 찾을 수 있을 것이다.

그러나 슬프게도 현실에서는 여러 이유로, 사랑하는 사람과 함께하지 못하는 경우가 많다. 사랑하는 사람이 자신을 선택하지 않을 수도 있고, 자신이 사랑하는 사람을 선택하지 않을 수도 있다. 하지만 한 가지 분명한 것은 자신의 사랑에 진정성이 없다면 그 상대방에게도 진정성이 없다는 것이다. 따라서 가장 적절한 시점에 나타난 사랑만이 정말로 영원히 함께할 것이다. ❡

소중한 하루의 행복찾기

사랑의 부정은 증오이지만 증오의 긍정은 사랑이다.
인연이라는 단어는 이처럼 신기하게 긍정과
부정의 위치를 오고 간다. 사랑은 초콜릿 같아서
너무 빨리 먹으면 달콤한 맛을 음미할 수 있는
시간이 짧아지고, 너무 천천히 먹으면 남은
부분이 녹아버린다. 사랑은 술과 같아서
너무 급히 마시면 쉽게 취할 뿐만 아니라
위장을 상하게 하고, 너무 천천히 마시면
그 짜릿한 맛을 느끼지 못한다.

너무나 당연해서,
잊고 있었던 것들

    인생을 살아가는 데 가장 필요하고 중요한 이치들은 대부분 우리가 수십 번 들은 이야기로 이미 알고 있는 것들이다. 그럼에도 우리가 하루하루 삶을 멋지고 즐겁게 살아가지 못하고 삶의 현실이 가져다주는 온갖 걱정과 불만, 분노와 절망에 속수무책으로 당하는 것은 중요한 이치를 항상 잊고 있거나 버려두기 때문이다. 다시 말해서 삶의 이론과 실제가 서로 엇갈리고 존재와 의식, 사유와 행동이 서로 합쳐지지 않고 겉돌기 때문이다.

    이런 문제를 해결하는 방법은 아주 간단하다.

    하루하루 자신의 일상을 돌아볼 수 있는 성찰의 시간을 단 일 분이라도 갖는 것이다. 인류의 문화가 거의 초기 단계에 불과했던 춘추전국 시대를 살던 증자도 하루에 세 번씩 자신을 반성했다고 한다. 그렇다면 고도로 문명화된, 복잡다단한 현대사회에 사는 사람들은 반성을 하루에 몇 번이나 할까? 혹, 단 한 번도 하지 않는 것은 아닌지. 이는 자신의 삶을 포기하고 있는 것과 다름없다. 그러면서 어찌 진정한 행복과 즐거움을 바랄 수 있겠는가?

이 책은 우리의 삶을 본질적으로 채우고 있는 감정과 행동에 대한 기본적인 지침과 성찰의 단서들을 제공한다. 그 단서들은 너무 상식적인 것들로 하찮게 보일지 모른다. 하지만 매일매일 되새기지 않으면 우리네 삶이 쉽게 흐트러질 수 있는 아주 중요한 지혜들이다. 또한 우리가 너무나 잘 알지만 늘 잊고 있는 일상적인 실마리들이기도 하다.

욕망과 현실 사이에서 마음을 비우고 진정한 자아를 찾는 법, 무수한 가치의 스펙트럼 속에서 진정한 가치를 찾는 법, 일시적인 감정을 조절하고 자신의 본질을 흐리지 않는 법, 불만과 원망에서 벗어나 확실한 삶의 방향을 찾는 법, 사랑의 상처로 인한 자학과 폐쇄에서 벗어나는 법 등 우리의 사소한 일상에 대한 실천적 길잡이가 되는 현명한 지혜들이 이 한 권의 책 속에 구체적인 사례와 함께 알뜰하게 담겨 있다.

가장 중요한 진실은 항상 생활 속 디테일에 숨어 있다. 그 디테일을 아름답고 그윽하게 가꿔나가는 것이 바로 삶의 지혜이다. 하지만 행동 없는 지혜는 무의미할 뿐이다. 아는 것과 행동하는 것은 별개의 일이다. 때문에 행동밖에는 방법이 없다고 말하는 것이다. 즉, 인식과 행동의 괴리는 오직 실천만이 해결할 수 있다.

　이 책에 담긴 주옥같은 지혜들이 우리네 삶에 그대로 행동으로 옮겨질 수만 있다면……, 우리가 인생을 주체적으로 사는 것이 아니라 인생이 우리를 억지로 끌고 가는 일은 없을 것이다. ♠

2013년 화창한 봄날에

김태성

일생을 살아도
소중한,
하루

초판1쇄 발행   2013년 5월 10일
초판3쇄 발행   2014년 7월 15일

지은이   무무
옮긴이   김태성
그린이   정영주

펴낸이   김태광
펴낸곳   도서출판 펭귄카페

교정교열   편집공방 이채
디자인   노은하
마케팅   김재훈

출판등록   2012년 07월 09일 제2013-000336호
주소   서울 마포구 잔다리로 39 로템아이앤씨빌딩 601
전화   02-323-4762
팩스   02-323-4764
이메일   mellonml@naver.com
블로그   mellonbooks.com

ISBN   978-89-98450-04-5 03820

책값은 뒤표지에 있습니다.
잘못된 책은 구입하신 곳에서 바꿔드립니다.

※ 도서출판 펭귄카페는 (주)도서출판 멜론의 문학 브랜드입니다.